FORA DE RUMO

JAMES SIEGEL

FORA DE RUMO

Tradução de
MÔNICA REIS

EDITORA RECORD
RIO DE JANEIRO • SÃO PAULO
2006

CIP-Brasil. Catalogação-na-fonte
Sindicato Nacional dos Editores de Livros, RJ.

Siegel, James
S573f Fora de rumo / James Siegel; tradução de Mônica Reis. – Rio de Janeiro: Record, 2006.

Tradução de: Derailed
ISBN 85-01-07424-1

1. Ficção americana. I. Reis, Mônica. II. Título

05-3788 CDD – 813
CDU – 821.111(73)-3

Título original em inglês
DERAILED

Publicado mediante acordo com Warner Books, Inc.,
New York, NY, USA.

Impresso no Brasil

ISBN 85-01-07424-1

PEDIDOS PELO REEMBOLSO POSTAL
Caixa Postal 23.052
Rio de Janeiro, RJ – 20922-970

EDITORA AFILIADA

Para Mindy, que cuida da sua família como cuida do seu jardim — com grande amor, devoção incansável e entusiasmo incessante.

AGRADECIMENTOS

Gostaria de agradecer tanto a Sara Ann quanto a Sarah pela imensa ajuda que me deram para estruturar esta história, a Larry por acreditar nela e, é claro, a Richard, por defendê-la escancaradamente.

ATTICA

Passo cinco dias por semana ensinando inglês na escola East Bennington e duas noites por semana na prisão estadual Attica, em Nova York. O que significa dizer que passo meu tempo conjugando verbos para delinqüentes e particípios para condenados. Uma turma achando que está na prisão e a outra estando realmente em uma.

Nas noites da Attica, janto cedo com minha esposa e meus dois filhos. Dou um beijo de despedida na minha mulher e na minha filha adolescente e brinco de cavalinho até a porta com o meu filho de quatro anos. Coloco-o no chão suavemente, beijo-lhe a testa e prometo ir vê-lo quando chegar em casa.

Entro no meu Dodge Neon de oito anos ainda envolto na atmosfera de bem-estar emocional.

No momento em que passo pelo detector de metais da Attica, ela desaparece.

Talvez seja a placa de bronze proeminentemente colocada na parede da sala de visitas. "Dedicada aos agentes penitenciários que morreram nas rebeliões da Attica". Não existe uma placa para os prisioneiros que morreram.

Comecei a dar aulas aqui recentemente e ainda não cheguei a uma conclusão sobre quem é mais assustador — os prisioneiros da Attica ou os agentes penitenciários que os vigiam. Provavelmente os agentes penitenciários.

É óbvio que eles não gostam muito de mim. Eles me consideram um artigo de luxo, como TV a cabo, algo que os prisioneiros não fizeram por merecer. Uma invenção de algum liberal de Albany, que nunca teve uma faca enfiada nas costelas ou fezes jogadas no rosto, que nunca teve que tirar a roupa de um cadáver estirado em um chão encharcado de sangue contaminado por AIDS.

Eles me cumprimentam com um desrespeito mal disfarçado. É o Ph.D., murmuram. "Bicha patética detestável", um deles escreveu na parede do banheiro para visitantes.

Eu os perdôo.

Eles são os excedentes de uma população escravizada cheia de ódio. Para sobreviver a este ódio, precisam odiar também. Eles não têm permissão para portar armas, então se armam com atitude.

Quanto aos prisioneiros que freqüentam as minhas aulas, são estranhamente dóceis. Muitos deles vítimas desafortunadas de leis draconianas antidroga que tratam a compra de pequenas quantidades de cocaína como crimes violentos. A maior parte deles parece desnorteada.

De vez em quando eu peço que escrevam. Escrevam alguma coisa, eu digo. Qualquer coisa. Qualquer coisa que lhes interesse.

Eu os fazia ler as redações em aula. Até o dia em que um condenado, um negro de olhos escuros chamado Benjamin Washington, leu algo que pareceu completamente sem nexo. *Era* sem nexo, e os outros presos riram dele. Benjamin ficou ofendido com isto e posteriormente esfaqueou um deles nas costas durante o café-da-manhã de ovos mexidos sem gosto e torradas queimadas.

Decidi então adotar o anonimato.

Eles escrevem sobre o que lhes interessa e deixam sobre a mesa sem assinar. Eu leio alto e ninguém sabe quem escreveu o quê. O autor sabe, e isto basta.

Porém, um dia pedi que escrevessem algo que interessaria a mim. A história deles. Como chegaram aqui, por exemplo, à turma de inglês do Sr. Widdoes na sala de recreação da Attica. Se quiserem ser escritores, disse a eles, comecem com o escritor.

Poderia ser esclarecedor, pensei, talvez até mesmo catártico. Poderia ser mais interessante do que a história "Tiny, o Borboleta", uma proeza recente de... bem, eu não sei, não é? Tiny trouxe cor e beleza para um terreno cheio de ervas nos projetos até que foi, infelizmente, *esmagado como um inseto* pelo traficante local. Tiny, estava explicado no rodapé da página, era *cimbólico.*

Passei um dever para quinta-feira; na terça seguinte, os trabalhos estavam espalhados sobre a minha mesa. Eu os li em voz alta, aleatoriamente. A primeira história era sobre um homem inocente pego em um assalto a mão armada. A segunda história era sobre um homem inocente pego por posse de narcóticos ilegais. A terceira história era sobre um homem inocente pego...

Portanto, talvez não fosse tão esclarecedor assim.

Mas então.

Uma outra história. Mal se podia chamar aquilo de história (embora tivesse um título); uma espécie de introdução a uma história. Na verdade, um convite para uma história.

Sobre um outro homem inocente.

Que um dia pegou o trem para ir ao trabalho.

Quando algo aconteceu.

FORA DE RUMO

Na manhã em que Charles conheceu Lucinda, ele precisou de vários minutos após ter aberto os olhos para lembrar por que gostava de mantê-los fechados.

Depois, sua filha, Anna, o chamou do *hall* de entrada e ele pensou: *Ah sim.*

Ela precisava de dinheiro para o almoço, um bilhete para a professora de ginástica e ajuda com um relatório sobre um livro que era para ter sido entregue no dia anterior.

Não nesta ordem.

Em um surpreendente feito acrobático, conseguiu concluir as três tarefas enquanto tomava banho, fazia a barba e se vestia. Ele tinha que fazer isto. A esposa, Deanna, já havia saído para o trabalho na escola fundamental, deixando-o encarregado de tudo.

Quando chegou ao andar de baixo, notou o medidor de glicose de Anna e uma seringa usada na bancada da cozinha.

Anna o fez se atrasar.

Quando chegou à estação, o trem já havia partido — ele pôde ouvir o barulho à medida que ia sumindo na distância.

Quando o trem seguinte estacionou na plataforma, ela já estava com uma nova leva de passageiros. Ele conhecia de vista a maioria dos passageiros do trem das 8h43, mas agora eram 9h05, portanto ele estava em território estranho.

Ele encontrou um lugar para si e imediatamente mergulhou nas páginas de esporte.

Era novembro. O time de beisebol tinha deixado escapar um outro campeonato para o time da casa. O time de basquete estava se reanimando, o futebol americano prometia um outro ano de fracassos.

Era assim que ele ficava nos vinte minutos seguintes: cabeça baixa, olhos para a frente, cérebro morto — inundado de estatísticas sem sentido que ele podia repetir como o número do seguro social, números que podia repetir mesmo dormindo, o que às vezes fazia, se o ajudasse a parar de recitar outros números.

Que números eram estes?

Bem, os números no medidor de glicose de Anna, por exemplo.

Números alta e alarmantemente estratosféricos.

Anna sofria de diabetes há mais de oito anos.

Anna não estava bem.

Portanto, tudo sendo igual, ele preferia um número como 3,25.

Ou 22 — este era um bom número redondo. Média atual de pontos por jogo de Latrell Sprewell, *dreadlocks* ao vento, pelo New York Knicks.

Números que ele podia olhar sem ficar enjoado.

O trem deu um solavanco, parou.

Eles estavam em algum lugar entre duas estações — casas de fazenda marrons nos dois lados dos trilhos. De repente ele pensou que, apesar de ter andado neste trem vezes mais do que suficientes para perder a conta, não conseguiria descrever nenhum bairro do caminho. Ao aproximar-se da meia-idade, parara de olhar pelas janelas.

Ele mergulhou no jornal novamente.

Foi neste exato momento — entre a leitura das colunas de Steve Serby e Michael Strahah — que aconteceu.

Mais tarde ele se perguntaria o que exatamente o fizera olhar de novo para cima naquele exato momento no tempo.

Ele se perguntaria repetidas vezes o que teria acontecido se não tivesse feito isso. Ele se torturaria com todas as possibilidades, os "e se" e os "e se depois disso" e os "e agora".

Mas ele olhou para cima.

O trem de 9h05 da Babylon para a Penn Station continuava o percurso. Merrick para Freeport para Baldwin para Rockville Center. Lynbrook para Jamaica para Forest Hills para Penn.

Mas Charles havia descarrilado clara e espetacularmente.

ATTICA

Duas noites depois, após o jantar, o meu filho de quatro anos subiu no meu colo e exigiu que eu brincasse de caça ao tesouro nas costas dele.

— Vamos sair para procurar um tesouro — sussurrei enquanto caminhava com os dedos para cima e para baixo nas costas dele. — Um *X* marca o local... — ele se contorcia e ria. Cheirava a xampu e balas e massinha de modelar, um cheiro que era claramente e exclusivamente *dele*.

"Para chegar ao tesouro, você dá passos grandes e passos pequenos — murmurei, e, quando terminei, ele me perguntou onde exatamente estava o tesouro e respondi com uma dica. Afinal de contas, esta era a nossa rotina.

"Bem aqui — eu disse. E o abracei.

Minha mulher sorriu para nós do outro lado da mesa.

Quando dei um beijo de despedida neles, me demorei um pouco antes de chegar ao portão da garagem. Como se eu estivesse tentando me encher de boas vibrações para o resto da noite, quando passasse pela arcada de tijolos vermelhos da Attica e para a fétida sala de recreação. Como uma aura mágica que poderia me proteger de qualquer ofensa.

— Tenha cuidado — disse minha mulher à porta de entrada.

Quando passei pelo detector de metal, ele disparou como uma sirene de ataque aéreo.

Eu havia esquecido de tirar as chaves de casa de dentro do meu bolso.

— Ei, Yobwoc — disse o agente penitenciário enquanto me revistava. — Chaves são... de metal. Yobwoc era Cowboy ao contrário e significava que eu era um caipirão detestável de quem eles normalmente faziam gozação.

Ph.D. era apenas um dos meus nomes aqui.

— Desculpe-me — eu disse. — Eu me esqueci.

Logo que entrei na sala de aula, pude ver que havia uma outra história esperando por mim na minha mesa. Onze páginas, cuidadosamente impressas.

Sim, pensei. *A história está apenas começando.*

Outras seções se seguiram como o mecanismo de um relógio.

Daquele primeiro dia em diante, sempre haveria uma outra história esperando por mim todas as vezes que eu entrava em sala de aula.

Às vezes apenas uma página ou duas — às vezes o que constituía vários capítulos. Colocadas sobre a minha mesa, simplesmente, como a primeira delas, sem assinatura. A história se desenrolava aos poucos, como um seriado vespertino do qual você não consegue tirar os olhos de jeito nenhum. Afinal de contas, ela acabaria contendo todos os elementos de uma novela — sexo, mentiras e tragédia.

Eu não li todos os capítulos para a turma. Eu entendia que eles eram somente para mim agora. Para mim e, é claro, para o escritor.

Falando nisso.

Havia 29 alunos na minha turma.

Dezoito negros, seis hispânicos, cinco caucasianos, pálidos como fantasmas.

Eu estava quase certo de que nenhum deles jamais tinha tomado o trem das 9h05 na Pennsylvania Station.

Onde ele estava, então?

FORA DE RUMO DOIS

Uma parte de coxa — foi tudo no início.

Mas não uma coxa qualquer. Uma coxa firme, macia e bronzeada, uma coxa que tinha obviamente passado algum tempo na esteira, protegida por uma saia da moda, curta, que ficava ainda mais curta devido à posição das pernas. Casualmente cruzadas sobre os joelhos. Em resumo, uma saia de tamanho tal que ele teria que dizer que ficava em algum lugar entre sexy e vulgar, não exatamente um ou outro, portanto, ambos.

Foi isto que Charles viu quando olhou para cima.

Ele pôde apenas vislumbrar sapatos pretos de salto alto projetando-se no corredor, balançando suavemente com o movimento do trem. Ele estava diretamente de frente para ela, o assento de costas para a direção da cidade no vagão do trem. Mas a primeira página do *New York Times* que ela segurava bloqueava a visão dele, e mesmo que ela não estivesse bloqueada pela manchete alarmante — INCÊNDIO NO ORIENTE MÉDIO —, ele não havia ainda conseguido ver o rosto dela, apenas perifericamente. Em vez disso, prestava atenção àquela coxa, torcendo para que ela não fosse bonita.

Mas ela era.

Ele ficou se debatendo sobre qual seria o seu próximo movimento — se voltar a atenção para as estatísticas do esporte, por exemplo, ou olhar pela janela encardida ou observar os anúncios de bancos e de companhias aéreas em cada lado do vagão — quando simplesmente deixou a precaução de lado e deu uma espiada nela, no exato momento em que o *New York Times* foi estrategicamente abaixado, finalmente revelando o rosto que ele hesitava em olhar.

Sim, ela *era* bonita.

Os olhos.

Eles tinham algo de espetacular. Grandes como os de uma corça, a exata definição da palavra ternura. Lábios cheios, carnudos, que ela ficava mordendo levemente o tempo todo. O cabelo? Macio o bastante para aninhá-lo e fazer com que ele nunca mais quisesse sair.

Ele tinha esperanças de que ela fosse comum ou interessante ou só bonitinha. De jeito nenhum. Ela era inegavelmente magnífica.

E aquilo era um problema, porque ele andava meio vulnerável nos últimos tempos. Sonhando com um tipo de universo paralelo.

Neste universo paralelo, ele não era casado e a filha dele não era doente, porque ele não tinha filhos. As coisas eram sempre melhores lá; o mundo era a sua ostra.

Então, ele não queria que a mulher do *New York Times* fosse bonita. Porque ele estava espiando através da porta deste universo paralelo e a *anfitriã* o convidava a entrar e ficar à vontade, e todos sabiam que estes universos paralelos eram para crianças e malucos por ficção científica.

Eles não existiam.

— Bilhete. — O condutor estava parado diante dele e exigia alguma coisa. O que ele queria? Será que não dava para ver que ele estava ocupado definindo as limitações da sua vida?

— Bilhete — ele repetiu.

Era segunda-feira e Charles havia se esquecido de comprar o bilhete semanal ao entrar na estação. A mudança de horário o deixara confuso e aqui estava ele, sem bilhete na frente de estranhos.

— Eu me esqueci de comprar — ele disse.

— O.K. — respondeu o condutor.

— É que eu não percebi que hoje era segunda-feira.

— Tudo bem.

Naquele momento, uma outra coisa passou pela cabeça de Charles. Toda segunda-feira ele passava no caixa eletrônico da estação para sacar o dinheiro que usaria para comprar o bilhete semanal. Dinheiro que ele também usava para passar a semana. Dinheiro que ele, naquele momento, não tinha.

— São nove dólares — disse o condutor.

Como a maioria dos casais de hoje em dia, Charles e Deanna viviam usando o caixa eletrônico, que distribuía dinheiro como se fosse um advogado de um fundo fiduciário — um pouco de cada vez. A carteira de Charles estava no mesmo lugar de costume das manhãs de segunda-feira, aberta na bancada da cozinha, onde Deanna com certeza tinha passado para pegar algum dinheiro antes de sair para trabalhar. Não havia nada nela.

— Nove dólares — o condutor disse, desta vez, impacientemente. Não havia dúvidas; o homem estava ficando irritado.

Charles olhou a carteira, de qualquer modo. Havia sempre uma chance de que estivesse errado, de que em algum lugar dela houvesse uma nota de vinte esquecida, enfiada entre cartões de visita e fotos antigas de seis anos atrás. Além disso, olhar a carteira é o que você deve fazer quando alguém lhe pede dinheiro.

O que alguém estava fazendo. Repetidamente.

— Olha, você está atrapalhando o trem inteiro — ele disse. — *Nove* dólares.

— Eu não... — continuando a fachada, procurando entre recibos amassados e tentando não mostrar a sua vergonha ao ser pego sem um tostão em um trem de passageiros bem de vida.

— Tem ou não tem? — o condutor disse.

— Se você me der apenas um minuto...

— Aqui — alguém disse. — Eu pago a dele.

Era ela.

Segurando uma nota de dez dólares e dando um sorriso que fez com que ele perdesse totalmente o equilíbrio.

FORA DE RUMO TRÊS

De todas as coisas que eles conversaram — e eles conversaram sobre todo tipo de coisas — houve uma sobre a qual não falaram.

Viajar diariamente para o trabalho? Sim.

Eu estava pensando um dia desses, disse ela, *que se os Estados Unidos fossem governados como a Long Island Rail Road, estaríamos encrencados. E então eu percebi que talvez seja, e que estejamos.*

O tempo? Claro.

O outono é a minha estação favorita, disse ela. *Mas para onde ele foi?*

Baltimore, respondeu Charles.

Empregos? Perfeitamente.

Eu escrevo comerciais, Charles disse. *Sou diretor criativo.*

Eu engano clientes, ela disse. *Sou corretora.* E acrescentou a seguir: *Brincadeira.*

Restaurantes onde jantaram... faculdades onde estudaram... filmes preferidos. Tudo foi falado, discutido, *mencionado*.

Exceto casamentos.

Casamentos, no plural, porque ela usava uma aliança na mão esquerda.

Talvez casamento não fosse considerado um tópico adequado durante um flerte. Se é que eles estavam flertando, é claro. Charles não tinha certeza; ele estava meio enferrujado nesse assunto e nunca ficava exatamente à vontade com as mulheres, para início de conversa.

Mas assim que ela colocou a nota de dez dólares na mão do condutor, apesar de todo o protesto de Charles — *Não seja boba, você não tem que fazer isso* —, logo que o condutor deu a ela o troco de um dólar, com Charles ainda protestando — *Não, sério, isto é totalmente desnecessário* —, ele se levantou e foi se sentar no banco vazio ao lado dela. Por que não — não é o mais educado a se fazer quando alguém o ajuda? Mesmo alguém com a aparência dela?

As coxas dela mudaram de posição para acomodá-lo. Mesmo com os olhos grudados naquele rosto triste, ele conseguiu notar o movimento das pernas, uma lembrança que ficou com ele enquanto conversavam sobre o banal, trivial e supérfluo — um bom nome, pensou ele, para uma firma de advocacia especializada em ações de danos pessoais.

Ele perguntou a ela, por exemplo, em que corretora ela trabalhava. *Morgan Stanley*, respondeu. E há quanto tempo ela trabalhava lá. *Oito anos*. E onde ela trabalhou antes.

McDonald's, ela disse.

Meu emprego do ensino médio.

Ela era só um pouco mais nova do que ele, ela o fez se lembrar. Para o caso de ele não ter notado.

Ele tinha notado. Na verdade, ele estava tentando descobrir a palavra mais adequada para os olhos dela e achou que provavelmente seria *luminosos*. Isso, luminosos era quase perfeito.

— Eu vou lhe pagar assim que chegarmos a Penn Station — ele disse, lembrando-se de repente que estava com uma dívida.

— Pode ser amanhã — ela disse. — Dez por cento de juros, é claro.

— Eu nunca conheci uma agiota do sexo feminino. Você quebra pernas também?

— Só bolas — ela disse.

Sim, ele achou que *estavam* flertando afinal. E ele não parecia nada mal, também. Talvez fosse como andar de bicicleta ou fazer sexo, você nunca esquece. Embora fosse possível que Deanna e ele *tivessem se esquecido.*

— Você sempre pega este trem? — ele perguntou.

— Por quê?

— Para eu poder devolver o seu dinheiro.

— Deixe isso para lá. São nove dólares. Acho que vou sobreviver.

— Não. Eu tenho que lhe pagar; eu me sentiria eticamente impugnado se não fizesse isto.

— *Impugnado?* Bem, eu não vou querer que se sinta impugnado por minha causa. A propósito, esta palavra existe?

Charles corou.

— Eu acho que sim. Vi nas palavras cruzadas uma vez, então deve existir.

O que os levou a uma discussão sobre o quê? Palavras cruzadas. Ela gostava — ele não.

Ela podia fazer a segunda-feira passar com *os dois olhos fechados.* Ele precisava dos dois olhos e de um pedaço do cérebro que não possuía. Aquele que lhe dava foco e força. O cérebro dele gostava demais de divagar para se sentar e descobrir uma palavra de cinco letras para... digamos... *tristeza.* Tudo bem, tudo bem, esta era fácil. *Pesar.* Aquele lugar onde o cérebro dele insistia em passar bastante tempo nos últimos dias. Onde ele tinha construído uma casa e agora teimosamente se recusava a deixá-la. Exceto, é claro, quando era para imaginar aquele mundo alternativo dele, onde podia flertar com uma mulher de olhos verdes que acabara de conhecer cinco minutos antes.

Continuaram conversando sobre outros assuntos em sua maior parte insignificantes. Uma conversa um pouco parecida com o próprio trem, movendo-se de um modo fácil, agradável, parando eventualmente aqui ou ali para começar um novo tópico ou discussão antes de ganhar força novamente. E então, de repente, eles estavam sob o East River e quase chegando ao destino final.

— Bem, foi sorte minha você estar aqui hoje — disse ele, enterrado na escuridão à medida que as luzes fluorescentes do trem se apagavam e tudo que ele podia ver era o vago contorno do corpo dela. Parecia que ele tinha acabado de entrar, que tinham acabado de pedir nove dólares a ele e ela tivesse acabado de descruzar as coxas para pagar o bilhete.

"Olha — ele disse. — Pegue o mesmo trem amanhã e então eu lhe pago.

— Você tem um encontro — ela disse.

Pelo resto do dia, mesmo quando já havia se despedido dela e a observava desaparecer na multidão da Penn Station, depois de ter esperado dez minutos por um táxi para a cidade e de ser cumprimentado pelo chefe, Eliot, que disse para ele entrar na sala dele, ele ainda estava pensando na escolha de palavras dela.

Ela poderia ter dito ótimo, claro, vejo você amanhã. Ela poderia ter dito boa idéia. Ou *má* idéia. Ou apenas mande pelo correio.

Mas ela tinha dito: *Você tem um encontro.*

O nome dela era Lucinda.

FORA DE RUMO QUATRO

Alguma coisa tinha acontecido.

Eliot o informou que a cliente do cartão de crédito estava vindo falar com eles. Ou, mais provavelmente, gritar com eles.

Prazos estourados, estúdios de gravação medíocres, executivos de conta indiferentes — eles podiam escolher.

Mesmo que a razão verdadeira fosse a mesma razão de sempre nos dias de hoje.

A economia.

Os negócios simplesmente não estavam bons; havia muita competição, clientes demais com opiniões demais. Rastejar sim, integridade não.

Esta ia ser uma visita à sala do diretor, um papo com o papai, uma audiência com o fiscal do Imposto de Renda. Onde ele teria que agüentar e aceitar a posição e dizer obrigado, senhor, também.

Um olhar para a expressão azeda de Ellen Weischler quando ele entrou na sala de reuniões confirmou tudo isto.

Parecia que ela havia tomado leite azedo ou estava sentindo algum cheiro repugnante. Ele sabia *o que era* também. O último comercial que eles haviam feito para a empresa dela era um triunfo da mediocridade. Elenco ruim, mal escrito e mal recebido. Não fazia diferença que eles tivessem recomendado um outro a eles. Eles imploraram e pediram e, sim, até mesmo rastejaram na tentativa de fazer com que eles escolhessem um outro encaminhamento. Nem mesmo fazia diferença que a primeira versão do comercial tivesse ficado quase boa — inteligente, até mesmo moderna — até que o cliente, em especial, Ellen, interferisse nela, modificando o texto, mudando as tomadas, cada prévia mais sem graça do que a seguinte, até que eles terminaram com o cachorro abanando o rabo cinco vezes ao dia nas redes de compra de todo o país. Não fazia diferença porque era a peça *deles*, e o dinheiro — ou para ser totalmente preciso, os 17% de comissão sobre a conta de $130 milhões — parou lá.

Lá, é claro, significava Charles.

Ele cumprimentou Ellen com um beijo recatado em uma bochecha, um beijo no qual ele pensou melhor enquanto se inclinava — imaginando que provavelmente teria sido mais conveniente dar um aperto de mão, uma vez que ela estava a ponto de bater nele.

— Então... — Ellen disse quando todos haviam se sentado. Todos eram Charles, Eliot, duas pessoas da conta — Mo e Lo — e ela e os dela. *Então* era o que a mãe de Charles costumava dizer quando encontrava uma *Playboy* embaixo da cama dele. Um *então* que exigia explicação e certamente contrição.

— Acredito que você não esteja aqui para aumentar a nossa comissão — Charles disse. Ele queria fazer uma piada, é claro, só que ninguém riu. A expressão de Ellen permaneceu azeda; ou melhor, ela parecia pior do que antes.

— Temos assuntos sérios a tratar — Ellen disse.

Temos assuntos sérios também. Não gostamos que você nos diga o que fazer o tempo todo. Não gostamos de ser repudiados, diminuídos, ignorados e que grite conosco. Nós, na verdade, não gostamos de expressões azedas. Isto era o que Charles queria dizer.

O que ele de fato disse foi:

— Eu entendo.

E disse isso com uma expressão de culpa que estava aperfeiçoando de maneira quase artística.

— Parece que estamos falando mas ninguém está ouvindo — Ellen disse.

— Bem, nós...

— Foi isto que eu quis dizer. *Ouça*. Depois fale.

Passou pela cabeça de Charles que Ellen havia transcendido a raiva e partido para a estupidez. Se ela fosse uma conhecida, ele já teria deixado a sala. Se ela fosse uma cliente que valesse menos de $130 milhões, ele a teria mandado passear.

— É claro — Charles disse.

— Todos nós concordamos sobre a estratégia. Todos nós a assinamos. E depois vocês consistentemente tomam outra direção.

Aquelas direções eram a sagacidade, o humor, o valor da diversão e qualquer coisa que na verdade pudesse fazer com que um consumidor se sentasse para assistir.

— Este último comercial é o fim.

Sim, é.

— Chegamos a um acordo sobre o *storyboard*. Dissemos que ia ser feito de uma certa maneira. Então vocês nos mandam um filme que não se parece em nada com aquilo que havíamos combinado. Com todo este *humor de Nova York*.

Se ela tivesse dito um palavrão, p-a, digamos, ela não poderia parecer mais desagradável.

— Bem, como você sabe, nós estamos sempre tentando fazer...

— Eu disse *ouça*.

Ela definitivamente tinha partido para a *estupidez* e podia estar chegando à beira da *humilhação*. Charles se perguntou se esta era uma situação da qual alguém poderia se recuperar.

— Nós temos que mandar uma cena de cada vez para vocês para que possamos voltar ao *storyboard* que havíamos comprado originalmente — ela parou e baixou os olhos para a mesa.

Charles não gostou daquela pausa.

Não era uma pausa que finalmente convidava a uma resposta. Não era nem mesmo uma pausa que significava que ela estava recuperando o fôlego. Era uma pausa que indicava algo pior do que o que já havia acontecido. O tipo de pausa que ele viu nas namoradas antes que elas soltassem o machado e frustrassem as esperanças. No vendedor inescrupuloso querendo levar vantagem. Nos residentes de um pronto-socorro antes de dizerem a você exatamente o que há de errado com a sua filha.

— Acho que talvez precisemos de uma mudança de direção — ela olhou para cima e disse.

O que aquilo queria dizer? Além de algo ruim. Seria possível que ela estivesse dispensando a agência?

Charles olhou para Eliot, que, estranhamente, havia baixado os olhos para a mesa, também.

Então, ele entendeu.

Ellen não estava dispensando a agência.

Ellen o estava demitindo.

Fora da conta. Dez anos, 45 comerciais, um número nada insignificante de prêmios da indústria — nada disso importava.

A resposta era não. Não era possível se recuperar disto. Eliot podia, mas ele não. E parecia a ele que Eliot também devia saber. Você não toma uma decisão destas sem informar a alguém antes.

Et tu, Brute?

Ninguém falou nada. A pausa não estava simplesmente esperando; estava esperando trigêmeos — raivosos, chorosos; algo que Charles temia estar prestes a fazer — baixar a cabeça e começar a chorar. Ele não precisava de um espelho para saber que estava ficando vermelho. Ele não precisava de um psiquiatra para saber que a auto-estima dele havia sido moralmente abalada.

Ellen limpou a garganta. Era isto. Depois de repetidamente adverti-lo por estar falando fora de sua vez, ela finalmente esperava que ele dissesse alguma coisa. Ela esperava pelo discurso de demissão.

— Você não me quer mais no negócio.

Ele queria que a frase soasse sem emoção e talvez até mesmo desafiadora. Mas ele havia falhado. Soou chorosa e defensiva, patética, talvez.

— Nós certamente apreciamos todas as coisas maravilhosas que você fez — ela começou. Então, ele se desligou um pouco. Ele estava pensando que uma empresa corajosa, com um *presidente* corajoso, poderia ter ficado do lado deles, dito que eles escolhiam quem trabalhava com os negócios ali e que Charles era a pessoa. Talvez. Se a conta fosse menos significativa, se os negócios estivessem melhores, se eles não tivessem passado tanto tempo de joelhos.

Mas Eliot ainda estava olhando para a mesa, rabiscando alguma coisa para ter algo com o que se ocupar enquanto Charles era publicamente dissecado. Ou, talvez, ele estivesse apenas fazendo as contas — $130 milhões versus Charles Schine — e chegando à mesma resposta todas as vezes.

Charles não deixou que ela terminasse.

— Foi divertido — ele disse, finalmente dando o tom correto, pensou. O velho cinismo do mundo com um toque de *noblesse oblige*. Ele saiu da sala de reuniões envolto em uma névoa de calor; parecia que tinha saído de uma sauna.

E foi diretamente para um clima diferente. A notícia se espalhou. Ele podia ver nos rostos das pessoas e elas podiam ver no dele também. Ele mal notou a presença da secretária, entrou em sua sala e bateu a porta.

Mais tarde, depois que tudo foi tirado dele, seria difícil se lembrar, mas tudo começou nesta manhã.

Desta maneira.

Por ora, ele se sentou com as portas fechadas e se perguntou se Lucinda estaria no trem amanhã.

FORA DE RUMO CINCO

Ela não estava.

Ele pegou o mesmo trem, ficou no mesmo lugar na plataforma.

Ele andou pelo trem de vagão em vagão — primeiro para trás e depois para a frente — examinando cada rosto da mesma maneira que as pessoas fazem nos aeroportos quando esperam parentes que estão chegando do exterior. Rostos que conhecem mas não conhecem mas esperam conhecer agora.

— Você se lembra da mulher que pagou o meu bilhete ontem? — ele perguntou ao condutor. — Você a viu?

— Do que você está falando?

O condutor não se lembrava dele, não se lembrava dela, não se lembrava do incidente. Talvez ele estivesse acostumado a censurar passageiros regularmente; o drama de ontem não merecia ser lembrado.

— Esquece — Charles disse.

Ela não estava lá.

Ele ficou um pouco surpreso que isto tivesse importância para ele. Que importasse a ponto de fazê-lo andar pelos vagões como um homem sem rumo e sem lar procurando afeto.

Quem era ela, afinal, além de uma mulher casada com quem ele havia flertado inocentemente a caminho do trabalho? E era isso o que *fazia* o negócio ser inocente — eles não haviam repetido. Então, por que exatamente ele a estava procurando?

Bem, talvez porque ele quisesse conversar. Sobre isto e aquilo e algo mais. Sobre o que aconteceu no escritório com ele ontem, por exemplo.

Ele não tinha conseguido contar a Deanna.

Ele estava totalmente preparado para isto. Sinceramente.

— Como foi no trabalho hoje? — ela perguntou na hora do jantar.

Uma pergunta perfeitamente legítima, a pergunta pela qual, na verdade, ele estava esperando. Só que Deanna parecia cansada e preocupada — ela estava examinando o diário de açúcar no sangue de Anna quando ele entrou na cozinha.

Então, Charles dissera:

— Tudo bem no trabalho.

E esta foi a conversa sobre o escritório.

Quando Anna ficou doente pela primeira vez, eles não falavam de outra coisa. Até que ficou aparente o que o futuro reservara para ela, e então eles pararam de conversar sobre o assunto. Porque falar sobre isto era reconhecer o fato.

Então, eles criaram um *código* completo de coisas sobre as quais não conversavam um com o outro. Os planos futuros de carreira de Anna, por exemplo. Qualquer artigo numa revista sobre diabetes a respeito de perda de membros. Qualquer má notícia em geral. Porque reclamar sobre qualquer coisa que não fosse Anna diminuiria Anna.

— Fui observada pela Sra. Jeffries hoje — Deanna disse. A Sra. Jeffries era a diretora da escola.

— Como foi?

— Bem. Muito bem. Você sabe que ela sempre tem um ataque se eu me desvio dos planos de aula permitidos.

— E você fez isso?

— Fiz. Mas o tema da redação que eu dei era "Por que gostamos da nossa diretora". Então, acho que ela não podia reclamar de verdade, podia?

Charles riu. E pensou que aquilo era algo que costumavam fazer muito. Os sorridentes Schine. E ele olhou para a mulher e pensou, *Sim, ela continua bonita.*

Cabelo louro-escuro — com um pouco de ajuda de uma tintura, talvez — despenteado e encaracolado e mal preso por uma faixa branca de elástico; olhos castanhos-escuros que nunca olhavam para ele sem um mínimo de amor. Havia apenas marcas de expressão irradiando dos cantos daqueles olhos, como se lágrimas tivessem aberto caminho pela superfície da pele dela. Como aquelas linhas que faziam ziguezague nas fotografias de Marte tiradas pela NASA — *leitos de rios secos*, explicaram os astrônomos, onde torrentes de água já haviam passado sobre o que era agora paisagem morta. Era assim que ele, às vezes, pensava em Deanna — ela já havia chorado tudo.

Depois do jantar, ambos subiram. Charles tentou ajudar Anna com o dever de casa de estudos sociais da oitava série — a separação da Igreja do Estado, que ela estava tentando fazer com a TV ligada na MTV em um volume *insuportável.*

— Que medidas os Estados Unidos tomaram para separar a Igreja do Estado? — Charles perguntou, pronunciando as palavras para que talvez Anna captasse a mensagem: que deveria haver a separação do dever de casa da TV.

Ela se recusava a entender a dica. Quando ele finalmente ficou em pé diante da televisão para que ela parasse de ficar dando espiadelas na Britney ou Mandy ou Christina e se concentrasse no trabalho que tinha, ela disse para ele se mexer.

— Claro — ele respondeu. E mexeu os braços e pernas de uma maneira que se assemelhava a uma galinha assustada. *Está vendo, estou me mexendo.*

Pelo menos ele tirou um sorriso dela, um feito nada pequeno em se tratando de uma filha de 13 anos cujo comportamento geral variava de carrancuda a calada. Mas, novamente, ela tinha um bom motivo.

Quando ele terminou de ajudá-la, deu-lhe um beijo no alto da cabeça e ela resmungou alguma coisa que parecia ser *Boa noite* ou *Sai fora.*

Então, ele entrou no quarto dele, onde Deanna estava deitada sob os lençóis e fingia dormir.

Na manhã seguinte ele encontrou Eliot próximo aos elevadores.

— Posso perguntar uma coisa? — Charles disse.

— Claro.

— Você sabia que eles estavam vindo aqui para me pedir para sair do negócio?

— Eu achei que eles vinham aqui para *reclamar* da propaganda. Pedir para você sair do negócio foi o modo como eles registraram a seriedade da reclamação.

— Eu me pergunto se você sabia o que ia acontecer.

— Por quê?

— Por quê?

— Por que você quer saber se eu sabia o que ia acontecer? Qual é a diferença, Charles? Ia acontecer.

Quando as portas do elevador se abriram, Mo estava em pé com dois blocos de notas e a nova direção criativa do negócio.

— Descendo? — ela perguntou.

FORA DE RUMO SEIS

— Lucinda — ele disse. Ou ganiu.

Foi como soou para ele — o ruído que um cachorro faz quando pisam no rabo dele.

Ela estava de volta ao trem.

Ele não a havia visto quando se sentou; ele abriu o jornal e imediatamente mergulhou na terra dos Giants: "Técnico Fassel lamentou a falta de pressão da sua linha de ataque no domingo passado..."

Então, o sapato preto, o salto agulha como uma adaga apontando para o coração dele, enquanto ele olhava para cima e abria o peito para a morte.

— *Lucinda...*

Um segundo depois, aquele rosto perfeito chegando ao corredor para olhar para ele, olhos cobertos por óculos de armação preta — *ela não estava usando óculos antes, estava* —, e depois um sorriso de alta voltagem. Não, mais parecido com uma lâmpada incandescente que afasta a escuridão e torna tudo melhor do que de fato é.

E ela disse:

— Oi. — Um "oi" tão doce, também, que parecia genuíno, vindo de uma mulher que parecia feliz em vê-lo. Embora ela estivesse quatro fileiras e três dias distante do encontro combinado. — Por que você não vem aqui? — ela sussurrou.

Sim, por que não.

Quando ele chegou até ela, Lucinda afastou as pernas incrivelmente longas para o lado para deixá-lo passar.

— Bem a tempo — ela disse. — Eu já ia chamar a polícia e dar queixa de nove dólares roubados.

Ele sorriu.

— Eu procurei por você outro dia.

— Aposto que sim — ela disse.

— Não, procurei mesmo.

— Eu estava *brincando*, Charles.

— Eu também — ele mentiu.

— Então — ela disse, esticando a mão com unhas impecavelmente pintadas de vermelho —, pode pagar.

— Claro.

Ele pegou a carteira, abriu no lugar onde havia uma foto de Anna e imediatamente a escondeu, como se fosse uma repreensão que ele não estivesse disposto a ouvir. Colocou uma nota novinha na mão dela, as pontas dos dedos raspando a pele que parecia úmida e quente.

— Sua filha? — perguntou.

Ele corou, com certeza corou, mesmo quando respondeu:

— É.

— Quantos anos?

— Bem velha.

Um tom sábio de quem acredita que a paternidade é um trabalho árduo. O cara de boa índole que diz *eu a amo e tudo mais, mas não me importaria de torcer o pescoço dela de vez em quando.*

— Nem me *diga*.

Então ela também tinha filhos. É claro que tinha.

— Filhas? — ele perguntou.

— Uma.

— Certo, eu te mostrei a minha, agora você me mostra a sua.

Ela riu. *Ponto para Charles, o engraçadinho.* Então ela pegou a bolsa, uma daquelas cavernosas com as quais você poderia ir acampar se não fosse feita de couro dispendioso. Ela tirou de dentro a carteira e abriu para ele ver.

Uma garotinha muito fotogênica de cerca de cinco anos, cabelo louro voando em todas as direções, em um balanço em algum lugar no campo, talvez. Sardenta, joelhos ossudos e um sorriso encantador.

— Ela é encantadora — ele disse, de coração.

— Obrigada. Eu às vezes esqueço. — E, imitando o tom dele de cansaço paternal: — A sua também parece adorável... pelo que pude ver.

— Um anjo — ele disse, para imediatamente se arrepender da escolha de palavras.

O condutor pediu os bilhetes a eles. Charles ficou tentado a lhe perguntar se ele se lembrava da mulher *agora*. Afinal de contas, ele estava fazendo todo o possível para dar espiadas nas pernas dela.

— Tome — ela disse a Charles depois que o condutor conseguiu se recompor e se afastou. Colocou uma nota de um dólar na mão dele.

— Eu pensei que lhe devia juros — ele disse.

— Vou deixar passar. Desta vez.

— Eu não me lembrava de você com óculos — ele disse.

— Mandei fazer lentes de contato novas — ela respondeu.

— Ah, sim. A propósito, você fica ótima com eles.

— Você acha?

— Acho.

— Não é sério o bastante para você.

— Eu gosto do sério.

— Por quê?

— Por que eu gosto do sério?

— Sim, Charles. Por que você gosta do sério?

— Sinceramente... eu não sei.

Ela sorriu.

— Você é bem engraçadinho, não é?

— Eu tento.

Eles estavam passando pelo Rockville Centre, o cinema onde ele freqüentemente levava Deanna claramente visível do vagão do trem. E por um momento surreal, ele imaginou que estava olhando para a sua vida no passado. Que estava firmemente estabelecido neste novo universo dele — confortavelmente instalado na *Charlesópolis*. Somente Lucinda e ele, recém-casados e indo trabalhar. Ainda tagarelando sobre a recente lua-de-mel — exatamente *onde* eles foram? Kaui — isso, duas semanas no elegante Kaui Hilton. Já começavam a pensar em ter filhos também — afinal de contas, eles não estavam ficando mais novos, estavam? Um de cada, eles decidiram, embora isto não fosse importante. Contanto que eles fossem, obviamente, saudáveis...

— Vai ter um dia cheio hoje? — ela perguntou.

— Cheio? Claro.

Cheio afastando clientes insatisfeitos querendo a cabeça dele e chefes tentando traí-lo. E por um segundo, ele sentiu vontade de contar a ela exatamente o que estava acontecendo lá e ter um ombro aconchegante no qual chorar.

— Eu também.

— *O quê?*

— Vai ser um dia cheio para mim também.

— Imagino que você tem recebido muitos telefonemas irritantes ultimamente.

— Bem, se você considera ameaças de morte irritantes.

Charles sorriu.

— Você também é engraçadinha.

— Você acha?

— Acho. Os clientes deviam adorar você quando os tempos eram bons.

— Está brincando? Assim você não estava ganhando dinheiro bastante para eles. Todos tinham um primo ou cunhado ou avó cujas ações eram divididas 64 vezes. Por que eu não poderia vender uma *daquelas* a eles?

— Ora, admita. Era como jogar dardos.

— Claro. Agora são eles que jogam em mim.

Ele teve a impressão de perceber um leve sotaque. Mas que sotaque?

— Você nasceu em Nova York? — perguntou.

— Não, no Texas. Eu era filha de militar — ela disse. — Cresci em toda parte e em lugar nenhum.

— Deve ter sido difícil. — O clichê comum que se deve usar quando alguém faz uma afirmação destas, ele imaginou.

— Bem, o seu melhor amigo muda de identidade a cada seis meses. Por outro lado, era legal porque *você* mudava de identidade também, se quisesse. Se você estragasse as coisas em Amarillo, eles não precisavam saber em Sarasota. Você podia começar do zero.

— Dá para perceber a vantagem — Charles disse. O homem em frente a eles fingia ler o jornal, mas na verdade fazia exatamente a mesma coisa que o condutor. Isto é, aproveitava a oportunidade de olhar as coxas de Lucinda. Charles sentiu um certo orgulho de posse; mesmo que a posse constituísse apenas a viagem de 45 minutos até Penn Station.

— E isto aconteceu muitas vezes? — Charles perguntou.

— O quê?

— Você estragar tudo?

— Uma ou duas — ela disse. — Eu estava me rebelando contra a autoridade.

— É assim que você chamava?

— Não. É assim que *eles* chamavam. Eu chamava de aprendizado.

— Eles quem? Seus pais?

— É. E o psiquiatra do Exército que eles me faziam ir ver.

— Como era isto?

— Você alguma vez já *foi* a um psiquiatra do Exército?

— Incompetência geral? Má prática total? Não.

Ela riu.

— Viu, eu disse que você era engraçado — falou.

Sim, uma absoluta batalha de risadas.

— Talvez você não se importe de ligar para os meus clientes e contar isto a eles.

— Claro. Como *estão* as coisas no escritório?

— Bem.

— Você disse que trabalhava em quê... publicidade?

— Isso. Publicidade.

— É mesmo? Como está o mundo da propaganda hoje em dia?

— Alguns dias bom, outros dias ruim.

— E...?

— *E...?*

— Estes são os dias ruins?

— Bem, ninguém está ameaçando me matar.

Não, apenas reduzi-lo à insignificância.

— Vamos lá, eu reclamo do meu trabalho, você reclama do seu. É mais do que justo...

Então, que diabos. Ele contou a ela.

Inicialmente não pretendendo revelar muito mais do que o fato de estar tendo alguns problemas com um cliente, mas uma vez que começou, ele viu que era mais ou menos incapaz de parar. Ouviu-se extravasar os detalhes do escritório Sturm und Drang com verdadeiro espanto por sua completa falta de controle. A ira de Ellen Weischler. A facada pelas costas de Eliot. A injustiça de tudo isto.

Ele imaginou que ela poderia tê-lo interrompido a qualquer momento. Ela poderia ter dito que era o bastante, ou você quer realmente me contar isto ou até mesmo ter começado a rir dele.

No entanto, ela não fez nada disso. Ela ouviu. E quando ele terminou, ela disse:

— E eles acham que os corretores é que são uma droga.

— Não sei o que me deu para contar isto a você — ele disse. — Desculpe-me. — Embora na verdade fosse da boca para fora. Envergonhado? Claro. Mas ao mesmo tempo *purificado*. Como se finalmente tivesse vomitado a refeição rançosa da noite anterior e pudesse finalmente voltar à mesa.

E então ela fez mais do que simplesmente ouvi-lo. Ela esticou a mão e massageou o ombro direito dele. Foi como um tapinha calmante, macio, um esfregar de mão amigo, um gesto de apoio fraternal.

— Coitadinho — ela disse.

E Charles não pôde deixar de pensar que certos clichês são depreciados por nada além do que ciúme. *O toque dela parecia elétrico*, por exemplo. Um clichê que soaria pura tolice para as pessoas que não têm sorte suficiente para senti-lo. Que, em qualquer momento, eram *a maioria* das pessoas. Porque, bem, o toque dela *era* elétrico; o corpo dele estava de repente cantarolando como aqueles versos cheios de força, cantados nas planícies secas do Kansas.

Eles entraram no East River Tunnel — *o túnel do amor*, ele pensou —, e por um momento ele teve medo de se inclinar e fazer algo idiota. Podia acabar sendo levado, algemado, por este algo idiota na plataforma da Penn Station.

Então, algo aconteceu.

O vagão do trem ficou completamente às escuras, as luzes se apagaram como sempre que o trem se escondia sob o East River. Parecia que ele estava sentado em um cinema escuro, esperando pela luz fosforescente que viria salvá-lo. Ou por alguma outra coisa; ele podia sentir o perfume dela ali naquela escuridão. Lilás e almíscar.

E, então, a respiração dela estava na orelha dele, macia e úmida. A boca, perto o suficiente para um beijo ao sussurrar algo no ouvido dele.

Então, as luzes se acenderam, se apagaram e voltaram ao fluorescente fantasmagórico.

Nada havia realmente mudado.

O *voyeur* desavergonhado sentado diretamente em frente a eles ainda estava olhando as coxas de Lucinda. A mulher com as pernas cheias de varizes cochilava do outro lado do corredor. Havia o banqueiro com a cara amarrada, o universitário debruçado sobre o seu livro, a estenógrafa do tribunal cuidadosamente guardando o Teletipo.

Lucinda também parecia estar do mesmo jeito que antes, com o rosto virado para a frente como todo mundo.

Ela não ia se voltar para o jornal para checar a Amex e a Nasdaq e os índices estrangeiros e os títulos municipais?

Ele esperou um pouco para ver se ela ia olhar para ele e voltar a conversar, depois olhou pela janela, onde eles acabavam de passar por um enorme *outdoor* que dizia, "Perca-se nas Ilhas Virgens".

Quando o trem parou na Penn Station, ele perguntou a ela se podiam almoçar juntos qualquer dia destes.

Você é o homem mais sexy que eu já conheci.

Foi isto que Lucinda sussurrou no ouvido dele no trem.

FORA DE RUMO SETE

— Certo — Winston disse. — Certo. Sete jogadores que fizeram quarenta ou mais *home runs* com 11 letras no sobrenome.

— Yastrzemski — Charles respondeu, indo imediatamente para o garoto local que fizera bonito, o astro do BoSox criado em uma fazenda de batatas em Long Island.

— Certo — Winston disse. — Este é um.

Winston Boyko. Empregado da sala de correio. Fã de beisebol. Um bom piadista.

Ele vinha à sala de Charles desde que o vira com a sua camiseta surrada dos Yankees.

Charles perguntou a ele se ele queria alguma coisa, e ele disse, *Sim, a formação inicial dos Yankees em 1978, incluindo o batedor designado.*

Charles lembrou de todos com exceção de Jim Spencer — o jogador da primeira base —, e com isto tinham, mais ou menos, começado uma amizade. Ou quase isto.

Charles não sabia dizer onde Winston morava ou qual era o nome do meio dele, ou se ele tinha uma namorada ou esposa. Era uma amizade do tipo vamos-ver-quem-sabe-mais-sobre-beisebol, um relacionamento alimentado nos dez minutos diários em que Winston entregava a correspondência — uma vez pela manhã, uma vez à tarde.

Neste momento, era de manhã e Winston estava rindo porque Charles tinha dificuldade em se lembrar de outro nome para adicionar à lista junto com o grande Yaz.

Killebrew — desculpe, nove letras.

Petrocelli — bom, mas apenas dez.

— Que tal me dar até hoje à tarde? — Charles pediu.

— Para você poder procurar na internet e depois fingir que não fez isso?

— Sim.

— Certo — Winston disse. — Claro.

Winston não era o tipo comum de entregador de correspondência. Primeiro, ele era branco. Além disso, era esperto demais para ficar fazendo cópias.

Charles se perguntou mais de uma vez por que ele fora parar no serviço de entrega de correspondência — mas nunca perguntou a ele. Eles não eram tão amigos assim.

Por outro lado, nunca se sabe. Por acaso Winston não estava olhando para ele com um ar de preocupação genuína?

— Você está bem, patrão? — ele perguntou.

— Claro. Estou ótimo.

Só que ele não estava ótimo. Ele recebera de Eliot, seu chefe e traidor, uma conta para substituir a outra. Vinha com um bilhete também, "Até aparecer alguma coisa melhor", que ele havia escrito no fim da página. A única questão era: quando *isto* ia acontecer?

E ele estava pensando sobre o que ele ia fazer na hora do almoço hoje. *Com* quem ele ia almoçar. A mulher dos olhos luminosos.

E Charles pensou: *eu nunca traí Deanna.*

Nem uma vez.

Não que nunca tivesse ficado tentado em fazê-lo. Profundamente tentado, às vezes experimentando os sintomas físicos reais que pouco diferiam dos sinais de alerta de um ataque cardíaco — um leve suor, uma dor incômoda no peito, uma ligeira náusea. E cada vez que ele tinha que imaginar se iria adiante, experimentava os mesmos sintomas.

Apenas piores.

O problema era que ele via a infidelidade da mesma maneira que imaginava que Deanna via — não como uma aventura mas como *uma traição*. E traição era o tipo de palavra que ele associava a Benedict Arnold e ao Black Sox de 1919. O tipo de ato que faz com que você seja banido ou executado. Além disso, ele tinha certeza de que amava a esposa. Que amava pelo menos a sua constante inalterada presença.

Então, novamente, isto foi antes de a vida tê-*lo* traído. Antes que ele começasse a sonhar com a vida em um universo mais amistoso a ele.

— Você parece doente — Winston disse. — Estou preocupado que isto possa ser contagioso.

— Não é. — Não se podia entender o que ele tinha, podia?

— Foi o que Dick Lembergh disse.

— Dick Lembergh? Quem é?

— Ninguém *agora*. Ele está morto.

— Obrigado. Isso me faz sentir mais calmo — Charles disse.

— Vou te dar uma dica — Winston falou.

— Uma *dica*?

— Sobre os outros seis jogadores. Três deles eram da Liga Americana.

— Por que você não disse que três deles eram da Liga Nacional?

— Ei, você é *bom*.

Winston podia não ter a mente de um trabalhador comum, mas tinha o corpo de um operário. Isto é, parecia que ele podia bater em qualquer um se tivesse vontade. Ele tinha uma tatuagem na parte de cima do braço que dizia *AB*.

Um erro que eu cometi, ele disse a Charles uma vez.

Fazer a tatuagem?

Não. Namorar aquela garota — Amanda Barnes. Eu gosto da tatuagem.

— Falando nisso — ele disse agora, se levantando para sair. — Eu não estou 100% certo se são sete jogadores com 11 letras no sobrenome ou 11 jogadores com sete letras. Um cara me disse isso num bar por volta das duas da manhã, então pode ser qualquer um dos dois.

Eles se encontraram no restaurante italiano na esquina da rua 56 com a Oitava Avenida, um lugar que tinha fama de ter sido onde Frank Sinatra costumava comer ocasionalmente.

Lucinda estava vestida para matar, e fazia os olhos de Charles se encherem de água de adoração e excitação. Usava uma blusa de seda com gola em V que não ficava pendurada ou drapeada ou cobria — ela *aderia*.

É claro que só podia ser nervosismo o que ele estava sentindo. Era como almoçar com um fornecedor, nenhum dos dois sabia exatamente o que esperar.

Então, Charles perguntou a ela coisas que qualquer conhecido no mundo dos negócios perguntaria. O que o marido dela fazia.

— Joga golfe — disse Lucinda dos olhos adoráveis.

— É a profissão dele?

— Espero que não.

— Há quanto tempo vocês estão...?

— Casados? Tempo bastante para ter que pensar nisso. E você?

— Dezoito anos — Charles disse; ele não tinha que pensar nisso, e também não queria pensar. Por outro lado, falar sobre os cônjuges não seria um sinal de que não estava acontecendo nada ali, que tudo era bastante inocente?

— Eu estava no ensino fundamental há 18 anos — Lucinda disse.

Ele se perguntou quantos anos ela teria — mais ou menos trinta, ele achava.

— Então — Lucinda perguntou —, alguma facada nas costas para me contar?

— Bem, eu tenho uma nova conta.

— É mesmo?

— Uma aspirina. Recomendada por dois em cada três médicos sobre todas as outras aspirinas.

— Isto é ótimo.

— Exceto que os médicos não recomendam mais aspirinas. Mas se recomendassem...

— Então, o que você vai fazer para...?

— Não sei. É uma dor de cabeça.

Lucinda riu. Lucinda tinha pulsos finos e dedos longos com os quais costumava tirar o cabelo escuro e grosso dos olhos — na verdade, de *um olho*. Ele se lembrou de Veronica Lake em *Alma torturada*.

— Como você começou...?

— Na publicidade? Ninguém sabe como entra na publicidade. É um mistério. De repente, você está lá.

— Como em um casamento, não é?

— Casamento? Eu não entendi.

— Bem, acredite ou não, eu não me lembro de ter realmente tido *vontade* de me casar. Eu nem mesmo me lembro do *sim*. Embora devesse.

Ela virou o anel de diamantes como se quisesse ter certeza de que ele estava realmente lá — que ela era, de fato, casada. Quem sabe não era o charme de Charles que estava fazendo com que ela se esquecesse?

— Seu marido. Você o conheceu no Texas? — Charles perguntou.

— Não. Eu fumava maconha no Texas. E passava meu tempo livre andando de carro.

— Ah, certo. Eu havia me esquecido, você era uma delinqüente juvenil.

— Eles chamam de *criado no inferno* em Amarillo. E o adolescente Charles? Como ele era?

— Ah. Eu era um *criador de desastres*, eu acho.

O adolescente Charles lia muitos livros e entregava todos os deveres de casa e trabalhos finais no prazo.

— Ah, certo. Você era o cara que gostávamos de encher o saco.

— É. Era eu.

Charles estava relaxando no cair da tarde do almoço.

Infelizmente, ele também estava olhando um arquivo que dizia "Revisão da Conta" na capa.

O problema de receber a conta de um analgésico era que você não necessariamente queria aceitá-la. Analgésicos, detergentes, desodorantes eram indicação de um tipo de Sibéria na publicidade. "Espiral Descendo, Por Aqui." Existiam em um lugar onde ninguém atentava muito no que você fazia, a não ser os próprios clientes. E eles o faziam testar, re-testar e testar um pouco mais; mesmo que as chances fossem boas, você ia acabar com uma dona-de-casa segurando o produto para a câmera e dizendo como ele mudou a vida dela.

Além de herdar a conta, ele herdou um comercial que parecia estar indo bem no processo de pré-produção. Isto é, ele já havia sido testado, re-testado, testado novamente e depois enviado para as produtoras para licitações. Uma delas — a Headquarters Productions, Charles notou — tinha sido recomendada pela agência. Ele conhecia o representante deles — Tom Mooney, chato e conservador, um homem da Fuller Bush com bobinas.

A executiva de conta desta nova conta, Mary Widger, enviou-lhe o *storyboard* para que ele desse uma olhada. No fim das contas, não era uma dona-de-casa segurando um analgésico para a câmera e dizendo ao mundo como ele havia mudado a vida dela. Era uma dona-de-casa segurando um analgésico para a câmera e dizendo isto ao marido dela.

Ele chamou David Frankel, um produtor da agência com quem ele nunca havia trabalhado, já que David trabalhava em comerciais do tipo que ele começaria a fazer a partir de agora mas que nunca havia feito.

— Sim — Frankel atendeu ao telefone. — Quem é?

— Charles Schine.

— Oh, Charles Schine.

— Acho que vamos trabalhar juntos.

— Já estava na hora — David disse. Charles se perguntou se ele estava expressando camaradagem ou simplesmente satisfação com a queda de Charles para a terra dos analgésicos.

Ele escolheu a camaradagem.

Era responsabilidade do produtor da agência pedir orçamentos, trabalhar os números para a satisfação de todos e depois sair e filmar com você.

— Este trabalho parece um pouco demais — Charles disse. Ele se referia ao valor da licitação anotado a lápis no rodapé da página, já enviado ao cliente para aprovação, computando edição, música e todos os outros custos de pós-produção Além da comissão da agência.

Novecentos e vinte e cinco mil dólares por dois dias de filmagem.

— Eles sempre pagam isto — David disse.

— Tudo bem, só que parece um pouco alto para dois atores e um vidro de aspirina.

— Bem, este é o preço — ele disse categoricamente.

— Ótimo. — Dinheiro era algo com o qual Charles devia se preocupar apenas se os clientes estivessem preocupados. E, segundo David, eles não estavam.

Mas parecia realmente alto.

— Por que não nos reunimos na semana que vem para discutirmos tudo isto?

— Estou contando os minutos — David disse.

Charles achou que, no fim das contas, não era bem camaradagem o que David estava expressando.

O segundo almoço deles foi ainda mais *almoço* do que encontro. Ainda eram duas pessoas que se achavam interessantes, ainda que não disponíveis.

Quando a sobremesa chegou — dois *biscottis* com *cappuccinos* — ela disse:

— Você nunca fala da sua filha. Como ela é?

— Normal — Charles disse.

— *Normal?*

— É. Normal.

— O que é isto? Eu já ouvi pais tagarelas antes...

— Mal-educada. Temperamental. Geralmente sente vergonha por eu ser pai dela. *Normal.*

É claro que ele não disse por que a filha dele era mal-educada e temperamental a maior parte do tempo.

Mas ela o olhava com uma expressão que parecia ter um tom de reprovação, então ele contou.

— Ela é doente.

— Oh.

— Diabete juvenil. E não, você não toma insulina e tudo fica bem. Não agora.

— Sinto muito — ela disse.

— Eu também.

Lucinda era uma ouvinte de primeira.

Ele percebeu isso nos dez minutos que se seguiram ao seu monólogo quase ininterrupto sobre o *quanto* ele lamentava. Como ele e Deanna, oito anos atrás, levaram esta menina normal ao pronto-socorro e saíram com outra pessoa. Uma criança em quem ele tinha que aplicar injeções duas vezes por dia e monitorar de perto para que não tivesse um choque hipoglicêmico. Uma criança para quem ele comprava insulina especial feita de células de porco porque era a única a qual ela reagia, mas cuja condição geral estava em queda livre de qualquer maneira. Uma criança assim.

A filha dele.

Ela ouvia com simpatia e preocupação. Balançava a cabeça, suspirava, educadamente fazia perguntas quando não entendia alguma coisa. *Insulina de porco — por quê?*

Ele respondia da melhor maneira que podia, e quando finalmente terminou de desabafar, ela resistiu à tentação de usar chavões idiotas. Ele apreciou o esforço.

— Não sei como você agüenta — ela disse. — Realmente não sei. Como Anna lida com isto?

— Bem. Ela aceita o papel de almofada de alfinetes.

Esta era uma das maneiras com as quais *ele lidava* com isto, é claro. A piada ruim, o velho dito espirituoso, rindo da desgraça.

— Como é isto para você? — Lucinda perguntou depois de ele dizer que *alfinetava* Anna com o horário certo para tomar a insulina de porco.

— Como é o quê para mim? — Charles disse. Fingindo-se de inocente.

— Nada — Lucinda respondeu. — Deixa para lá.

Sobre o que se fala quando não se pode falar do futuro?

Fala-se do passado.

Frases como "Você se lembra quando..." ou "Passei na antiga escola da Anna hoje..." ou "Estava me lembrando das férias que passamos em Vermont...".

Depois que ele e Deanna passaram o jantar se lembrando da cabana de esqui sem aquecimento em Stowe onde a mamadeira de Anna congelou, depois que terminaram de jantar e empilharam os pratos e Charles subiu e foi checar os pés de Anna, que ela mostrou de má vontade, eles foram para a cama com a TV ligada.

Então, de repente, a mão dela tocou a dele. A perna dele se enroscou à dela. Era como se os membros deles tivessem vida própria, os corpos finalmente dizendo, *Chega, estou com frio. Estou me sentindo sozinho.*

Charles se levantou e trancou a porta. Nem uma palavra foi dita sobre o que eles estavam fazendo. Ele voltou para a cama e a abraçou, o coração indo de encontro às costelas, beijando-a e pensando como verdadeira e sinceramente sentia saudades disto.

Só que em algum lugar no caminho de se tornarem amantes novamente, eles se tornaram estranhos. O modo como aconteceu foi esquisito. Quando ele estava se mexendo em cima dela e se preparando para penetrá-la, a boca procurando a dela — algo estranho e repentino aconteceu nos movimentos deles. Eles eram como duas peças de quebra-cabeça que se recusavam a encaixar — não conseguiam se encaixar em nenhuma posição. Ela empurrou o peito dele, ele saiu de cima dela, ele foi beijá-la, ela virou a cabeça para o lado errado. Ela sorriu, tentando encorajá-lo, ele se mexeu de volta para dentro dela, ela congelou, ele encolheu e escapuliu.

Eles se soltaram lentamente e viraram para lados opostos da cama. Nenhum deles disse boa-noite.

FORA DE RUMO OITO

Como eles passaram da hora do almoço para a hora do aperitivo?

Do atum Niçoise e *biscottis* para cosmopolitans e castanhas?

Afinal de contas, almoçar era algo que se fazia com um amigo. Beber era algo que se fazia com um bom amigo. Almoçar significava dar um telefonema a Lucinda, mas sair para um drinque significava dar um telefonema a Deanna. Uma explicação pelo atraso. Significava *mentir.*

E ele mentia tão mal quanto contava piadas.

Então, novamente, a prática leva à perfeição.

— Vou trabalhar até mais tarde *de novo* — ele disse a ela na vez seguinte.

E na vez depois daquela.

Lentamente ele se deu conta de que a vida dele estava mudando. Que ele passava a maior parte do tempo esperando pela *próxima* vez em que veria Lucinda.

Temple Bar.

Keats.

Houlihan's. Onde, ambos finalmente tiveram que reconhecer para onde as coisas estavam caminhando.

Talvez tivessem sido as bebidas. Ele havia decidido deixar de lado o Cabernet de sempre e optara por uma marguerita. Ou duas. Em um bar onde não se economizava na tequila.

Lá pelo segundo drinque, ele estava vendo coisas. Ou não estava vendo coisas. Por exemplo, os outros clientes do bar haviam sumido, deixando apenas Lucinda.

— Acho que você está tentando me deixar bêbada — ela disse.

— Não. Eu estou tentando deixá-la *mais* bêbada.

— Ah, certo. Eu esqueci. Eu já estou bêbada.

— Você fica linda bêbada — ele disse.

— Isto é porque *você está* bêbado.

— Ah, sim.

Ela estava linda — olhos vidrados não tinham nada a ver com isto. Esta noite ela estava vestida com algo ridiculamente curto e impossível de ser considerado confortável, esticado e apertado sobre as coxas cobertas pelo náilon brilhante.

— O que você disse à sua mulher? — ela perguntou.

— Disse que ia tomar uns drinques com uma linda mulher que conheci na Long Island Road.

— Ha — ela disse.

— O que você disse ao seu marido?

— A mesma coisa. Disse que ia tomar uns drinques com uma linda mulher que conheci na Long Island Road — ela riu, afastando o cosmopolitan rosa do corpo para que não respingasse nela.

O marido dela. Indiferente, leal, quase vinte anos mais velho do que ela e perniciosamente chato, ela reclamou. Apaixonado somente pelo golfe atualmente.

— Você sabe... — ele disse. — Você sabe...

— O quê?

— Esqueci. — Ele ia dizer alguma coisa da qual tinha a vaga noção de que ia se arrepender depois, mas se esqueceu quando ela virou-se para ele com aqueles olhos verdes suaves. Se o ciúme era um *monstro de olhos verdes*, o que era o amor? O anjo de olhos verdes?

— O que estamos fazendo, Charles? — ela perguntou, com um ar meio solene agora. Talvez estivesse prestes a dizer algo de que iria se arrepender também.

— Estamos tomando um drinque.

— Eu quis dizer, o que faremos depois que tomarmos um drinque?

— Tomar outro?

— Depois disso.

Ele estava pensando em uma resposta possível para aquela pergunta, mas, de repente, *havia* outra pessoa no bar; eles *não eram* as únicas duas pessoas existentes no mundo. Um homem de idade incerta colocara-se entre os dois para chamar a atenção do *barman*.

Só que a atenção dele estava em outro lugar — isto é, tão logo ele deu uma olhada nas pernas de Lucinda.

— Posso te pagar uma bebida? — ele perguntou a ela.

— Não — ela respondeu, mostrando o cosmopolitan ainda nas mãos.

— Tudo bem. Posso comprar o bar para você?

— Com licença — Charles disse; o homem estava quase pisando nos sapatos dele.

— Eu não quero pagar uma bebida para *você* — o homem falou.

— Engraçado. Engraçado mesmo. Só que eu estava conversando com ela.

— Eu também.

Charles não pôde determinar se o homem estava sendo engraçado ou se estava sendo ele mesmo, o que podia ser qualquer coisa, desde grosseiro a homicida. Era difícil dizer nos dias de hoje.

— Sabe, na verdade ele *estava* falando comigo — Lucinda disse para o homem. — Então...

— Então o quê?

— Certo, *nós* saímos — ela disse.

— Ah, *fica* — ele pediu.

— Com licença — Lucinda disse, levantando-se do banquinho do bar e tentando passar por ele.

— Foi algo que eu falei?

— Com *licença*.

— Ótimo. A vadia está indo embora.

Charles deu um soco nele.

Até onde se lembrava, nunca havia batido em ninguém antes; ficou surpreso com o fato de bater em alguém ser tão doloroso quanto apanhar. Ele também se surpreendeu que o homem tivesse de fato caído, com sangue de verdade nos lábios.

— Ele me disse uma coisa muito grosseira — Lucinda explicou aos vários garçons que de repente se materializaram e ficaram entre os dois.

Um homem com rosto avermelhado chegou apressado vindo da parte de trás do restaurante — o gerente, Charles supôs.

— Talvez fosse melhor que vocês todos fossem embora — ele disse depois de descobrir o que tinha acontecido. Não era difícil; o homem que Charles tinha derrubado ainda estava tentando se levantar e Charles ainda esfregava a mão usada para socá-lo.

— Claro — Charles disse. — Por que não?

Ele pegou o casaco de Lucinda na chapelaria, ciente de que todos os olhos estavam sobre ele, embora os únicos olhos com os quais ele se importasse fossem verdes e estivessem cheios de gratidão.

Bem, não estavam? Ele não tinha acabado de chutar o valentão, resgatar a donzela, defender-lhe a honra?

Estava chuvoso do lado de fora, frio o suficiente para que saísse fumaça de sua boca.

— Pegamos um táxi para a Penn? — ela perguntou, os olhos úmidos do frio... ou era da emoção do momento? Pela exibição da *coragem* dele?

— Esqueça o trem — ele disse. — Vou chamar um carro. Vou pegar um carro e deixá-la em casa.

— Tem certeza?

— Sim.

— Talvez não seja uma boa idéia.

— Por que não?

— Não sei. Alguém pode nos ver.

O primeiro reconhecimento aberto de que estavam fazendo algo ilícito.

— Alguém pode nos ver no trem também.

— Mas é um trem. Estranhos se sentam em trens. É diferente.

— Tudo bem. Como você quiser. — O braço dele estava no braço dela; ele não havia percebido que tinha colocado o braço lá, mas tinha, e pôde sentir o calor do corpo dela sob o casaco. Como a febre por trás de uma sensação de frio.

— Eu só não acho que o carro seja uma boa idéia.

— Tudo bem.

— Eu poderia fazer algo que não deveria.

— Como desmaiar?

Ele estava tentando ser engraçado novamente — ênfase no *tentando* —, mas talvez não fosse o momento para ser engraçado, porque ele podia quase jurar que ela estava se inclinando na direção dele, que ela de alguma maneira estava ficando mais próxima do que jamais estivera antes.

— Como talvez *comer* você — ela disse.

— Feito — ele respondeu. — Vou pedir o carro.

Ela o beijou.

Mas beijo não faz justiça ao que houve. Foi mais como uma respiração boca-a-boca, porque ele se sentiu voltando do mundo dos mortos.

Quando se afastaram, e não fizeram isto por um tempo que pareceu equivalente a um dia e meio, recuperaram o fôlego como se estivessem saindo do mar.

— Uh-oh — ela disse.

Exatamente os sentimentos dele. Ou talvez apenas *oh*. Uma exclamação de admiração e incontrolável alegria — certo, não *totalmente* incontrolável, já que havia algumas complicações à espreita em algum lugar.

Embora essas complicações — que tinham nomes e rostos e reivindicações legítimas do amor e da lealdade dele — de repente parecessem ficar para trás como os clientes do bar e desaparecessem em um mundo periférico.

No carro a caminho de casa, eles se aninharam no banco traseiro, *aninhar* sendo o tipo de palavra que geralmente se pára de usar depois de uma certa idade. Mas a sensação foi aconchegante, familiar e dolorosamente nova.

Eles se beijaram novamente também. E ele beijou não só os lábios mas várias partes do corpo dela, a nuca, a cicatriz leve na parte interna do braço — acidente no *playground* —, as sobrancelhas negras e grossas. Com um olho no motorista, que de vez em quando olhava pelo espelho retrovisor, e o outro olho um no outro, e ele teria que dizer que estavam muito bem. Rostos avermelhados — o dela com certeza, e ele podia sentir o calor no dele também, embora *não fosse o calor, fosse a umidade*. Como se eles estivessem envoltos em uma nuvem de chuva carregada, pronta para ensopá-los até os ossos e ele pronto para dançar nas poças como Gene Kelly.

Quando se beijaram na Van Cortland Avenue, quando apertaram as mãos ao deixarem para trás a sombra do Shea, quando se aninharam na rampa de saída da Grand Central Parkway, ele estava disposto a apostar que ninguém havia se sentido assim antes, embora soubesse que isto não era verdade. O pecado número um do viciado sem esperança: negação. E ele *estava* viciado, não estava? Parecia que não podia passar por duas saídas sem dar um beijo nela. Que não podia ouvir três músicas no rádio — 101.6 FM, Música para Amar — sem passar as mãos pelo corpo dela.

— Devagar — ela disse quando chegaram à Saída 8E da Meadowbrook Parkway, uma via pública arborizada. Ela estava dizendo isto para o motorista, mas podia muito bem ter dito isto para ele, porque ele não estava indo devagar, era possível que ele superaquecesse: uma daquelas vítimas infelizes que você vê sujando a auto-estrada enquanto vão para algum lugar importante.

— Eu não quero que você me deixe em frente de casa — ela disse. — Meu marido está lá.

— Onde *é* a sua casa?

— Alguns quarteirões acima. Aqui está ótimo.

Eles pararam na esquina da Euclid Avenue. E Lucinda disse:

— Encontre-me no trem amanhã.

FORA DE RUMO NOVE

O nome era Fairfax Hotel. O tipo de hotel que tinha sido deixado de lado e caído no anonimato. O tipo de hotel que a maioria das pessoas escolheriam trocar por algo melhor.

Mas não Charles, e não agora.

Ele estava a caminho de lá para passar a manhã com Lucinda.

Ele finalmente tomou coragem para pedir.

Eles tiveram dois outros jantares e dois outros passeios de carro onde agiram como se fossem dois adolescentes com a taxa de hormônios acima do normal. Eles se beijaram e se acariciaram e ficaram juntinhos e agora era a hora de *levar o relacionamento adiante*. Estas foram as palavras que ele de fato usou. Surpreso pelo fato de realmente tê-las dito e eternamente grato por ela não ter rido dele. Ainda mais grato pela resposta dela, que, após vários minutos de silêncio, foi: *Claro, por que não.*

Ele tinha perguntado isto a ela após duas xícaras de café na Penn Station, e depois, eles andaram até a Sétima Avenida de braços dados e dividiram um táxi, embora ele fosse se afastar aproximadamente setenta quadras do caminho só para deixá-la — mas então aquelas eram setenta quadras a mais na companhia dela — se abraçando e se agarrando a esta nova idéia deles. E ela dissera, *Onde?* Boa pergunta, também. Aonde exatamente eles iriam para consumar as coisas? E eles passaram por um hotel no táxi — *Não,* ela disse, *perto demais da Penn*; e então passaram por outro — *parece muito abafado*; e depois por um outro ainda quando eles chegaram ao centro da cidade.

O Fairfax Hotel.

Ladeado por uma *delicatessen* coreana de um lado e por uma clínica para mulheres do outro. Meio sujo, sim, mas não era este o tipo de hotel feito para estas coisas?

E ela disse, *Ótimo, sim, este parece ótimo.*

E eles marcaram um encontro.

O trem entrou na Penn Station.

Ambos estavam surpreendentemente quietos, ele pensou, como boxeadores antes da maior luta de suas vidas.

Ele passou a maior parte do tempo contando os minutos entre as estações: Merrick a Freeport a Baldwin a Rockville Centre. Sob a escuridão do East River, ela pegou a mão dele e a prendeu entre os dedos. Eles estavam gelados, como se todo o sangue tivesse se esvaído deles, congelado por... o quê? Culpa? Vergonha? Medo?

Havia algo não-espontâneo em relação a tudo isto. Antes, eles ficavam se apalpando no escuro, mas agora tudo estava friamente premeditado. No caminho para o ponto de táxi, ela se inclinou contra ele, não tanto por desejo quanto por inércia, ele pensou. Como se ele a estivesse arrastando para lá — carregando um peso morto em uma escada rolante e através da entrada.

Ele entendeu. Uma coisa era ficar se acariciando no carro, mas ir para um hotel com a intenção de fazer sexo era outra.

O interior do Fairfax Hotel parecia bastante com a visão do seu exterior — em péssimo estado e caindo aos pedaços, desamparado. O saguão cheirava a cânfora.

Quando eles se dirigiam para a recepção, ele pôde sentir o aperto dos nós dos dedos de Lucinda na garganta dele. Ele disse ao recepcionista que ia pagar em dinheiro e a chave do quarto 1207 lhe foi dada.

Eles permaneceram em silêncio no elevador.

Quando as portas se abriram no doze, ele disse:

— Primeiro as damas.

E Lucinda disse:

— Primeiro os mais velhos.

Então, eles saíram juntos. O andar precisava de um pouco mais de lâmpadas, ele pensou, já que a única fonte de luz parecia vir de uma janela parcialmente coberta por uma cortina à esquerda do elevador. O carpete cheirava a bolor e tabaco.

O quarto 1207 ficava bem no fim do corredor onde era mais escuro, e Charles precisou forçar a vista para ler os números na porta.

É isto que você consegue por 95 dólares na cidade de Nova York: um quarto cheirando a desinfetante, com uma cama tamanho-família, um abajur torto e uma mesa, todos estes móveis a uns sessenta centímetros uns dos outros.

Um quarto que era virtualmente equatorial — com nenhum termostato visível para ajudar.

Havia uma faixa de papel branco envolvendo a tampa do vaso sanitário. Charles fez as honras; ele precisava ir desde o momento que entrou no quarto. Nervoso.

Quando saiu do banheiro, Lucinda estava sentada na cama, mexendo no controle da TV. Não estava aparecendo nada na tela.

— Acho que é preciso pagar extra — ela disse.

— Você quer...?

— Não.

Havia uma polidez estranha nos maneirismos deles, ele pensou, como se eles fossem um casal em um encontro às escuras. Nervosismo mascarado com solicitude.

— Por que você não se senta, Charles? — ela disse.

— Tudo bem — ele se sentou na cadeira.

— Eu quis dizer *aqui*.

— Ah, certo — ele tirou o casaco e o pendurou no *closet* perto do dela. Depois, caminhou até a cama — uma caminhada muito curta, dada as dimensões do quarto — e se sentou.

Eu não deveria estar aqui. Eu deveria me levantar e ir embora. Eu deveria...

Mas ela deitou a cabeça no ombro dele e disse:

— Então. Aqui estamos nós.

— Sim — ele suava através da camiseta.

— Certo — ela suspirou. — Você quer ficar ou você quer ir embora?

— Sim.

— Sim? O quê?

— Ficar. Ou ir. O que *você* quer fazer?

— Transar com você — ela disse. — Eu acho que eu quero transar com você.

Aconteceu quando eles estavam prontos para ir embora.

Eles estavam se vestindo tranqüilamente e Charles deu uma busca pelo quarto para se certificar de que não haviam se esquecido de nada.

Então, eles caminharam para a porta.

Ele abriu-a para conduzi-la até o lado de fora. Ela passou por ele, e ele pôde sentir o perfume que ela tinha acabado de colocar no banheiro. Então ele sentiu o cheiro de outra coisa.

Havia os dois em pé ali — Lucinda e ele, e então, de repente, havia três.

Ele foi empurrado para o chão.

Ele foi chutado nas costelas, depois no estômago, como se o ar estivesse sendo forçado para fora dele. Lucinda foi jogada em cima dele, depois não em cima dele, depois estava deitada no chão ao lado dele.

A porta bateu. A maçaneta virou.

Havia dois deles, e depois havia três.

— Se fizerem qualquer merdinha de barulho eu arrebento a cabeça de vocês — disse alguém que não era nem Lucinda nem ele.

Um homem com uma arma — Charles podia vê-lo, podia ver a arma também, algo pequeno e preto gorduroso. Ele estava ofegante, como se tivesse percorrido uma longa distância para chegar ali.

— Eu vou lhe dar todo o meu dinheiro — Charles disse. — Você pode ficar com ele.

— O quê? — O homem era negro, porém hispânico, Charles pensou, havia um tipo de sotaque, de qualquer maneira. — *Que diabos você disse?*

— Meu dinheiro... é seu.

— Eu disse pra calar a boca — ele o chutou novamente, não nas costelas, desta vez, mas mais embaixo. Charles gemeu.

— Por favor — Lucinda disse em uma voz trêmula de menininha, uma voz que não parecia ser possível vir de uma mulher adulta. — Por favor... não nos machuque...

— *Não nos machuque* — o homem disse, imitando-a, tendo prazer em fazer piada. Do medo dela. Aquela voz de menininha... como se ela fosse chorar ou algo parecido. — Ah, eu não vou *machucar* você, gatinha... hum-hum... agora, passem as drogas das carteiras para cá.

Charles colocou a mão no bolso, através das dobras da jaqueta ensopada de suor, e pegou a carteira com a mão trêmula.

Isto só acontece no cinema. Isto só acontece na primeira página do jornal. Isto só acontece com outras pessoas.

Ele jogou a carteira para o homem com a arma. Lucinda estava mexendo dentro da bolsa, procurando pela dela, a que tinha a foto da garotinha de cinco anos de idade em um balanço em algum lugar no campo. Em outro lugar que não aqui — no chão gasto do quarto 1207 do Fairfax Hotel.

Quando ela jogou a carteira dela para ele, ele já estava olhando a de Charles, tirando o dinheiro de dentro dela — bastante dinheiro, também, dinheiro que Charles ia usar para pagar o quarto. Mas depois que o homem tirou o dinheiro, ele continuou olhando a carteira — rindo de alguma coisa.

— Bem, olha só isto — ele disse.

Ele estava olhando para as fotos de Charles — Anna e Deanna e ele. A família Schine.

— Engraçado — ele disse. — Esta aqui não se parece com você... — continuou, falando com Lucinda. — Com certeza não se parece com você.

E voltando-se para Charles.

— Esta não se parece nada com ela, *Charles* — completou, malicioso.

Então, olhando a carteira dela e achando uma foto.

— Que coisa — ele disse. — Este cara não se parece com você, Charles. Uh-hum. Este cara *não é* você, Charles.

Ele resfolegou, gargalhou, deu risadinhas; tinha entendido uma coisa.

— Vamos ver. Sabe o que eu acho? Ei — ele chutou Charles de novo, não tão forte desta vez, mas forte o suficiente — *Eu disse*, Sabe o que eu acho?

Charles perguntou:

— O quê?

— *O quê*? O quê? Eu acho que vocês dois estão trepando por aí. Pulando a cerca, hein, Charles? Pegando uma estranha, meu camarada. É isto que você está fazendo, Charles?

Charles disse:

— Por favor, apenas pegue o meu dinheiro.

— *Apenas pegar o seu dinheiro?* Apenas pegar o seu dinheiro? Obrigado, mas eu já peguei o seu maldito dinheiro. Tá vendo? — segurou o dinheiro para que ele visse. — Este é o seu dinheiro, eu *peguei* o seu maldito dinheiro.

— Sim — Charles disse. — Estou vendo. Eu prometo que não vamos à polícia.

— Promete, hein? Isto é muito gentil da sua parte, é realmente muito *gentil* da sua parte, Charles. Tenho a sua palavra nisto, hein? Vocês não vão à polícia. Bem, então...

Ele agitava a arma em círculos, primeiro na direção dele, depois na dela, e indo e voltando. Preta, cano muito curto...

— Bem, então... se vocês não vão contar à polícia...

Lucinda estava tremendo ao lado dele, estremecendo como um animalzinho molhado.

— Ei, gatinha — o homem disse — Ei, *gatinha...*

— Por favor... — Lucinda disse.

— Como ela é, *Charles*? Aposto que é melhor do que a sua patroa. Xaninha gostosa, Charles? Xaninha gostosa e *apertadinha*?

Charles começou a se levantar. Ele estava no bar e o homem a estava ofendendo, e Charles teria que dar uma lição nele, mostrar a ele como era. Exceto que o homem bateu com a arma no rosto dele e Charles voou novamente. Ouviu um barulho antes de sentir a dor — primeiro um, depois o outro, primeiro o som do nariz sendo quebrado, depois a *dor* nauseante de ter o nariz quebrado. E o sangue começando a pingar no chão.

— O que foi isto, meu camarada? Eu não te ouvi, *Charles*. O que você disse? Você disse "você pode comer ela se quiser"? Ora, obrigado, Charles. Isto é muita gentileza sua. Além de tudo me deixar comer a sua putinha.

— Não — Lucinda gemeu. — Não...

— *Não?* Você não ouviu ele dizer que eu podia comer você, Lucinda? — Era a primeira vez que ele dizia o nome dela; de uma certa maneira, parecia tão horrível quanto chutá-los no chão e roubar as carteiras deles. — Foi isto que o seu macho disse. Você deu pra ele, você pode dar pra mim. Uma puta é uma puta, *gatinha*. Tô certo, Charles? Tô?

Charles estava engasgando com o próprio sangue. Estava escorrendo pela garganta e entupindo a traquéia — ele estava se afogando, lutando para conseguir ar.

— Senta aqui, Charles — o homem o puxou, levou-o até a cadeira solitária, que tinha o forro saindo da almofada rasgada, decorada com um desenho floral desbotado. Ele o sentou na cadeira. — Tá se sentindo melhor aí, Charles? Respira fundo. Isto... pra dentro, pra fora. Você vai querer ficar numa boa posição pra ver isto, Charles. Trepada de *campeonato*, meu camarada. Doze *rounds*. Você não vai querer perder esta.

Lucinda correu.

Ela o pegou de surpresa — o homem com a arma, ela deitada lá, tremendo daquele jeito e então, de repente, levantando-se e correndo. Ela conseguiu chegar até a porta.

Ela até mesmo conseguiu virar a maçaneta e abriu metade dela antes que ele a alcançasse e a puxasse de volta para dentro. Pelo cabelo. Aquele cabelo preto, sedoso que cheirava a xampu e suor, tão macio que se podia penteá-lo com as mãos — torcido por ele enquanto ela gritava.

— Você vai calar a droga da sua boca, *Lucinda* — ele colocou o cano dentro da boca de Lucinda, apontou, bateu com ele nos dentes dela. Lucinda parou de gritar.

Charles ainda ofegava em meio ao próprio sangue, tão tonto que poderia desmaiar, uma leve queimação no nariz. Assistir ao homem deitar Lucinda no chão como se eles estivessem fazendo uma espécie de dança estranha, um tipo moderno de *pas de deux*, deitando-a e ficando em cima dela. Enquanto ele puxava a saia dela até acima da cintura. Enquanto ele grunhia e assobiava como lobo e lentamente, lentamente puxava a calcinha de renda preta dela abaixo dos joelhos.

Enquanto ele desabotoava as calças.

FORA DE RUMO DEZ

Ele desmaiou, mais de uma vez ele desmaiou, mas a cada vez que isto acontecia, o homem o trazia de volta, jogando água no rosto dele, sussurrando no ouvido dele:

Não me abandone, meu camarada. Segundo round, *gatinha. Terceiro* round... *quarto...*

Era como assistir a um filme pornô ruim... do tipo que você não quer, mas que o seu amigo tem, então você assiste. Mesmo tirando os olhos da cena às vezes, você assiste. A mulher com o cachorro, ela engolindo tudo — repugnante, na verdade, não se pode acreditar que ela esteja realmente fazendo isto, mas ela está, e você está assistindo. O seu estômago embrulha, o seu intestino se revolta, faz você querer vomitar, mas você tem que olhar para isto. Você não sabe por quê, mas tem.

Ele e Lucinda. A linda Lucinda, nua, e ele.

E ela estava linda. Enquanto ele a colocava de quatro para meter no traseiro dela. Dizendo a Charles o que ele estava fazendo, também — um tipo de comentário em tempo real...

Tá vendo, Charles — elas adoram levar no traseiro. Elas dizem que não, mas todas as putas adoram.

Dizendo para ela gemer para ele. Colocando a arma na cabeça dela enquanto transava com ela e *fazendo* ela gemer. Gemidos de dor, provavelmente, mas pareciam gemidos de prazer. Gemidos eram gemidos. Difícil saber a diferença, exceto pelo fato de os olhos dela estarem bem fechados, o rímel espalhado e escorrendo, e ela mordendo os lábios até sangrarem.

E Charles assistindo, sentado lá na cadeira como se estivesse amarrado a ela, embora não estivesse.

Tá vendo isto, Charles — nasceu para chupar... isto, gatinha... chupa o papai...

O quadro mudou, e ele não estava mais no traseiro dela, mas em pé na frente dela, as mãos segurando o rosto dela, aquele rosto lindo de Lucinda. E Lucinda engasgando, murmurando alguma coisa, os sons o fazendo ficar mais excitado... *isso... isso... tá vendo isto, Charles, Charley... não perca a gozada... você tem que ver a gozada... isso...*

E mais tarde, Lucinda deitada lá — quanto tempo mais tarde? Charles não sabia, mais tarde naquela manhã, mais tarde naquela tarde. Lucinda deitada lá coberta de suor e esperma, mal se mexendo. Estaria morta? Não, ainda respirava, embora com dificuldade Charles olhou para o sangue ressecado nas mãos e se perguntou de quem seria, esquecendo-se de que era dele, que o nariz dele devia estar quebrado.

E agora o homem estava se esfregando, nu, exceto pelas meias e tênis, olhando para Lucinda no chão e se masturbando. Para outro *round. Round... o quê*? Cinco, seis?

— Ainda está conosco, *Charles*? — o homem disse. — Fica firme, cara. Ainda tem mais...

E houve mais.

O homem a pegou novamente, apoiando-a contra a cama, como se ela fosse uma marionete, com os braços e pernas soltas, torcendo-a na visão libidinosa dele. As pernas nas orelhas, as mãos dela se abrindo — ele rindo de tudo isto. Levando tempo para arrumá-la, colocando-a na posição correta, um pouco para lá, um pouco para cá. Lucinda quieta, sem energia, como uma marionete, uma boneca de vinil.

E Charles decidiu tentar mais uma vez — não foi *ele* quem decidiu, mas o *machismo* dele, o córtex reptiliano, talvez — soltando-se da cadeira na direção do homem que estava prestes a estuprar Lucinda pela quinta ou sexta vez.

A primeira coisa que aconteceu foi — ele ficou tonto. Era a brincadeira da cabra-cega e ele foi girando pelo quarto e não sabia em que direção ir. Ele cambaleou, balançou, oscilou — o homem não estava nem ciente dele ainda porque ainda ajeitava Lucinda e tinha talvez se esquecido de que Charles estava no quarto. Então, Charles acabou se endireitando e na verdade conseguiu chegar até ele. Ele agarrou o homem pelas costas, pelo pescoço, e apertou.

Ele apertou tudo que podia, apertou como se não houvesse amanhã. Um virtual *aperto mortal* de aço. Mas o homem calmamente, quase preguiçosamente, se levantou e tirou Charles de cima dele como se estivesse jogando lixo na calçada. Charles acabou de pernas abertas no chão, se perguntando o que havia acontecido, enquanto o homem ria e balançava a cabeça.

— Charles... Charles... que diabos você tem? Eu tô te deixando assistir a um show. Uma trepada de *campeonato* — você nunca viu trepada como esta. E é assim que você me agradece? *Merda*. Eu vou te dar um chute no traseiro, Charles. Eu tenho que te dar uma *porra* de chute no traseiro.

Charles resmungou alguma coisa de volta. O *que* ele disse? Ele não sabia...

— Tudo bem, *Charles*. Vamos com calma. Deixa eu contar até dez. Você queria um pouco pra você também, né? Assistir à *máquina do sexo* fez você ficar com tesão, né? Eu entendo. Só que hoje não, meu chapa. Não é a sua vez, sacou?

Lucinda ainda estava naquela posição pornográfica, como uma modelo entediada esperando para rodar a cena. Só que ela não parecia entediada tanto quanto parecia estar morta, nem mesmo se virando para olhar aquele que poderia vir a ser o seu salvador, que acabou simplesmente trocando um assento por outro. Um no balcão por um na primeira fila.

Enquanto o homem — totalmente ereto, a violência desajeitada o tinha aparentemente deixado excitado — se ajoelhou entre as coxas brancas dela, as coxas onde Charles tinha se deitado nem duas horas antes e começou novamente. Tão próximo a ele, Charles quase podia tocá-lo, mesmo que não pudesse bater nele, mesmo que não pudesse fazer com que ele parasse.

— Oh, Charles — ele sussurrou — como veludo. Tão macia quanto veludo.

Levou algum tempo depois que o homem foi embora para *saber* que o homem tinha ido embora.

Charles ouviu a porta bater, até viu o homem sair pela porta antes de ouvir a porta bater, até ouviu o homem dizer adeus para eles — *Odeio ter que partir, mas...* E Charles continuou sentado ali no chão, como se a arma ainda estivesse apontada para a cabeça dele. Como se o homem ainda estivesse gemendo nos cabelos de Lucinda, aquele traseiro grotesco bombeando a alguns centímetros do rosto dele.

E Lucinda também. Ainda com as pernas lascivamente afastadas, como aquelas prostitutas de Amsterdã que se expõem nas vitrines com as pernas abertas num convite evidente. Só que as expressões delas não eram tão horrorizadas, o cabelo delas não ficava enrodilhado no queixo com suor e sangue e esperma seco.

Finalmente, Charles se moveu.

Uma perna por vez, tentativamente, como um homem testando a temperatura da água. Como se fosse para provar que ele *podia* se mover, mesmo que não quisesse acreditar nisso. E então, depois de mover as pernas, os braços e depois o corpo inteiro, levantando-se do chão e ficando em pé, um pouco cambaleante, mas em pé novamente. E quando ele se mexeu, ela também se mexeu.

Sem dizer nada, nada mesmo, mas lentamente colocando uma coxa sobre a outra, escondendo aquela parte aberta dela que parecia uma ferida em carne viva. E depois lentamente se levantando e se arrastando até o banheiro, onde ela entrou e fechou a porta.

Ele ouviu a água correr, ouviu o som de uma toalha esfregando a pele e depois o que parecia o som de vômito. A descarga do vaso uma, depois duas vezes.

Ele ainda não tinha se limpado. Mãos cheias de sangue, sangue por todo o rosto também, sem dúvida — o nariz parecendo estar duas vezes maior do que o tamanho normal, como se ele estivesse usando um nariz de palhaço. E talvez estivesse — talvez aquilo fosse bem apropriado. Charles, o palhaço, apanhando na cabeça e sendo chutado no traseiro enquanto o dono do circo se divertia com a estrela do espetáculo. Que neste momento abriu a porta do banheiro. Ainda sem dizer uma palavra a ele — o que, afinal de contas, você diz a um palhaço? Ainda parecendo surpresa e cansada, ainda que um pouco mais limpa. Ainda nua, também, como se não importasse, como se ela não pudesse ficar mais nua do que estava há 15 minutos — aberta e violada e, afinal de contas, o que as roupas podiam fazer por você? E talvez algo mais — que palhaços não contavam, eles eram supérfluos no esquema das coisas, e não interessava que eles *vissem* se não conseguiam agir.

Você está bem? — ele ia dizer. Quase chegou a dizer estas palavras quando percebeu o quanto eram totalmente inadequadas. Como ela podia estar bem, como ela poderia ficar bem novamente?

— Eu deveria levá-la a um hospital — ele disse.

— Não — a primeira palavra dela para ele no que deveria ter sido horas.

— Alguém deveria examinar você.

— Não. Já fui examinada o bastante por um dia — a voz dela parecia morta, sem emoção, nenhuma emoção real presente ali. Era mais assustador do que gritar, mais assustador do que lágrimas. Se ela tivesse chorado, ele teria colocado os braços em volta dela e a consolado. Mas não havia nada que ele pudesse fazer por ela.

Ela começou a se vestir, lentamente, um item por vez, sem se cobrir, não se virando de costas para ele timidamente como antes. Então, Charles foi ao banheiro, onde se encolheu diante de seu próprio reflexo, achando no início que havia outra pessoa olhando para ele. Não podia ser ele. Mas este era *Charles, o palhaço*, lembra? Ele e o nariz redondo e a tinta vermelha e a peruca de espantalho.

Ele pressionou o nariz com uma toalha molhada, onde doía, como se estivesse aplicando iodo. Arrumou o cabelo e tentou limpar o sangue das bochechas.

Quando voltou para o quarto, ela estava mais ou menos vestida. Uma meia rasgada, um rasgo na saia que não existia antes, ainda assim arrumada de maneira razoavelmente semelhante a uma mulher vestida. Da maneira como um manequim se parece razoavelmente com uma mulher vestida — tirando aquilo que faz uma mulher estar realmente viva.

— O que vamos fazer? — Charles perguntou a ela, não apenas a ela mas a si mesmo também, porque ele não sabia.

E ela disse:

— Nada.

Nada. Soava tão ridiculamente absurdo. Tão deliberadamente absurdo. O criminoso estava à solta, as vítimas dele espancadas e sangrando e o que ela propunha? Nada.

Só que o contrário de nada é alguma coisa e ele não conseguia *pensar* em alguma coisa.

Ir à polícia?

É claro que você vai à polícia. Você foi roubada e estuprada e espancada, então você vai à polícia. Só que...

O que vocês estavam fazendo no Fairfax Hotel?

Bem, nós estávamos...

O que vocês estavam fazendo no Fairfax Hotel no meio da manhã?

Bem, é que...

O que vocês dois estavam fazendo no Fairfax Hotel?

Se você me der um minuto para explicar...

Talvez eles pudessem pedir alguma discrição aqui, talvez fosse *permitido* pedir alguma discrição aqui, e o detetive piscaria para eles e diria, *entendi*. E que aquilo com certeza ficaria entre eles, não havia necessidade de se preocupar. Só que...

Havia um criminoso aqui, e às vezes criminosos são presos — você os denuncia à polícia e às vezes a polícia os acaba prendendo e levando ao tribunal. E então, existem os julgamentos, fóruns públicos que dão capa de jornal onde as vítimas têm que se levantar e dizer, *Foi ele, Meritíssimo*. Aquelas testemunhas eram ele... ele e Lucinda.

E o que vocês estavam fazendo no Fairfax Hotel?

Bem, nós estávamos...

O que vocês estavam fazendo no Fairfax Hotel no meio da manhã?

Bem, é que...

Apenas responda à pergunta.

O que fazemos? *Aquela* era a questão.

Nada. Talvez não tão absurdo quanto possa parecer a princípio. Talvez *não* tão ridículo.

Ainda assim, era possível que eles pudessem simplesmente ignorar o que tinha acontecido a eles? Que ela pudesse esquecer tudo, como um comentário grosseiro ou um gesto vulgar? Vá dormir e acorde e bum — sumiu.

Lucinda disse:

— Estou indo.

— Para onde?

— Para casa.

Para casa. Para a lourinha de cinco anos de idade que nunca esteve em um balanço de parque de que não gostasse. Para o marido com nove *handicaps* que poderia ou não notar a repentina palidez nas bochechas, o lábio mordido e a disposição neurótica.

— Sinto muito, Lucinda — ele disse.

— Sim — ela falou.

Ele sentia por tudo. Que a tivesse convidado em primeiro lugar. Que não tivesse visto o homem esperando na escada do lado oposto ao quarto deles. Que tivesse ficado sentado e assistindo enquanto o homem a estuprava repetidamente. Que não a tivesse protegido.

Lucinda caminhou até a porta — aquele andar incrivelmente elegante agora lento e desajeitado. Ela não olhou para trás. Charles pensou em se oferecer para chamar um carro para ela, mas sabia que ela recusaria. Ele não fora capaz de dar a ela a única coisa de que ela realmente tinha precisado. Ela não queria mais nada dele.

Ela abriu a porta, saiu pelo espaço aberto e a fechou atrás dela.

ATTICA

Desculpe, tenho que interromper aqui.

Acho que tenho de dizer a verdade.

Três coisas aconteceram.

Na quarta-feira, um homem tocou a campainha para ver a casa. Ele disse que tinha conseguido a lista de um corretor de imóveis.

Minha mulher atendeu e disse a ele que a casa não estava à venda, que devia haver algum engano.

O seu marido é professor, não é?, ele disse.

Sim, ela respondeu. Mas ainda assim devia haver algum engano. A casa não estava à venda.

O homem se desculpou e foi embora.

Ele não parecia o tipo de homem que está atrás de uma casa, ela me disse posteriormente.

Bem, como ele era?, perguntei a ela.

Parecia um dos seus alunos, ela disse.

Um garoto do ensino médio?, indaguei.

Não. Parecia com um dos seus *outros* alunos.

Então, a segunda coisa aconteceu.

Um agente penitenciário chamado Fat Tommy me informou na sala de entrada que eu ia ser chutado dali muito em breve.

O que você quer dizer com isto?, perguntei a ele.

Significa que você vai ser chutado daqui muito em breve, ele disse.

Fat Tommy tinha mais de 130 quilos e era conhecido por se sentar sobre prisioneiros malcomportados, que eram algemados com a cara voltada para o chão das celas.

Por quê?, perguntei.

Cortes. Acho que alguém finalmente entendeu que eles têm coisas melhores para fazer com o dinheiro dos impostos do que ensinar negros a ler.

Eu perguntei se ele sabia quando.

Não, ele disse. Mas eu não começaria a ensinar *Guerra e paz* a eles.

Quando Fat Tommy riu, os três queixos dele balançaram.

Foi quando a terceira coisa aconteceu.

O escritor fez uma anotação no final do capítulo 10. No início, achei que era apenas parte da história, algo que Charles tinha dito a Lucinda ou até para ele mesmo. Mas não era. Era para mim — um tipo de comentário editorial.

"Está gostando da história até agora?"

Foi o que ele escreveu.

A resposta, a propósito, era não.

Eu não estava gostando.

Primeiro, faltava suspense na história.

Faltava o ingrediente fundamental necessário para torná-la um suspense.

Surpresa.

Porque o suspense depende de não se saber o que vai acontecer.

Mas eu sabia o que ia acontecer.

Eu sabia, por exemplo, o que estaria do outro lado da porta do quarto 1207. Eu sabia quem ia entrar quando eles abrissem aquela porta. Eu sabia o que aquele homem ia fazer com Lucinda repetidas vezes pelas próximas quatro horas.

Eu me lembro de tudo de uma vida anterior.

Nesta vida anterior, eu acordava toda manhã me perguntando por que eu preferia ficar dormindo.

Eu tomava banho e me vestia e tentava não olhar para o medidor de glicose que estava sobre a bancada da cozinha. Eu pegava o trem das 8h43 para a Penn Station, com exceção de uma manhã em novembro em que não fiz isto. A manhã em que a minha filha fez com que eu me atrasasse e pegasse o trem das 9h05. A manhã em que levantei os olhos do jornal e alguém me pediu um bilhete que eu não tinha.

Esta era a minha história.

Eu assumo daqui.

FORA DE RUMO ONZE

Depois que Lucinda foi embora, eu fui ao médico.

Ele ficava a 130 quadras do Fairfax Hotel, na cidade alta. Eu fui andando porque o homem tinha levado minha carteira e todo o meu dinheiro.

Eu estava com o nariz quebrado e com a jaqueta manchada de sangue, mas ninguém parecia notar. Havia outras coisas para olhar, eu supus — um homem sem teto, sem roupa, por exemplo. Uma mulher de patins completamente vestida de roxo. Um homem negro gritando sobre algo chamado os Filhos de Jonas. Meu nariz inchado e a jaqueta ensangüentada estavam abaixo da média do radar do morador da cidade.

Uma coisa engraçada aconteceu enquanto eu andava. E andava e andava.

Eu comecei contando as quadras mas terminei contando bênçãos.

Porque *havia* bênçãos. Eu estava vivo, por exemplo. Esta era a bênção número um. Eu tinha quase certeza que o homem ia atirar em mim. Então, estar vivo era uma bênção. E havia a minha mulher e a minha filha. Bênçãos, as duas. Minha mulher *inocente*, abençoadamente ignorante do fato de que eu acabara de passar a manhã no quarto 1207 do Fairfax Hotel com uma outra mulher. Assistir àquela mulher ser brutal e repetidamente estuprada, é claro — mas ainda assim...

E Anna... como eu podia ter feito uma coisa destas com *ela*? Eu me senti como se estivesse doente há muito tempo e minha febre tivesse finalmente cedido. Eu podia pensar claramente de novo.

O Dr. Jaffe me perguntou o que tinha acontecido.

— Eu caí ao sair de um táxi.

— Uh-hum — disse o Dr. Jaffe. — Você ficaria surpreso se soubesse quantas vezes ouvi isto.

O Dr. Jaffe consertou meu nariz e me deu uma amostra grátis de codeína.

— Para o caso da dor piorar — ele disse.

Senti vontade de dizer a ele que a dor já estava ruim, mas então eu estaria dando as boas-vindas ao desconforto. Como as 130 quadras de ar ártico pelas quais eu acabara de passar, ela me punia.

Fui andando até o escritório. Acho que poderia ter ido para casa, mas eu ia fazer este dia igual a todos os outros. Um dia começando mais tarde, um dia com uma manhã em que eu preferia não pensar, mas havia uma tarde inteira à frente, certo? E outra manhã e tarde depois desta e assim por diante. Eu estava colocando os dois pés no chão novamente.

Quando cheguei ao escritório, eu contava a mesma história para qualquer um que me perguntasse. E todos que me viram perguntaram. Winston, Mary Widger e três quartos do meu grupo de criação. O táxi, o buraco na rua, a queda infeliz. Todos lamentaram por mim; todos tentaram não olhar para o meu nariz e para as duas manchas como as de um guaxinim abaixo dos meus olhos.

Quando finalmente me sentei na minha sala, senti a espécie de alívio que vem de estar de volta ao seu próprio ambiente, um ambiente um pouco triste e sem esperanças ultimamente, mas que, de repente, passou a ser caloroso e hospitaleiro. A *própria* vida estava mais calorosa e hospitaleira — mais rica do que eu supunha que pudesse ser. Havia as minhas *coisas*, por exemplo. Meu próprio telefone e computador e sofá e mesinha de café. E todos aqueles prêmios que consegui juntar — ouro e prata e bronze —, e quem diria, apesar dos recentes contratempos, que não haveria mais por vir? E sobre a minha mesa, uma foto *nossa*: Deanna, Anna e eu, tirada em algum lugar em uma praia no Caribe. Minha *família*, segura no conhecimento do meu amor. E eu de fato as amava.

Mas olhar para a foto me fez pensar na *outra* foto, a que estava na minha carteira. A que o homem tinha olhado e profanado com as mãos dele. A que ele ainda tinha em seu poder.

— Darlene — chamei.

— Pois não? — minha secretária apareceu na porta, com um olhar de preocupação maternal.

— Acabei de perceber que perdi a minha carteira. Ela deve ter caído quando quebrei o meu nariz.

— Uh-hum.

— Você poderia ligar para as operadoras de cartão de crédito para mim e cancelar os cartões?

— Não.

— O quê?

— *Não*. Você mesmo tem que ligar para eles. Eles têm que falar com o proprietário do cartão.

— Ah, certo. — Eu provavelmente deveria saber disso. Provavelmente deveria saber um monte de coisas. Por exemplo, que hotéis com aparência de velhos têm a aparência de velhos porque *são* velhos. O tipo de lugar que atrai vagabundos e pessoas com intenções criminosas. Pessoas que ficam à espreita nas escadas, esperando que possíveis adúlteros cruzem os seus caminhos. Eu já havia passado dos 40 e ainda estava aprendendo.

Liguei para as empresas de cartão de crédito. American Express e Visa e MasterCard. Cancelar cartões é fácil nos dias de hoje; você só tem que dizer à operadora o nome de solteira da sua mãe — *Reston* — e pronto. O número do seu cartão deixa de existir. E eu imaginei o homem parado em alguma loja sendo informado que o cartão dele não estava válido. E este também. E este aqui também. Todos inválidos.

Só que de repente imaginei Deanna em uma loja, sendo informada da mesma coisa. Eu tinha que ligar para ela. Já passava das três — ela devia estar em casa.

Ela atendeu depois do quarto toque, e quando eu ouvi a voz dela dizendo "Alô", fui invadido por um tipo de gratidão. Gratidão a Deus, eu suponho — considerando-se que exista um, considerando-se que ele se importe o suficiente para ver que eu saí inteiro do Fairfax Hotel. Menos um nariz inteiro, talvez, menos uma *amante*, claro, mas, fora isso, razoavelmente intacto.

— Você não vai acreditar no dia que eu tive — disse a ela. E ela *não teria* acreditado.

— O que houve?

— Quebrei o nariz.

— Você quebrou *o quê*?

— Meu nariz. Eu caí ao sair de um táxi e quebrei o nariz.

— Oh, Charles...

— Não se preocupe. Eu estou bem agora. O médico consertou e me deu codeína suficiente para sedar um cavalo. Não estou sentindo nenhuma dor.

Aquilo não era verdade — eu *estava* sentindo dor, mas essa dor era um tipo de punição, aliviada por outra coisa que eu estava sentindo que era completo alívio.

— Oh, *Charles*. Por que você não vem para casa?

— Eu já disse. Estou bem. Eu tenho umas coisas para fazer aqui — como rezar trezentas ave-marias e me recuperar do abalo.

— Tem certeza?

— Tenho.

Eu estava tocado pela óbvia compaixão na voz dela, o tipo de compaixão que era possível apenas depois de anos estando juntos nos bons e maus momentos. Mesmo que não estivéssemos nos comunicando ultimamente — mesmo que não pudéssemos expressar este sentimento fisicamente — ele estava lá. Sempre esteve lá. E eu quase senti vontade de confessar e me deixar à mercê do tribunal. Mas eu nunca precisaria fazer isso, certo? A vida estava de volta ao começo, antes de eu ter tirado os olhos do jornal e ter percebido uma coxa branca e um salto alto preto passando.

— Outra coisa — disse.

— O quê?

— Eu perdi a minha carteira. Quando caí do táxi. Eu disse, você *não vai acreditar* no dia que eu tive.

— Uma carteira é apenas uma carteira. Estou mais preocupada com você.

— Já liguei para as operadoras e mandei cancelar os cartões. Só queria que você soubesse, é melhor cortá-los e jogar fora. Eles vão mandar cartões novos amanhã... pelo menos foi o que disseram.

— Tudo bem. Considere já feito.

Eu disse tchau, sussurrei "Eu te amo", e estava prestes a desligar.

— Oh, eu quase me esqueci — ela disse.

— Sim?

— O Sr. Vasquez ligou.

— *Quem?*

— O Sr. Vasquez. Ele disse que teve um almoço de negócios com você no Fairfax Hotel. Ele se esqueceu de te dizer uma coisa. Charles...?

— O quê?

— Por que ele não ligou para o escritório?

FORA DE RUMO DOZE

Liguei para Lucinda no número do escritório que ela havia me dado.

Alô, aqui é Lucinda Harris da Morgan Stanley. Não estou no momento, mas se você deixar o seu nome e uma breve mensagem, eu retornarei a sua ligação.

Então, deixei uma espécie de breve mensagem. *Socorro.* Sem dizer a palavra propriamente dita, é claro, mas o que vale é a intenção.

— Preciso falar com você — eu disse. — Aquela... *pessoa* do hotel me ligou.

Tentei não transmitir pânico pela voz, da mesma maneira como tentei mantê-lo distante quando Deanna me disse que o *Sr. Vasquez* tinha ligado. E falhei em ambas as vezes.

Você está bem?, Deanna me perguntou.

É a codeína, eu disse. *Está me deixando tonto.* Eu queria ter dito, *É o Sr. Vasquez, ele está me deixando apavorado.*

Eliot veio à minha sala oferecer condolências pelo meu nariz. Talvez para tentar emendar as coisas também — afinal de contas, éramos amigos, não? Mais do que colegas de trabalho, do que simplesmente patrão e empregado. Eliot tinha sido meu guru todos esses anos — não tinha sido ele quem havia me promovido e conversado comigo e me dado aumentos muito mais que generosos? Foi um erro tê-lo culpado pela minha dispensa da conta do cartão de crédito — aquilo foi coisa deles, não de Eliot. Ellen Weischler e o seu grupinho de quatro. Eliot estava pondo fim às hostilidades e dizendo que queria que fôssemos amigos novamente.

E eu precisava de um amigo neste momento.

O quanto você me ama?, eu costumava perguntar a Anna quando ela era bem pequena.

Da Terra até a Lua, ela costumava responder. E, às vezes, *Até o infinito.*

O que pode ser o quanto eu precisava de um amigo agora. Uma necessidade tanto infinita quanto imediata.

Tive vontade de desabafar com ele. *Eu quero lhe contar uma coisa que aconteceu comigo*, eu diria a ele. *Eu sei que é difícil de acreditar — eu sei que é meio ridículo. Eu conheci uma garota.* E Eliot piscaria, acenaria com a cabeça e sorriria, porque Eliot também já havia conhecido garotas antes — três casamentos são a prova disso.

Eu conheci uma garota, eu diria, *casada*, e o sorriso de Eliot ficaria ainda mais largo, se isto fosse possível, porque ele havia conhecido garotas casadas também. *Nós fomos a um hotel juntos* — e aqui Eliot iria se inclinar mais para perto, todo ouvidos, porque havia coisa mais deliciosa do que ouvir um amigo contar todos os detalhes em vez de contar os detalhes você mesmo?

Fomos a um hotel juntos, eu continuaria, *só que quando chegamos ao quarto, alguém entrou conosco.*

E Eliot perderia aquele sorriso. Porque esta história tomou um curso perverso e acabou com este alguém que entrou no nosso quarto estuprando a mulher e ligando para a minha casa. Conversando com a minha *mulher.*

Eliot perguntou se havia algum problema.

— Não — respondi.

— Talvez fosse melhor você ir para casa — Eliot disse. — Você está pálido.

— O nariz — retruquei.

— Sim... o nariz não parece muito bem.

— Não.

— Bem, vá para casa, então.

— Talvez eu vá.

Eliot me deu um tapinha nas costas — amigos novamente, no final das contas.

Então, eu fui para casa.

Por que ele ligou para você aqui em casa, Charles?

Para provar que podia, Deanna.

Tirei dinheiro da "caixinha" para pagar o trem — à cena do crime. O crime da cobiça — a esposa de um outro homem, a vida de um outro homem. Uma noite quando eu tinha oito anos de idade e a permanente implicância dos meus pais se transformou em um completo inferno, juntei o meu capacete de futebol e uma muda de roupas de baixo e anunciei que estava fugindo de casa. Desci a quadra — uma quadra, duas quadras, tempo suficiente para perceber que ninguém viria atrás de mim. Por fim, parei no meio de folhas de outono que dançavam ao vento e peguei o caminho de volta. Trinta e cinco anos depois, eu estava fugindo de casa novamente. Mas, desta vez, eu estava fugindo de volta.

Meu celular tocou. Por um segundo, me perguntei se era *ele* — meu parceiro de negócios do Fairfax Hotel. Mas não podia ser ele, ele não tinha o meu número. Mas uma outra pessoa tinha.

— Alô — Lucinda disse.

A voz dela estava diferente em relação a esta manhã. A emoção estava de volta, afinal de contas, só que de um tipo diferente do de costume. *Aterrorizada*, eu diria. Primeiro fria, depois aterrorizada, tudo no espaço de uma tarde.

— Ele ligou para a minha *casa* — eu disse.

— Bem-vindo ao maldito clube — ela disse.

— O quê?

— Ele ligou para a *minha* também — falava baixinho, como se estivesse tentando impedir que alguém ouvisse. Estaria o marido em algum lugar da casa?

Eu esperava muito que o Sr. Vasquez não tivesse ligado para a minha casa. Ou que um Sr. Vasquez tivesse ligado, mas que fosse simplesmente alguém que tivesse achado a minha carteira jogada em um vestíbulo do Fairfax Hotel e ligado por ser um Bom Samaritano. Ou por uma recompensa. Ridículo, talvez. Mas sempre havia esperança, não é?

Não mais.

— Você falou com ele?

— Sim.

— O que ele queria? — perguntei. Aquela, afinal de contas, era a pergunta de um milhão de dólares; você precisa saber o que um homem quer antes de saber o que fazer.

— Eu não sei o que ele quer.

— Bem, o que ele *falou*? Ele...

— Ele me perguntou como ele era.

— Como ele *era*? Eu não...

— Se eu tinha gostado? Ele queria saber se eu tinha *gostado*. Ele queria a confirmação... não é isto que os homens perguntam depois de... — mas ela não conseguiu reunir forças para terminar a frase. Acho que até mesmo uma falsa bravata tem limites.

— Sinto muito, Lucinda.

Outra desculpa. Eu tinha a impressão de que podia me desculpar com ela todos os dias pelo resto da minha vida, depois continuar me desculpando na nossa próxima reencarnação, e ainda assim não seria o suficiente. E então, eu teria todas aquelas outras pessoas para me desculpar também.

— Eu acho que ele queria saber... — ela disse.

De repente me ocorreu que eu estava falando mais alto do que deveria. Mais alto ou mais suave — porque atraía olhares no trem relativamente vazio: da mulher rodeada de sacolas de compras da Bloomingdale's sentada à minha frente e de duas garotas com *piercings* no nariz de mãos dadas no outro lado do corredor.

— O que ele queria saber? — perguntei.

— Se nós havíamos feito alguma coisa. Ido à polícia...

Nós não vamos à polícia, eu tinha prometido a ele. O tipo de promessa que a maioria das vítimas de crimes violentos provavelmente faz na hora do terror. Só que, neste caso, uma promessa em que *Vasquez* poderia mais ou menos acreditar se ele assim escolhesse. *Esta mulher não se parece com você*, ele tinha dito a Lucinda. *E este homem... ele não se parece com você.*

Vasquez podia ter pulado em cima de qualquer um esta manhã. Mas ele teve sorte. Ele encontrou as vítimas perfeitas. Porque nós tínhamos que esconder o fato de que *éramos* vítimas.

— O que faremos agora? — Lucinda me perguntava, a mesma pergunta que eu fizera a ela no quarto do hotel. Porque de repente *nada* não era o bastante. Não mais.

— Eu não sei.

— *Charles...*

— Sim?

— E se ele...

— Sim?

— Deixa para lá.

— Se ele o *quê*, Lucinda? — mas eu acho que sabia o que ela ia me perguntar. Eu apenas não queria ouvir isto dito em voz alta; não agora, não ainda.

— Tudo bem, então o que *fazemos*, Charles?

— Talvez o que devêssemos ter feito antes. Talvez devêssemos ir à polícia.

— Eu *não* vou contar ao meu marido.

A voz dela retomara emoção real afinal de contas. Uma firmeza repentina e inegável que não admitia mais discussão.

— Se *eu* posso lidar com isto, então você também pode. — *Fui eu quem foi violentada*, ela estava me dizendo. *Fui eu quem foi violentada seis vezes enquanto você ficava sentado lá sem fazer nada. Se eu posso escolher ficar calada sobre isto, então você também pode. Então, você também tem que ficar calado.*

— Está bem — eu disse. — Está bem. Se ele ligar novamente, eu vou falar com ele. Vou descobrir o que ele quer.

Deanna me mimou quando cheguei em casa. E Anna também — talvez ela finalmente estivesse feliz em ver outra pessoa que precisasse de cuidados médicos. Ela me trouxe uma compressa morna para colocar em cima do nariz inchado e gentilmente esfregou meu braço quando me deitei semimorto na cama.

Eu estava de volta ao seio da minha família — feliz, agradecido, a perfeita imagem de felicidade doméstica.

Exceto por cada vez que o telefone tocava. Eu me encolhia como se tivesse levado um soco no estômago.

Uma amiga de Deanna. Uma ligação de um corretor. Minha secretária querendo saber se estava tudo bem.

Mas sempre haveria a próxima ligação, não é?

E elas insistiam em ouvir sobre o acidente. Anna queria saber como eu podia ter sido tão *espástico*. Saindo de um táxi, pelo amor de Deus. Para dentro de um *buraco*?

Disse que não queria falar sobre isto. E me perguntava se repetir a mesma mentira era o mesmo que contar mentiras diferentes. Se uma era pior que a outra. Nenhuma era particularmente boa, nem quando minha filha me ofereceu uma toalha quente, minha mulher, amor incondicional.

Tentei assistir a um pouco de basquete no meu gabinete de trabalho, torcer pelos guerreiros do Knicks. Mas descobri que era difícil me concentrar; minha mente ficava vagando. Havia um jogador do Indiana Pacers, por exemplo, que se parecia um pouco... negro, mas hispânico. O nome dele era Lopez — um armador. Mais alto, é claro, mas...

— Qual é o placar? — Anna me perguntou. Ela parara de assistir basquete comigo aos nove anos, mas suponho que estivesse tentando ser gentil com o pai machucado e cansado.

— Estamos perdendo. — Era uma resposta segura nos dias de hoje, mesmo que você na verdade não soubesse qual era o placar.

Neste momento, o placar apareceu no canto esquerdo da tela. Os Knicks estavam se recuperando e ganhando de quatro.

— Oitenta e seis a oitenta e dois — Anna leu.

— Um placar apertado — eu disse. — Nós temos uma chance.

— Papai?

— Sim?

— Papai, você alguma vez já jogou basquete?

— Claro.

— Em um *time*?

— Não. Nunca em um time.

— Então, como você jogou?

— Com amigos. No parque, sabe.

Murray Miller, Brian Timinsky, Billy Seiden. Eles eram meus melhores amigos quando eu estava crescendo — mas, lentamente, um por um, eles foram desaparecendo. Anos atrás, vi Billy Seiden em um supermercado, mas saí sem dizer oi.

Abracei Anna. Eu queria dizer algo a ela, sobre o amor e a vida e como ela pode ser breve se você não se agarrar a ela — que é preciso guardar com todo cuidado o que é importante para você —, mas eu não conseguia encontrar as palavras certas.

Porque o telefone tocou.

Anna atendeu após o segundo toque.

— Para *você* — ela disse.

— Quem é?

— Um espanhol — Anna respondeu.

FORA DE RUMO TREZE

A conversa:

— Olá, *Charles*.

— Olá. — A voz dele parecia fora de contexto. Pertencia a um quarto de hotel cheirando a sangue, não aqui à segurança do meu recanto. A menos que o meu recanto não fosse mais seguro.

— Como estão as coisas, *Charles*?

— O que você quer?

— Você tá bem, Charles?

— Ótimo. O que você quer?

— Tem *certeza* que você tá bem, Charles?

— Sim, eu estou bem.

— Não fez nenhuma burrice, certo, Charles? Não foi correndo contar aos tiras?

Lucinda estava certa; ele queria saber se nós tínhamos ido à polícia.

— Não — eu disse.

— Eu sei que você prometeu e tudo mais, mas eu não te conheço tão bem assim, sacou?

— Eu não fui à polícia — repeti. Eu estava falando baixinho; mandei Anna sair do quarto, mas isto não queria dizer que ela não iria entrar novamente. E havia Deanna, que poderia pegar o telefone e se perguntar com que eu estava falando.

— Ótimo, Charles.

— O que você quer? — perguntei novamente.

— O que eu quero?

— Olha, eu...

— Você não vai bancar o idiota comigo, Charles, certo? Se você contar para os tiras, você tem que contar para a sua *mulherzinha*, certo, Charles? Você tem que contar a ela que você está trepando com a *Lucinda*, certo, Charles? Por que você iria querer fazer isto, hein?

Ele expôs o quadro para mim. O ponto crucial da situação, só para o caso de eu ter me esquecido.

— Eu não vou à polícia — repeti.

— Ótimo, Charles. É o seguinte: preciso de um empréstimo.

Certo. Era a pergunta que Lucinda ia me fazer ao telefone. *E se ele...* não exatamente concluída, mas se ela tivesse feito isto, ela teria dito: *E se ele pedir dinheiro?*

— *Odeio* pedir, sacou? — ele disse. — Mas estou um pouco duro, sabe?

— Olha, eu não sei o que você acha...

— Não é muita coisa, Charles. Um pequeno empréstimo, sabe? Vamos dizer, dez mil...

— Eu não tenho dez mil.

— Você não tem dez mil?

— Não — eu achei que era o fim, mas não era.

— Merda. Temos um problema.

— Olha, eu não tenho dinheiro sobrando assim. Está tudo...

— Temos um problema enorme, *Charles*. Eu realmente preciso deste empréstimo, veja bem.

— Eu simplesmente não tenho...

— Acho melhor você conseguir — não dizendo *por que* era melhor que eu conseguisse.

— Está tudo preso. Eu simplesmente não posso...

— Você não está me escutando, Charles. Eu estou aqui falando e você não está me ouvindo. Eu preciso de dez mil, Charles. Certo? Este é o acordo. Você é *um puta executivo*, Charles. É o que diz o seu cartão de visitas. Sênior — pronunciando como se fosse *señor* — diretor criativo. Vi-ce-pre-si-den-te e-xe-cu-ti-vo. Isto é impressionante, Charles. E você não *tem* dez mil? Quem você acha que tá sacaneando?

Ninguém, pensei.

— Charles.

— Sim.

— Eu não dou a mínima para o seu *fluxo de caixa*, tá? Eu quero dez mil de você. Tá entendendo?

Sim.

— Se entende, então me diga que você vai me dar os dez mil.

Deanna estava me chamando da cozinha.

— Você quer uma canja?

— Eu vou conseguir — disse.

— Você vai conseguir o quê?

— Eu vou conseguir os dez mil.

— Ótimo. Obrigado. Odeio ter que pedir isto a você, mas sabe como é.

— Onde?

— Eu te ligo de novo, certo, Charles?

— Poderia, por favor, ligar para o escritório? Poderia...

— Não. Eu gosto de ligar praí. Eu ligo *praí*, certo, Charles?

Clique.

E se ele pedir dinheiro?, Lucinda se perguntara.

Embora ele tenha levado o nosso dinheiro, embora ele tenha dito, *Tá vendo, eu tenho o seu dinheiro aqui*, ele não tinha *todo* o nosso dinheiro, tinha?

E se eles não fossem à polícia, ele poderia continuar e pedir.

Os Knicks perderam no soar da campainha.

Deanna me perguntou qual era o problema e eu disse a ela — o time perdeu e eu estava torcendo para eles.

— Coitadinho — ela falou.

Foi exatamente o que Lucinda me disse naquele dia no trem. *Coitadinho*, enquanto me dava tapinhas no braço e sussurrava coisas no meu ouvido. Algo sobre eu ser sexy.

O que talvez eu fosse, antes de ter me tornado um palhaço.

Vasquez queria dez mil dólares.

Eu não tinha dez mil dólares assim. O meu dinheiro não estava guardado embaixo do colchão ou tampouco rendendo juros em uma conta no banco. O que eu tinha era aproximadamente $150.000 em ações guardadas num arquivo no sótão do meu escritório. Ações da empresa, dadas a mim todos os anos graças à beneficência de Eliot.

Deanna e eu demos um nome para aquelas ações — uma designação que não deixava dúvidas quanto ao seu destino. Não era o nosso fundo de férias ou nosso fundo de aposentadoria e nem mesmo o nosso fundo para dias difíceis. *Fundo da Anna*. Era assim que o chamávamos. Fundo da Anna, que estava lá para toda e qualquer coisa que pudesse acontecer no futuro. Chame-o de precaução contra uma futura crise.

Uma operação, por exemplo.

Ou dez operações. Ou outras coisas que eu não necessariamente queria contemplar.

O Fundo da Anna. Todos os centavos dele.

Mas o que mais eu poderia fazer senão *pagá-lo*?

Eu me deitei na cama com Deanna. Deanna imediatamente começou a dormir embora não passasse muito das nove. Aqueles 26 alunos da terceira série tiram muito dela — e agora isto, o que *isto* poderia tirar dela? Isto é, se ela soubesse — se ela descobrisse. Se eu cedesse e contasse a ela, sem quebrar a minha promessa a Lucinda, não exatamente contando à *polícia*. Apenas a ela.

Então eu não teria que dar o dinheiro a Vasquez, teria? A menos que...

A menos que Vasquez ameaçasse contar a outra pessoa. *Muito bem, a sua esposa sabe — ótimo, mas o marido de Lucinda... ele não sabe.* O marido de Lucinda, que ela tinha jurado que nunca iria saber, em hipótese alguma, nunca iria saber que ela havia ido a um quarto de hotel com um outro homem para fazer sexo e que tinha acabado fazendo muito mais do que o esperado.

Se eu posso agüentar, você também pode, Lucinda tinha me dito.

Eu devia isto a ela, não é? Depois de deixar outro homem estuprá-la — depois de me sentar lá e *assistir* a outro homem estuprá-la? Estávamos juntos nisto.

Além disso, eu podia fantasiar tudo que quisesse sobre contar a Deanna, mas a verdade é que eu não podia me imaginar contando a Deanna tanto quanto poderia me imaginar contando tudo a *Anna.* Eu poderia ensaiar todas as palavras; eu poderia imaginar o peso sendo tirado das minhas costas. Está vendo? *Nenhum peso.* Mas aquilo era faz-de-conta — não era real.

Depois que Deanna entrou em sono profundo, subi ao sótão para procurar no nosso arquivo. Na letra F, de Fundo da Anna.

Descobri então que era difícil prosseguir, porque havia outras coisas no caminho, o arquivo estava rodeado de anos de desorganização geral e caos. Diplomas do ginásio, diplomas universitários, certidões de nascimento — um registro, mais ou menos, de todos *nós.* Os Schines. Marcos, realizações, eventos que modificaram a vida. Um pequeno par de pegadas, cortesia de Anna Elizabeth Schine. Um diploma do jardim de infância de Anna. E mais atrás — uma certidão de casamento. "Charles Schine e Deanna Williams." Prometendo amor e honra — uma promessa que eu tinha friamente descartado em um hotel no centro da cidade.

Havia algo de surreal em tirar minhas ações do arquivo para subornar um estuprador. Não havia manual para este tipo de situação, nenhum livro de auto-ajuda prometendo tornar tudo melhor.

Ao sair do gabinete de trabalho, passei pelo quarto de Anna — uma Anna que dormia banhada pela luz da lua, ou era simplesmente a luz noturna dela? Ela começou a colocá-la na parede de novo logo depois que ficou doente. Porque de repente teve medo de morrer sozinha no escuro. Porque se preocupava em acordar com hipoglicemia e não conseguir achar os tabletes de açúcar — ou talvez medo de não acordar mais.

Dormir parecia aliviá-la de toda raiva e tristeza, pensei.

Entrei na ponta dos pés e me inclinei sobre a cama. A respiração dela me tocou o rosto como se fosse asas de borboleta (me fazendo lembrar de uma vez em que peguei as asas de uma borboleta-monarca entre o dedão e o indicador para mostrá-la a Anna quando ela tinha quatro anos de idade antes de colocá-la cuidadosamente dentro de um vidro de geléia limpo). Dei um beijo na bochecha fria. Ela se mexeu, resmungou alguma coisa e se virou.

Desci as escadas e coloquei as ações na pasta.

FORA DE RUMO CATORZE

Encontrei Lucinda no chafariz da rua 51 com a Sexta Avenida.

Quando liguei e disse a ela o que Vasquez queria, ela ficou em silêncio e depois pediu para me encontrar lá.

Estava sentado há dez minutos quando a vi cruzar a rua 51.

Eu me levantei e comecei a estender a mão para cumprimentá-la. Mas parei — ela estava com um outro homem. Ela continuou e passou por mim e por um momento eu estava indeciso entre me sentar e ficar em pé, entre dizer oi e não dizer nada. Eu me sentei; algo fez com que eu me abaixasse.

Fiquei sentado lá na borda do chafariz enquanto Lucinda e o homem passavam por mim sem olhar.

O homem vestia um terno azul respeitável e sapatos recentemente engraxados. Tinha cerca de 50 anos, começando a perder os cabelos, lábios franzidos de preocupação. Lucinda parecia quase normal novamente, pensei, o que era o mesmo que dizer que ela estava maravilhosa, se você não olhasse perto demais. Se você não olhasse atentamente os círculos sob os olhos dela — não como os círculos sob os meus, que pareciam bolas pretas, mas inegavelmente estavam lá. Uma mulher que parecia não ter dormido muito ultimamente, que ficava se contorcendo e virando apesar dos dois Valiuns e da taça de vinho.

Ela parecia estar conversando com o homem, mas o que quer que estivesse falando era abafado pela cacofonia da barulheira de Nova York — buzinas de carros e bicicletas, música assobiada, motores de ônibus. Eles passaram a um metro de mim e não consegui ouvir uma palavra sequer.

Esperei até que se dirigissem para uma rua lateral. Eu estava envolto pela mistura habitual de turistas com pescoço de garça, fumantes vespertinos dando baforadas com desespero indisfarçável e moradores de rua esquisitos falando sozinhos.

Olhei para a decoração de Natal do Radio City Music Hall do outro lado da rua. "Show Espetacular de Natal", dizia, a marquise inteira enfeitada de azevinho. Um Papai Noel na calçada estava tocando um sino na porta da frente e gritando, "Feliz Natal para todos!". Aqui no chafariz estava frio e úmido.

Esperei cinco, depois dez minutos.

Então vi Lucinda voltando, correndo pela esquina e olhando diretamente para mim. Então. Ela tinha me visto, afinal de contas.

— Obrigada — ela disse.

— De nada. Obrigada por quê?

— Por não dizer oi. Por não dizer nada. Aquele era o meu marido.

Aquele era o meu marido. O jogador de golfe. O que nunca saberia.

— Oh — eu disse.

— Ele me fez uma surpresa no escritório. Com flores. Insistiu em pegar um táxi na cidade alta comigo. Me desculpe.

— Tudo bem. Como você está?

— Maravilhosamente bem. Não poderia estar melhor. — O tom na voz dela sugeria que eu estava sendo burro de fazer esta pergunta, que parecia uma dessas que os repórteres de TV fazem diante de uma tragédia inimaginável, perguntando a pessoas que perderam alguém da família como elas estavam se sentindo.

— Ele ligou novamente para você? — ela me perguntou.

— Não desde que me pediu dez mil dólares. Não.

— E? — ela disse. — Você vai dar o dinheiro a ele?

— Sim.

Ela olhou para as mãos.

— Obrigada.

— Não tem de quê. — E eu também *não* queria falar sobre isto com ela. Porque toda vez que eu falava sobre isto, a cena se tornava mais real, algo que ia realmente acontecer.

— Olha — ela disse —, eu tenho mil dólares aqui. Uma pequena conta que meu marido não sabe que existe. — Ela pegou o dinheiro dentro da bolsa.

— Tudo bem — eu disse. — Esqueça isto.

— Pegue — ela retrucou, como se estivesse tentando pagar a barra de chocolate e o refrigerante e eu insistisse em ser conservador e bancar o encontro inteiro.

— Não. Eu cuido disto.

— Aqui — ela disse, e empurrou as dez notas de cem para a minha mão. Depois de um breve cabo-de-guerra, eu desisti. Coloquei o dinheiro no bolso.

Depois ela disse:

— Você acha que vai parar por aqui?

Era a pergunta que importava, é claro. Isto iria parar por aqui ou não?

— Eu não sei, Lucinda.

Ela balançou a cabeça e suspirou.

— E se não parar? E se ele pedir mais dinheiro? O que faremos *então*?

— Eu ainda não sei. — *Então estamos condenados, Lucinda.*

— Como isto foi acontecer, Charles? — ela perguntou, tão suavemente que achei que não a tivesse ouvido.

— O quê?

— Como isto aconteceu? *Como?* Às vezes eu acho que foi um sonho. Parece impossível, não é? Que isto tenha acontecido conosco? *Logo conosco?* Às vezes...

Ela esfregou os olhos levemente — eles estavam úmidos e pensei que os olhos dela tinham sido a segunda coisa que notei naquela manhã no trem. Primeiro as coxas, talvez, depois os olhos. Eu vi a ternura neles e disse: *É, eu podia aproveitar esta ternura. Estou precisando dela agora.*

— Talvez esta seja a maneira de pensar nisto tudo — eu disse. — Como um sonho ruim.

— Mas não foi. Portanto, isto é bobagem.

— Sim. É bobagem.

— Se ele descobrir, isto vai matá-lo — ela disse.

O marido dela — ela estava falando sobre o marido novamente.

— Se ele descobrir ele vai *me* matar.

— Ele não vai descobrir.

Estávamos juntos nesta, eu a estava tranqüilizando. Podíamos ter traído nossos cônjuges, mas não trairíamos um ao outro.

— O que você disse para a sua esposa? — ela me perguntou. — Sobre o nariz?

— Que eu caí.

— Sim — ela disse, como se provavelmente houvesse pensado a mesma coisa.

— Olha, eu queria lhe dizer... — Dizer a ela o quê, exatamente? Que eu a tinha desapontado, suponho, que eu a tinha desapontado e não ia desapontá-la novamente?

— Sim?

— Eu deveria ter... você sabe, feito ele parar.

— Sim.

— Eu tentei. Mas não o bastante.

— Ele tinha uma arma — ela disse.

Sim, ele tinha uma arma. Ele tinha uma arma que ele às vezes apontava para mim e às vezes não. Enquanto ele a estava estuprando... ele não a estava segurando. A arma estava lá, no chão, a menos de um metro de mim, talvez.

— Esqueça — ela disse. Mas eu podia sentir que ela não queria dizer isso; que ela realmente *achava* que eu deveria ter me esforçado, que eu deveria tê-la salvo. E eu me lembrei de como a havia defendido naquele bar naquela noite e como ela havia me beijado logo em seguida. Valentões de bar são uma coisa, é claro, estupradores armados são outra.

— Acho que não deveríamos nos falar novamente, Charles — ela disse. — Adeus.

— Está satisfeito por enquanto? — David Frankel estava me perguntando.

— *O quê?*

— Satisfeito por enquanto? Com o comercial?

Estávamos finalmente rodando o comercial da aspirina. Estúdio dez no Silvercup Studios em Astoria.

— Sim. Tudo bem.

— É. Corinth é um velho profissional.

Bem, ele era velho, tive vontade de dizer. Robert Corinth era o diretor do comercial da aspirina. Ele era baixo e careca, com um rabo-de-cavalo ridículo abaixo da meia-lua de pele queimada de sol. O rabo-de-cavalo dizia: *Eu posso estar sucumbindo às indignidades do envelhecimento, mas eu ainda sou legal, eu ainda estou com tudo.* Estávamos na tomada 22.

— Quem vai fazer a música do anúncio? — perguntei a ele.

— Música?

— Sim, a trilha sonora. Quem vai fazer?

— T & D Music House.

— Nunca ouvi falar deles.

— Ah, eles são bons.

— Tubo bem.

— Eles fazem a trilha de todas as minhas coisas.

— Tudo bem. Ótimo.

— Você vai gostar deles. Eles sempre fazem um bom preço.

Ia perguntar a ele por que sorria para mim daquele jeito. Mas fui interrompido por Mary Widger sussurrando no meu ouvido.

— Charles — ela sussurrou. — Posso dar uma palavrinha com você?

— Claro.

— O Sr. Duben acha que o vidro de aspirina deveria estar mais alto.

— Mais alto? — o Sr. Duben era o meu novo cliente. Ele me cumprimentara dizendo, *Então você é o sangue novo.*

Sim. Tipo O, eu respondera e ele rira e dissera, *Ótimo, era justamente do que estávamos precisando.*

— Mais alto. No quadro.

— Claro. Você pode pedir ao Robert para colocar o vidro mais alto no quadro, David?

— Sem problemas — David disse. — Estou aqui para isso.

Um pouco depois, naquela tarde, algo entre as tomadas 48 e 49, Tom Mooney me cercou na mesa do bufê.

— E aí, meu camarada? — ele disse.

Tom não era meu camarada. Ele era o representante da Headquarters Productions, e o *modus operandi* dele era fazer com que sua presença incomodasse bastante para que os clientes lhe dessem trabalho na esperança de que ele desaparecesse. Ele tinha bastante sucesso com esta estratégia, também.

— Como vai, Tom?

— Eu? Estou ótimo. A pergunta é como vai você? — Ele estava olhando o meu rosto.

— Eu caí — disse. Pela centésima vez.

— Eu quis dizer em relação ao trabalho.

Tom sabia exatamente como eu estava em relação ao trabalho. Ele sabia, por exemplo, que até poucas semanas atrás, eu estava encarregado de uma conta de cartão de crédito, mas agora somente desta conta de aspirina. Ele sabia disso porque o mundo da propaganda era uma pequena comunidade e, como na maioria das pequenas comunidades, as notícias se espalham rápido e as más notícias mais rápido ainda.

— Ótimo — respondi.

Ele me perguntou se havia recebido o cartão de Natal dele.

— Não.

— Eu lhe mandei um cartão.

— Eu não recebi.

— Não?

— Não.

— Bem, Feliz Natal. Depois eu mando o presente — ele disse.

— Não é necessário mandar presente, Tom.

— Não seja bobo. O tio Tommy nunca se esquece de um cliente.

— Se é um chapéu da Headquarters... eu já tenho um — falei.

— Quem falou em chapéu? — Tom disse. — Eu falei em chapéu?

— Eu já tenho uma camiseta da Headquarters também.

— Ei, você é um *cliente* da Headquarters agora.

— Sim, sou.

— Então, pense em mim como Papai Noel.

— Engraçado. Você não se parece com o Papai Noel.

Com o cabelo gorduroso penteado para trás e maneirismos hipercinéticos, Tom parecia Pat Riley sob efeito de anfetaminas.

— Como você sabe? Você alguma vez já *viu* o Papai Noel?

Quando Anna era pequena, cinco anos e meio, talvez, ela me perguntou como o Papai Noel fazia compras na Toys R Us se ele morava no Pólo Norte. Eu, inadvertidamente, tinha deixado a etiqueta da loja no Meu Pequeno Pônei.

— Muito prazer, Papai Noel.

— E o que o Charley quer de Natal?

Se Tom tivesse o dia inteiro, eu poderia dizer a ele.

— Nada, Tom. Estou bem.

— Ei, você está filmando comigo, certo?
— Certo.
— Você está trabalhando com Frankel, certo?
— Frankel? Sim, claro.
— Tudo bem. Pergunte a ele o que ele quer de Natal.
O que significava aquilo?
— Tudo que eu quero de Natal é um bom comercial, Tom.
— Então, por que está trabalhando com *a gente*? — perguntou.
Mas quando não ri, ele disse:
— Brincadeira.

Naquela noite, Vasquez ligou para a minha casa e me disse para encontrá-lo no Alphabet City na esquina da rua 8 com a Avenida C.

FORA DE RUMO QUINZE

Chamavam de Alphabet City, a Cidade do Alfabeto, porque se estendia da Avenida A à D na parte mais baixa de Manhattan. Costumava ser o lugar onde as gangues hispânicas se reuniam, até ser invadida por uma turminha "artística" e se tornar tanto perigosa quanto moderninha. Bodegas e galerias coexistiam lado a lado, servindo empanadas e op. art.

Eu não ia lá desde os meus 20 anos. Recordo-me vagamente de uma corrida de táxi sem destino definido que terminou aqui — sete pessoas apertadas em um táxi procurando diversão. Não me lembro de como a noite terminou.

Hoje eu não estava procurando diversão.

Eu estava procurando Vasquez.

Deanna atendera ao telefone quando ele ligou. *Como vai, Sra. Schine?* — ele lhe dissera. Ela parecia um pouco surpresa quando o passou para mim.

Telefonema de negócios, expliquei mais tarde.

Vasquez tinha me perguntado se eu tinha o dinheiro: sim. Tinha me perguntado se eu ainda estava sendo um bom menino (tradução — nada de polícia): sim. Ele me dissera para encontrá-lo aqui em Alphabet City.

Quando Deanna saiu do quarto, eu disse a ele que eram só dez mil dólares e nada mais, entendeu? Era isto.

Vasquez disse claro, mano.

A esquina da Avenida C com a Oitava às onze da manhã era um reflexo intenso da vizinhança. Cinco crianças latinas passavam o tempo na carroceria de uma caminhonete enquanto um artista colocava um aviso oferecendo tatuagens de hena. Nada de Vasquez ainda.

Um negro esbarrou em mim.

— Por que diabos não olha por onde anda? — ele disse.

Eu não estava indo a lugar nenhum, é claro; estava bem parado ali.

— Desculpe-me — eu disse, de qualquer maneira.

— Desculpe-me, hein? — o homem era maior do que eu, parecia um armário.

— Sim — eu disse.

— E se desculpas não forem suficientes?

— Olha, eu não vi você...

O homem riu.

— Tudo bem — ele disse. — Tudo bem. *Charles*, né?

Ele sabia o meu nome — o homem que tinha me acusado de não olhar por onde andava sabia o meu nome.

— Charles — ele disse novamente —, certo?

— Quem é você?

— Eu não acabei de te fazer uma pergunta? Você é o Charles ou não?

— Sim, sou o Charles.

— Eles te chamam de *Chuck*? Se você fosse meu parceiro, era assim que a gente te chamaria.

— Não. — *Chuck, Chuck, go buck, banana fana fo fuck*... uma musiquinha que as outras crianças do bairro costumavam cantar para se divertir quando eu tinha oito anos. — Onde está Vasquez? — perguntei a ele.

— Vou levar você até ele. Pra que diabos você acha que eu estou aqui?

Eu não queria ser levado até ele.

— Por que eu não lhe dou o dinheiro e...

— Você não vai me dar nada, entendeu? Nós vamos dar um pequeno passeio.

— Até onde?

— *Até onde?* — ele me imitava. — Só até o final da rua.

Ele começou a andar, olhando para trás para se certificar de que eu o estava seguindo, e eu me lembrei que fazia o mesmo quando Anna era pequena, andando com ela mas na frente, certificando-me de que ela não iria se perder em uma direção perigosa. Só que eu já estava indo em uma direção perigosa.

Quando passamos por um beco entre dois edifícios reformados, o homem parou e esperou por mim, então começou a me guiar pela passagem estreita. Tentei ficar parado até que o apertão dado pelo homem ameaçou esmagar o meu braço e eu desisti.

Ele me jogou contra a parede. *Isto era o que acontecia em becos, não era?*, pensei: *espancamentos e esfaqueamentos e roubos. Às vezes em quartos de hotel, mas na maioria das vezes em becos.* Esperei pelo inevitável, que ia ser rápido e brutal e completo.

Só que o espancamento nunca veio.

— Vamos ver — o homem disse. E em vez disso me apalpou, correndo as mãos para cima e para baixo pelas minhas pernas, peito e costas, me revistando.

— Nenhuma droga de escuta em você, Charles, isto é bom...

— Eu disse a ele que não ia à polícia.

— É. E ele acredita em você.

— Olha, eu realmente preciso voltar — eu disse, ouvindo o pânico na minha própria voz e tentando me afastar da parede.

— Ah, que isso! — ele disse. — É bem aqui...

Eu tinha ido *bem aqui* quando me sentei pela primeira vez ao lado de Lucinda, e então, um pouco mais além quando a levei ao Fairfax Hotel, e agora alguém me pedia para ir bem ali novamente, quando tudo o que eu realmente queria era voltar para um lugar chamado ontem.

Eu segui o homem para fora do beco e descemos uma quadra que cheirava a chucrute e pomada. Passamos por um salão de beleza especializado em *dreadlocks* e tatuagens de cabelo. O homem pegou a esquerda em direção ao saguão de um edifício parcialmente reformado.

Ele murmurou um nome e alguém murmurou algo de volta.

— Venha — ele disse, segurando a porta de vidro arranhada para eu passar. *Venha* novamente. Eu estava recebendo ordens estes dias, um novo recruta no exército dos moralmente despossuídos. Ciente de estar pisando mais fundo no território inimigo a cada passo, mas não tendo liberdade de recusar. Neste exército, os desertores podiam ser executados.

Vasquez estava num apartamento no primeiro andar. Ele estava lá, bem atrás da porta quando ela se abriu e nos deixou entrar.

Eu me encolhi quando Vasquez estendeu a mão. Eu já havia visto aquela mão fazer outras coisas — a Lucinda e a mim. Mas Vasquez não esperava um aperto de mão.

— Dinheiro — ele disse.

Ele vestia uma *do-rag chic* — uma calça de cintura baixa que deixava entrever uma cueca Calvin Klein —, um suéter verde desbotado jogado nos ombros. Eu estava dando a minha primeira boa olhada nele. E fiquei surpreso ao notar como ele parecia diferente do que eu me lembrava, pelo menos a impressão geral. Ele parecia menos imponente fisicamente, mais magro e ossudo. E eu me perguntava quantos criminosos já haviam sido condenados por um testemunho ocular errôneo — muitos, provavelmente, é difícil se fixar em alguém quando esse alguém está batendo na sua cabeça ou estuprando a sua namorada.

Eu dei a ele os dez mil dólares em notas novas de cem. Sentindo como se estivesse fazendo uma compra doméstica —

uma máquina de lavar, uma TV de tela grande, móveis para o pátio —, só que esta compra doméstica, é claro, estava comprando a própria domesticidade. Cinco mil para Anna e cinco mil para Deanna. Sem garantia do dinheiro de volta. Uma compra baseada na boa fé quando não havia nenhuma.

— Nove mil e novecentos... — Vasquez contou diligentemente até a última nota e depois me olhou com aquele sorriso horrível, o que eu me lembrava do quarto do hotel.

— Eu quase me esqueci — ele disse, e me deu um soco no estômago.

Eu fui ao chão.

Eu não conseguia respirar; comecei a procurar ar para respirar.

— Isto é por ter cancelado os cartões, Charles. Foi meio inconveniente para mim, já que eu estava no meio das compras.

O outro homem achou tudo muito engraçado — ele começou a rir.

Então Vasquez disse:

— Estamos indo embora agora, Charles.

Levei cinco minutos para respirar normalmente de novo, depois outros cinco para conseguir me levantar, usando a parede como apoio. Os cinco minutos que passei no chão tentando respirar foram passados também chorando, em parte pelo soco no meu plexo solar e em parte por perceber onde estava.

Deitado no chão perto de uma caixa de comida chinesa com restos de dois dias atrás, infestada de baratas.

FORA DE RUMO DEZESSEIS

Fiquei até tarde no escritório no dia seguinte.

Eu estava me sentindo um pouco nervoso e envergonhado em casa estes dias — não necessariamente nesta ordem. Toda vez que eu olhava para Anna, pensava nos dez mil dólares que havia roubado do fundo dela; e toda vez que o telefone tocava, eu sofria durante aquela interminável pausa antes que alguém o atendesse — imaginando um diálogo real que terminava com Deanna entrando pelo quarto ou pelo meu gabinete ou pelo porão para me acusar de ter arruinado a vida dela e de ter matado a nossa filha.

Eu preferia que aquele momento acontecesse por telefone — já que eu não podia imaginar ter que olhar de verdade nos olhos dela enquanto ela recitava a minha ladainha de crimes. No escritório, eu podia fechar a porta e apagar a luz e olhar para o meu reflexo na tela do computador, que estava permanentemente hibernando — que era como eu gostaria de poder ficar. Eu podia pensar em me livrar desta coisa terrível que ameaçava tirar a minha vida dos trilhos. Em casa eu podia apenas sofrer as conseqüências.

No momento, eu estava tentando procurar a T&D Music House.

Eu queria ligar para eles amanhã e falar sobre a trilha sonora para o anúncio da aspirina. Algo emocional porém não sentimental. Algo que pudesse disfarçar o diálogo banal e o desempenho inexpressivo dos atores.

Entretanto, não consegui encontrar a ficha deles. T&D — não era isto que Frankel tinha dito? Ou eram outras letras? Não — eu tinha certeza que era T&D.

Talvez eu estivesse usando um guia de pós-produção desatualizado. Talvez...

Ouvi um som alto.

Passava das oito e a equipe de limpeza já havia terminado o turno. Eu estava certo de que não havia mais ninguém trabalhando até mais tarde a não ser eu.

Eu ouvi novamente.

Um tipo de arranhão, um tilintar, um barulho surdo. Alguém estava na sala ao lado — na sala de Tim Ward, e eu tinha visto Tim sair para pegar o trem das 6h38 para Westchester com meus próprios olhos.

Então, outra coisa.

Alguém estava assobiando "My Girl". Temptations, 1965.

Talvez fosse alguém da equipe de limpeza afinal de contas — alguma limpeza que ainda não tivesse sido terminada e que precisava ser feita enquanto o escritório estivesse vazio. — Faxineiros, como o duende sapateiro, apareciam na maior parte das vezes no meio da noite, deixando magicamente os frutos do seu trabalho. Um carpete novo, paredes recém-pintadas, um sistema de ar-condicionado novo. Claro, era apenas um dos duendes.

Cling. Bang. Boom.

Eu me levantei da minha cadeira e andei pelo carpete cheio de papéis para ver. Quando abri a porta, o barulho parou. O assobio também. Eu pensei ter ouvido alguém respirar rapidamente.

Havia uma luz na sala de Tim Ward — a luz da mesa, supus; um amarelo frio irradiava através do vidro embaçado como o sol da manhã atrás da neblina. Por um momento, eu não tinha certeza do que fazer. Você não *tem* que fazer nada quando ouve alguém assobiando tarde da noite no escritório ao lado. Você pode, mas não tem que fazer nada.

Mesmo assim, abri a porta da sala de Tim.

Alguém estava fazendo alguma coisa com o computador de Tim — um Apple G4, como o meu.

— Olá — disse Winston Boyko. — Estou consertando.

Parecia que ele o estava roubando.

— Tim disse que ele ficava ligando e desligando sozinho — ele falou, mas parecia vermelho e a voz não estava firme. O computador estava conectado à parede por um cabo fino de aço que Winston devia estar cortando quando foi interrompido. Percebi isto porque Winston tinha o que parecia um cortador de fios na mão.

— Tim pediu a *você* para consertá-lo? — perguntei.

— É. Eu sou muito bom com computadores, sabia?

Não, não sabia.

— Nós temos um departamento de informática, Winston. Para consertar computadores.

— Bem, se é assim... Acho que não preciso fazer isto, então.

— Winston?

— Sim?

— Tim não lhe pediu para consertar o computador dele — eu disse.

— Não com todas as letras. Não.

— Você não entende nada de computadores, entende?

— Claro que entendo.

— Winston...

— Eu sei quanto um desses vale. — E depois ele deu de ombros. *Tudo bem, a charada terminou, ele estava dizendo. Não se pode culpar um cara por tentar.*

— Por que você está *roubando* computadores, Winston?

Talvez fosse uma pergunta estranha para se fazer à pessoa que estava roubando. Afinal de contas, por que as pessoas roubam? Para ganhar dinheiro, é claro. Mas por que Winston — a enciclopédia humana de beisebol e o cara de quem todos gostavam. Por que *ele*?

— Eu não sei. Parecia a coisa certa a se fazer no momento.

— Meu Deus... Winston...

— Você sabe quanto vale um G4? Eu vou te dizer. Três mil, um usado. Que tal os *Apples*?

— Acontece que é ilegal.

— É — você me pegou.

— E eu *vi* você roubando. O que eu devo fazer?

— Me dizer para não fazer isto de novo?

— Winston... eu não tenho certeza que você...

— Olha. Eu não roubei, certo? Tá vendo... o computador ainda está aqui. Não houve prejuízo.

— Esta é a primeira vez?

— Claro.

Mas agora eu me lembrava de ter ouvido algo sobre computadores terem sumido. Era por isto que eles eram presos à parede com cabos de aço, não era?

— Olha — Winston disse. — Seria inconveniente para mim se você dissesse algo.

E, pela primeira vez, me senti um pouco desconfortável. Um pouco nervoso. Este era Winston — o meu parceiro de charadas de beisebol e companheiro da sala de correspondência. Mas este também era um *ladrão*, parado aqui tarde da noite sem ninguém por perto, com um cortador de fios na mão. Eu me perguntei que tipo de arma aquilo daria e decidi que provavelmente seria uma das boas.

— Então, podemos simplesmente esquecer isto? Tudo bem, Charles? Prometo que não vou fazer de novo.

— Posso pensar um segundo?

— Claro. — Depois que aquele segundo passou, e depois um outro: — Vou te contar por quê — Winston disse. — Vou te contar por que isso iria me ferrar. Além de ser demitido deste trabalho, é claro, que não seria grandes coisas, relativamente falando. Vou ser honesto com você, certo?

— Certo.

— É o seguinte — ele se sentou na cadeira de Tim. — Senta, parece que você vai pular pela janela.

Eu me sentei.

— O negócio é o seguinte... — Winston disse.

Ele levou algum tempo.

— Nada demais — me garantiu. — Eu usava drogas para me divertir.

— É isto?

— Bom, eu também *traficava* drogas para me divertir.

— Oh.

— Não me olhe deste jeito. Eu não estava traficando H. Na maior parte das vezes era E.

Desde quando drogas começaram a ser designadas pelas letras do alfabeto?, eu me perguntei. Havia uma letra para cada uma delas agora?

— Era o meu emprego da faculdade — Winston disse. Ele coçou o braço em cima da tatuagem. — Suponho que eu poderia ter trabalhado na cantina da escola. Parecia mais fácil.

— Quanto tempo você...

— A sentença foi de dez, mas saí em cinco. Cinco e meio em Sing Sing. E isso parece cem anos.

— Sinto muito.

Mas eu não estava certo se tinha pena de Winston ter ido para a prisão ou se lamentava tê-lo surpreendido roubando um computador da empresa, que poderia fazê-lo ir para a prisão novamente. Ou ambos.

— *Você* sente muito. Chame isto de um movimento ruim na carreira. Eu saí e estou seis anos atrás de todo mundo. Eu não tenho um diploma universitário. Eu não tenho nenhuma experiência de trabalho a não ser de empilhar livros na biblioteca da prisão, e não acho que isto valha. Mesmo que eu tivesse, ninguém ia exatamente me dar boas-vindas aos postos executivos. Eu tinha uma média de notas de três-ponto-sete no meu primeiro ano e agora estou entregando correspondência.

— Eles sabem que você esteve preso? — perguntei a ele.

— Você quer dizer *aqui*?

— Sim.

— Claro. Você deveria vir à sala da correspondência às vezes. Nós somos o sonho erótico dos liberais. Temos dois ex-condenados, dois retardados, um ex-drogado e um tetraplégico. Ele é o homem do controle de qualidade.

— Quando você saiu... por que não voltou para a faculdade?

— Você ia pagar a mensalidade?

Winston tinha razão nisto.

— Olha, estou na condicional — Winston continuou. — Eles têm regras quando você está na condicional. Você não pode sair do estado sem permissão. Você tem que se apresentar ao seu agente da condicional duas vezes por mês. Você não pode se associar a nenhum criminoso conhecido. E... ah sim... você não pode roubar computadores. Eu podia ter me ferrado com esta. Por outro lado, tem uma *outra* regra quando você está na condicional. Você não pode ganhar para viver... não de verdade. Sabe quanto eles me pagam para entregar a sua correspondência?

Podíamos falar sobre esportes de que todos gostavam, mas estávamos em dois lados diferentes do espectro socioeconômico, Winston estava dizendo. Eu era um executivo e ele era apenas o garoto da correspondência.

— Quantos computadores, Winston?

— Como eu te disse, esta é a primeira vez.

— Você foi *pego*. Eu sei. Quantas vezes você não foi pego?

Winston se inclinou para trás e sorriu. Ele dobrou o braço — o que tinha o cortador de fios — e deu de ombros.

— Dois — disse.

— Certo. Dois. — Eu me senti cansado de repente; esfreguei minha testa e olhei para os meus sapatos. — Eu não sei o que fazer — eu disse alto. Neste momento, eu podia estar falando sobre tudo.

— É claro que você sabe. Eu me abri pra você, cara. Eu fui burro, admito. Não vai acontecer de novo. Eu prometo.

— Tudo bem. Ótimo. Eu não vou dizer nada.

Mesmo enquanto dizia isto, me perguntava exatamente por que tinha tomado aquela decisão. Talvez porque me sentisse tão ladrão quanto Winston. Sim. Eu tinha roubado dinheiro do Fundo da Anna, não é? Tarde da noite também, quando ninguém podia me ver — exatamente como Winston? Não seria isto um código de ética — nunca entregar um companheiro criminoso? Ele faria o mesmo por mim, não é?

— Obrigado — Winston disse.

— Se eu ouvir falar de um outro computador roubado...

— Ei... Eu sou um larápio. Não um idiota.

Certo, pensei. *O idiota sou eu.*

FORA DE RUMO DEZESSETE

— Papai...

A palavra que você quase nunca se cansa de ouvir durante o dia torna-se a palavra que você teme que o acorde no meio da noite. Veio como um alarme de incêndio em um cinema às escuras e bem no meio do filme, um tipo de drama doméstico envolvendo a mim, Deanna e uma mulher de olhos verdes.

— *Papai!*

Eu ouvi novamente, e desta vez acordei de verdade e quase caí da cama.

Lembranças de outras noites como esta clamavam pela minha atenção incondicional mesmo quando eu tentava desviá-la, para me concentrar no ato físico de me levantar e correr, descalço pelo corredor escuro e frio.

Para o quarto de Anna.

Acendi as luzes enquanto entrava no quarto — uma mão no interruptor e a outra já a alcançando. Mesmo com meus olhos apertados pela claridade repentina, pude ver que Anna parecia excepcional e assombrosamente estranha. Ela foi, eu tinha quase certeza, acordada no meio de um choque hipoglicêmico.

Os olhos dela estavam revirados, para aquela parte do cérebro tonta pela falta de açúcar, o corpo dela preso em um balbuciar interminável. Quando coloquei meus braços em volta dela, era como segurar um cachorrinho assustado, que se sacudia e tremia. Só que Anna estava assustada, e ela não conseguia me dizer.

Quando gritei com ela, ela se recusou a gritar de volta. Quando balancei a cabeça dela e sussurrei em seu ouvido, quando bati nela gentilmente — nenhuma resposta.

Haviam me dito o que fazer quando isto acontecesse. Fui preparado e treinado e lembrado e avisado. Eu simplesmente não conseguia me lembrar de uma palavra.

Eu sabia que havia uma seringa em um estojo de plástico vermelho-bombeiro no andar de baixo no armário da cozinha. Eu pensei que o estojo precisava ser aberto e a seringa enchida com um pó marrom que também estava no estojo. E água — era preciso adicionar uma certa quantidade de água.

Estas coisas dançavam na minha mente como uma frase disléxica que eu não conseguia compreender. Entretanto, entendia o sentido geral, que era horrível e impiedoso.

Minha filha estava morrendo.

De repente, Deanna estava atrás de mim.

— A injeção — eu disse a ela, ou possivelmente gritei.

Mas ela já estava com a injeção nas mãos. Tive uma momentânea onda de puro amor por ela, esta mulher com quem casei e com quem criei Anna, mesmo no meio do terror quando eu estava com vontade de cair de joelhos e abraçá-la. Ela abriu o estojo para mim, calmamente tirou a seringa e estudou as instruções em letras grandes ao se dirigir para o banheiro de Anna. Eu coloquei Anna no meu colo, sussurrei que tudo ia ficar bem, Anna, sim, vai ficar, *você vai ficar bem, Anna, sim, minha querida*, enquanto ouvia a água correndo lá dentro. Então Deanna voltou, balançando a seringa na mão.

— Fundo — Deanna disse ao me entregar a injeção. — Passando pela gordura e chegando ao músculo.

Eu tinha temido este momento — tinha imaginado várias vezes como seria. Quando me treinaram pela primeira vez na arte da insulina, espetando agulhas finas de 0,6 centímetro no tecido gorduroso do quadril, braço e nádegas — eles também mencionaram *isto*. Que por fim chegaria o momento em que eu provavelmente teria que usá-las. Nem *todo* pai tinha que usar, mas dado o fato de Anna ter um caso virulento especial e dado o fato de ter contraído a doença ainda muito jovem... Esta agulha *não* tinha 0,6 centímetro, ela tinha dez centímetros e era grossa o suficiente para fazer você desviar a vista. Porque ela tinha que levar sua mistura de açúcar puro às células do cérebro rápido o suficiente para impedir que morressem de fome.

A seringa estava na minha mão agora, só que a minha mão tremia tanto quanto Anna, porque era como esfaqueá-la, mesmo que isso representasse o dom da vida. Eu a coloquei na parte de cima do braço, mas já que ambos estávamos tremendo, tive medo de injetar, tive medo de errar e cegar a agulha e desperdiçar o líquido.

— Aqui — Deanna tomou a agulha de mim.

Ela apontou para o quadril de Anna, com a mão firme, e enfiou a agulha toda. Então, lentamente empurrou o êmbolo para baixo até que todo o líquido marrom tivesse desaparecido.

Foi quase instantâneo.

Há um minuto a minha filha estava perdida. Então, de repente, os seus olhos rolaram de volta para o lugar e o seu corpo gentilmente se acalmou na cama.

E ela chorou.

Anna chorou, muito mais do que naquela manhã quando obteve o diagnóstico e lhe dissemos mais ou menos o que estava à sua espera. Pior do que aquela vez.

— Papai... ah papai... ah papai...

Então eu chorei também.

Eu a levei para o hospital — a ala infantil do Long Island Jewish, só por precaução. Eu não ia lá desde aquelas primeiras semanas martirizantes, e o simples cheiro do lugar foi suficiente para me levar de volta ao momento em que atravessei os corredores às quatro da manhã, sabendo que a melhor parte da minha vida tinha terminado. Anna sentiu o mesmo, também; ela conseguiu se acalmar nos vinte minutos até chegar ao hospital, mas no momento em que entramos na sala de espera, ela se encolheu no meu corpo e se escondeu ali; então, quase tive que carregá-la para dentro.

Eram duas horas da manhã; fomos atendidos por um médico-residente indiano que parecia estar cheio de trabalho e bastante distraído. Deanna ligou para o médico de Anna quando saímos de casa.

— Por favor, o que aconteceu?

— Ela estava com hipoglicemia — eu disse. — Ela teve um surto. — Anna estava sentada na maca, virtualmente afundada contra o meu corpo.

— Você deu a injeção?

— Sim.

— Uh-huh... — Ele a examinava enquanto conversávamos, fazia todas as coisas que os médicos fazem — coração, pulso, olhos, ouvidos — então, afinal de contas, talvez ele fosse mesmo competente. — É melhor medirmos a glicose, não?

Eu me perguntei se ele estava pedindo uma opinião médica ou simplesmente sendo retórico.

— Nós medimos antes de vir para cá. Cento e quarenta e três. Eu não sei como estava antes dela... — Eu ia dizer *desmaiar, desfalecer, ficar inconsciente*, mas fiquei reticente em dizer isto na frente de Anna. Percebi que já havia se formado uma ferida no lugar onde Deanna havia aplicado a injeção, e pensei que outros pais que feriam seus filhos eram condenados e presos.

— Cento e quarenta e três, não é?

— Sim.

— Bem, vamos ver...

Ele pediu a Anna para ver a mão dela, mas Anna não tinha intenção de mostrá-la.

— Não — ela disse, com firmeza.

— Vamos, Anna, o médico tem que medir a sua glicose para ter certeza de que está tudo bem. Você faz isto quatro vezes por dia; não é grande coisa.

Mas é claro que era uma grande coisa. *Porque* ela fazia isso quatro vezes por dia e agora pediam que ela fizesse uma quinta — na verdade, sexta, já que eu medira antes de virmos para cá. Era grande coisa porque ela estava de volta ao hospital onde soube que não era como todo mundo, que o corpo dela tinha esta deficiência terrível que podia matá-la. Podia não ser grande coisa para o médico, ou até mesmo para mim, mas era para ela.

Quieta. Ela estava sentada no hospital às duas da manhã porque quase tinha morrido e agora o médico precisava de uma amostra de sangue.

— Vamos lá, Anna, seja uma boa menina, está bem? — eu relembrava aqueles primeiros dias em casa quando tinha que implorar para que ela me desse o braço, às vezes tendo que puxá-lo, força bruta precedendo a dor bruta, a cada vez convencido de estar cometendo o pior tipo de agressão.

— Eu faço *sozinha* — Anna disse.

O médico agora estava perdendo a paciência; tantos pacientes e tão pouco tempo.

— Olha, senhorita, nós temos que...

— Ela disse que vai fazer sozinha — falei, lembrando de uma outra coisa, então. Como, logo depois do diagnóstico, Anna tinha passado duas semanas aqui aprendendo a lidar com esta coisa chamada diabetes, com o protocolo do hospital exigindo que todos os pacientes administrassem uma injeção de insulina sozinhos antes de terem alta. E Anna, que tinha medo de agulhas da mesma maneira como outras pessoas tinham medo de cobras ou aranhas ou porões escuros, tinha me feito prometer que ela não teria que fazer isto. E eu tinha dito, *eu prometo*. E no dia que ela deveria ter alta, a enfermeira veio e pediu a Anna para fazer — para encher a seringa com dois tipos de insulina e injetar nela mesma no braço que já estava machucado. E a princípio, os pais, Deanna e eu, não tínhamos dito nada, deixando a enfermeira gentilmente, e depois não tão gentilmente, persuadir a paciente a fazer o que ela claramente tinha pavor de fazer. E finalmente, com o silêncio quase ensurdecedor dos aliados dela, Anna olhou para mim com pura insistência. E embora eu soubesse que provavelmente seria bom que Anna pudesse se auto-aplicar uma injeção, eu ainda assim disse à enfermeira, *Não. Ela não tem que fazer isto.* Eu fiz uma promessa a ela e vou mantê-la. O corpo dela pode tê-la traído, mas o pai dela não faria isto. Era o tipo de momento em que você sente que tem que endurecer, aquele que você tira do armário e mais tarde põe à mostra, quando você traiu todo o resto.

— Ela vai fazer sozinha — repeti.

— Certo — o indiano disse. — Bem, então, por favor, deixe que ela faça de uma vez.

Eu dei a ela a lanceta e observei Anna, que tremia, pegar o dedo médio e dar uma picada em cima, uma bolha de sangue brilhante já se formando quando ela a tirou. Eu me ofereci para segurar o medidor para ela, mas ela o tirou de mim e o controlou sozinha — a pequena Anna, não mais tão pequena, uma batalhadora, se já houve alguma.

A glicose dela estava boa — 122.

Eu disse ao residente que o endocrinologista da minha filha, o Dr. Baron, chegaria a qualquer minuto.

Mas o Dr. Baron não viria. O *beeper* do residente o fez sair correndo da emergência, e quando ele voltou, disse:

— O Dr. Baron disse que ela pode ir para casa.

— Ele não vem?

— Não é necessário. Eu disse os números a ele. Ele disse que ela pode ir para casa.

— Eu achei que ele viria vê-la.

O residente deu de ombros. *Médicos*, ele estava dizendo, *o que se pode fazer?*

Eu disse:

— Isto é ótimo.

— Poderia dar uma palavrinha com você? — ele perguntou.

— Claro.

Segui o residente até o outro lado da enfermaria, onde um chinês estava sentado em uma cadeira, olhando para a mão que sangrava.

— Como está a vita dela?

— *O quê?*

— A vita dela.

— A *vista* dela. Tudo bem? — eu disse. — Ela usa óculos para ler. Ela teria que usar, de qualquer maneira. — Pensei que fazia algum tempo que não a via usando-os. — Por quê?

Ele deu de ombros.

— Tem uma lesão lá. Não piorou?

— Não sei. Acho que não — respondi, sentindo aquela dor familiar na boca do meu estômago novamente, como se tivesse alguma coisa presa lá que nem o Long Island Jewish Hospital pudesse remover cirurgicamente.

— Tudo bem — o residente disse e me deu um tapinha no ombro. Sobrecarregado, um pouco impaciente, talvez, mas simpático, afinal de contas.

— Existe alguma coisa que eu deva dizer ao Dr...

— Não, não — o residente balançou a cabeça. — Só checando.

Depois de assinar alguns papéis e entregar o meu cartão de crédito novo, eles nos disseram que podíamos ir embora.

Do lado de fora, no calmo ar do inverno, nossas respirações se misturaram a caminho do carro, uma nuvem vaporosa que nos seguiu pelo estacionamento. *Deveria ser uma nuvem negra*, pensei — não era esta a metáfora para má sorte?

— Ei, menina — eu disse. — Você está enxergando bem ultimamente?

— Não, pai, estou cega.

Bem, a glicose podia estar estranha, mas o sarcasmo estava intacto e saudável.

— Eu só estava querendo saber se você notou alguma coisa, só isto. Com seus olhos.

— Estou bem.

Mas, no caminho para casa, Anna encostou-se em mim, da mesma maneira como costumava fazer quando era pequena e precisava tirar uma soneca.

— Lembra daquela história, pai? — ela me perguntou depois de várias quadras.

— Que história?

— A que você costumava me contar quando eu era pequena. A que você inventou. Sobre o zangão.

— Sim.

Uma história que eu inventei de repente, depois de Anna ter sido picada e de eu dizer a ela que o zangão mau tinha morrido para que ela pudesse se sentir melhor. Só que isto não a fez se sentir melhor; ela ficou horrorizada que zangões *morressem* quando picavam, até mesmo o que a tinha picado.

— Conta pra mim — Anna pediu.

— Eu não me lembro — menti. — Que tal aquela sobre os cavalos? Você sabe, o velho que sai atrás de aventuras?

— Não — ela disse. — Eu quero a história do zangão.

— Nossa, Anna, eu não me lembro como ela começa.

Mas ela se lembrava.

— Havia um zangãozinho — ela começou —, que se perguntava por que tinha um ferrão.

— Ah, é. Isto mesmo.

— Conta.

Por que esta história, Anna?

— Ele se perguntava por que tinha um ferrão — falei.

— Porque... — Anna disse impacientemente.

— Porque ele via que, toda vez que os outros zangões usavam o ferrão, eles morriam.

— O melhor amigo dele — ela me cutucava —, e...

— O melhor amigo *abelha* dele — eu a corrigi —, a tia Bee, o tio Bumble, todos eles usaram os ferrões e depois morreram.

— Ele ficou muito triste com isto — Anna disse suavemente.

— Sim, ele ficou muito triste com isto. Porque ele se perguntava qual a razão disto acontecer. De ter um ferrão, de ser um zangão.

— Então...

— Então. Ele fez esta pergunta a todo mundo. A todos os outros animais na floresta.

— No *jardim* — Anna me corrigiu.

— No jardim. Mas ninguém podia ajudá-lo.

— Com exceção da coruja.

— A *sábia* coruja. A coruja disse: "Quando você o usar, você vai saber."

— E...

— Um dia, o zangão estava na floresta... no jardim... e viu um pavão. É claro que ele não sabia que era um pavão. Ele não sabia exatamente o que era um pavão. Para ele, era apenas um pássaro aparentemente comum.

— Você não dizia *aparentemente* quando eu era pequena — Anna disse.

— Bem, você não é mais pequena. Aparentemente.

— Não.

— Apenas um pássaro aparentemente comum. Assim ele pensava. Até que pousou nele e fez a mesma pergunta que havia feito para todos os outros animais. Por que eu tenho um ferrão?

— Por quê? — Anna perguntou, como se realmente quisesse saber a resposta para aquela pergunta, como se tivesse esquecido e precisasse ouvir de novo.

— E o pavão disse para o zangão: "Cai fora." O que fez o zangão ficar zangado.

— E dar uma ferroada no pavão — Anna disse, terminando para mim. — E o pavão sentiu dor e as penas dele se abriram. Todas elas. Todas as cores do arco-íris. E o pequeno zangão pensou que aquilo era a coisa mais bonita que ele já havia visto. E morreu.

Quando virei na Yale Road, Vasquez estava lá. Parado como uma sentinela sob um poste de luz.

Passei dirigindo por ele e quase subi na calçada.

— Papai! — Anna de repente não estava mais encostada em mim, mas agitada e alerta, talvez até alarmada.

De alguma maneira, consegui fazer o carro voltar para a rua e depois entrar na Yale, 1823.

— O que foi? — Anna disse.

— Nada.

Um "nada" tão insincero quanto poderia sair da boca de uma pessoa. Certamente da minha. Mas Anna era educada demais para me fazer mais perguntas, mesmo quando eu a agarrei pelo braço e quase a puxei para dentro de casa.

Deanna estava em pé esperando. Café pronto, luzes acesas, TV da cozinha ligada no canal de culinária enquanto ela esperava pelos amores da vida dela voltarem seguros para casa.

De qualquer maneira, tínhamos voltado.

É possível que ela tenha equivocadamente relacionado a minha expressão de terror com os eventos da noite — acordar e encontrar a minha filha inconsciente e em choque. O que mais ela poderia imaginar que pudesse me fazer ficar branco e ficar andando de um lado para o outro na cozinha?

— Ela está bem? — Deanna perguntou. Ela já havia feito esta pergunta para a própria Anna, que, com a petulância adolescente de volta com toda força, havia simplesmente passado por ela e subido para o quarto.

— Sim — eu disse. — Bem. A glicose baixou para 122.

— Como ela está? Assustada?

— Não — eu disse. *Eu estou assustado.*

Anna era uma batalhadora, e Anna ia ficar bem. Mas o *Charley* aqui — este era diferente. Eu estava tentando desviar a atenção da minha esposa da porta, onde a qualquer minuto o homem que estava me chantageando poderia tocar a campainha.

Vasquez estava a não mais do que quarenta metros da minha mulher e filha.

Fui até a janela e olhei para a escuridão lá fora.

— O que você está olhando? — Deanna me perguntou.

— Nada. Achei que tivesse ouvido alguma coisa...

Ela estava atrás de mim agora. Deitou a cabeça no meu pescoço e ficou lá, meio inclinada em mim, um de nós pensando que o perigo tinha passado e o outro sabendo que não tinha.

— Ela realmente está bem? — Deanna me perguntou.

— O quê? — eu me senti momentaneamente acalmado pelo calor do corpo dela.

— Talvez eu deva dormir com ela hoje à noite.

— Ela não vai deixar.

— Eu posso ir lá quando ela já estiver dormindo.

— Eu acho que está tudo bem, Deanna. Ela vai ficar bem hoje à noite.

A expressão em vigor era *hoje à noite*, é claro. Não dava para garantir amanhã à noite ou a noite seguinte. É claro, era possível que *nós* não ficássemos bem hoje à noite.

Por que Vasquez veio até aqui? O que ele queria?

— Por que você parece tão preocupado, Charles? Eu achei que este era o meu departamento.

— Bem, você sabe... o hospital e tudo isto.

— Eu vou dormir — ela disse. — Eu vou tentar.

— Eu vou subir mais tarde — falei.

Mas depois que Deanna subiu as escadas, contei até dez, depois fui até a lareira e peguei um atiçador. Eu o balancei para a frente e para trás algumas vezes.

Abri a porta da frente e saí.

Eram aproximadamente 25 passos da minha porta até o início da entrada da garagem. Eu sabia por que tinha contado cada um deles. Como algo a se fazer — qualquer coisa a se fazer — em vez de entrar em pânico. É claro, era possível que eu *já* estivesse em pânico. Afinal de contas, eu estava andando na direção da garagem com um atiçador de fogo nas mãos.

Quando cheguei até a calçada, respirei fundo três vezes e vi que Vasquez não estava lá.

A luz da rua iluminava um canto simplesmente vazio.

Era possível que eu tivesse imaginado tudo? Será que estava começando a ver Vasquez mesmo quando Vasquez não estava lá — meu próprio fantasma pessoal?

Eu estava honestamente inclinado a acreditar nisto — na verdade, querendo desesperadamente acreditar nisto. Mas foi só depois de ter obedientemente andado até a esquina e até mesmo chamado por ele — não tão alto, mas alto o suficiente para que o *setter* do vizinho começasse a latir — e depois ter feito o caminho inverso e andado de volta pela minha entrada da garagem até a esquina oposta e *ainda* não ver sinal de Vasquez que finalmente me dispus a acreditar que era verdade.

Talvez eu *estivesse* vendo coisas. Eu tinha tido uma experiência de quase-morte esta noite — minha filha, talvez, mas ainda assim. Você leva um susto grande, você fica pronto para outro. Ponto para o meu velho amigo medo. Ou meu *novo* amigo — nós estávamos passando muito tempo juntos nestes últimos tempos.

Mas quando passei pelo carvalho que estabelecia a fronteira da minha propriedade, notei uma mancha molhada correndo pelo tronco torcido. E senti o cheiro de alguma coisa.

Acre, azedo — o cheiro do estádio dos Giants durante o intervalo. Tantas cervejas consumidas e tantas cervejas retornadas que o estádio parecia um enorme urinol. Era este o cheiro que eu estava sentindo aqui.

Cortesia de um cão de passagem? Ótimo, exceto pela simples lei da física. Um cachorro não poderia alcançar o alto daquele tronco — não Curry, não o *setter* do vizinho, nem mesmo um dinamarquês. Urinar em árvores era, para cachorros, um ritual solene, pelo menos foi o que eu li — uma maneira de marcar território.

Era por isto que Vasquez tinha feito.

Vasquez tinha vindo aqui e deixado um cartão de visitas. *Tá vendo*, ele dizia, *este é o meu território — a sua casa, sua vida, sua família.*

É tudo meu agora.

FORA DE RUMO DEZOITO

— Alô, Charles.

Eram 22h15 da noite de quarta-feira. Eu estava sentado no meu gabinete, montando guarda perto do telefone. Era irritante — a cada vez que ele tocava, eu atendia e esperava para ver quem diria alô. A secretária eletrônica mais rápida do oeste — um toque e ele já estava na minha mão. Eu sabia que ele ia ligar; eu não queria que Deanna atendesse primeiro.

— Por que você estava do lado de fora da minha *casa*? — perguntei.

— Era eu?

— Eu estou perguntando o que você estava fazendo aqui.

— Devia estar dando uma volta.

— O que você quer? O quê?

— O que *você* quer?

Está bem, eu fui pego de surpresa — responder uma pergunta com outra.

— O que eu quero?

— Isso. Você me diz.

Bem. Primeiro, queria que Vasquez parasse de vir até a minha casa. Segundo, queria que ele parasse de ligar para a minha casa. Isto seria ótimo.

— Eu quero que você me deixe em paz — eu disse.

— Tudo bem.

— Não tenho certeza do que você está querendo dizer...

— Que parte você não entende? Você disse que quer que eu te deixe em paz, eu disse tudo bem.

— Ótimo — eu disse, estupidamente deixando um vago teor de esperança invadir a minha voz, mesmo que eu soubesse, eu *soubesse*...

— Você só precisa me dar um pouco mais de dinheiro.

Mais dinheiro.

— Eu lhe dei dinheiro — falei. — Eu disse a você...

— Aquilo foi no passado. Estamos falando do presente.

— Não. — O caixa estava vazio, o armário sem nada. Eu tirei uma vez do Fundo da Anna. Não ia mais fazer isso.

— Você é idiota?

Sim. Provavelmente.

— Eu não tenho mais nenhum dinheiro para você — disse.

— Olha, *Charles*. Preste atenção. A gente sabe que você tem dinheiro. A gente sabe que você tem que me dar dinheiro, porque a gente sabe o que vai acontecer se você não der.

Não, eu não sabia. Mas podia imaginar.

Então, perguntei a ele de quanto estava falando. Embora eu na verdade não me importasse com o valor porque já era demais.

E Vasquez disse:

— Cem mil.

Eu não deveria ter ficado surpreso, mas fiquei.

Aquilo era o que se podia chamar de inflação — de dez mil para cem mil em um piscar de olhos. Mas então — quanto exatamente valia uma vida? Quanto valiam *três* vidas? Quanto valem uma esposa e filha nos dias de hoje? O fato de poder olhá-las nos olhos sem ver desgosto no olhar de volta? Talvez cem mil fosse barato. Talvez eu estivesse diante de uma pechincha.

— Estou esperando — Vasquez disse.

Ele ia ter que ficar esperando. Era uma pechincha que eu simplesmente não podia pagar.

Além do mais, isto não ia parar por *aqui*. Não era assim que funcionava a chantagem? Não era ela governada por suas próprias leis imutáveis e, assim como o universo, interminável? Vasquez poderia dizer que ia parar, mas Vasquez estava mentindo. Só pararia quando eu parasse Vasquez. Uma verdade simples que até um idiota poderia entender — mesmo alguém *muito imbecil* poderia entender isto. Só que eu não podia parar Vasquez — eu não sabia como. Além de dizer não e torcer para dar certo.

— Eu não tenho este dinheiro — disse.

E desliguei o telefone.

Quando Winston me entregou a correspondência na manhã seguinte, ele me encontrou debruçado sobre a mesa.

— Você está morto — Winston me perguntou — ou apenas fingindo?

— Não sei. Acho que morto. Pode ser.

— Posso levar o seu computador, então?

Olhei para ele e Winston levantou as mãos e disse:

— Brincadeira.

Desde aquela noite no escritório, Winston não era mais o mesmo Winston de *antes*. Não ficava andando na ponta dos pés, não ficava se curvando e parando para conversar, não tinha mais aquela falsa humildade. Se eu tinha conseguido assustar Winston, não se poderia saber exatamente. Por outro lado, eu nunca mais tinha ouvido falar de um outro computador desaparecido, então talvez Winston tivesse se recuperado.

— É sério — Winston disse —, algum problema?

Por onde começar? Então, novamente, por mais que eu quisesse, eu não poderia contar nada a Winston.

— Como era lá? — perguntei.

— Lá onde?

— Na prisão?

O rosto de Winston escureceu — sim, mudou claramente de ensolarado para nublado, com possíveis tempestades espreitando a área.

— Por que você está perguntando?

— Não sei. Apenas curiosidade.

— É difícil descrever a menos que você tenha estado lá — ele disse sem rodeios, talvez na esperança de que eu simplesmente dissesse tudo bem e deixasse para lá.

Mas eu não disse tudo bem. E embora Winston não tivesse a obrigação de me responder, talvez ele *se visse* na obrigação de fazê-lo agora. Porque ele me respondeu.

— Você realmente quer saber como era na prisão?

— Sim.

— Como era? Era como... andar na corda bamba — ele disse, deixando a frase no ar por algum tempo. — Andar na corda bamba, mas você não pode cair. Toda aquela concentração para não cair e ser morto. Constantemente, 24 horas por dia, sacou? Você tenta não se envolver nas coisas... este tem de ser o seu mantra, porque se você se envolver nas coisas, isto era quase sempre um problema. Então, você tenta ignorar todo mundo, andar de cabeça baixa. Mas é preciso muita concentração para fazer isto. Para agir como se você fosse cego. Porque todo tipo de merda acontece a sua volta: o pior tipo de merda. Estupro, espancamento, esfaqueamento; toda essa guerra de gangues. Você tenta ficar invisível. Você sabe como é *difícil* ficar invisível?

— Posso imaginar — eu disse.

— Não, cara, você *não* pode imaginar. É a coisa mais difícil de se fazer. Não é possível de se fazer. Mais cedo ou mais tarde, você vai se envolver, porque alguém vai fazer com que você se envolva.

— E alguém fez você se envolver?

— Ah, sim. Eu era carne fresca lá. Eu não tinha nenhuma associação com ninguém, e então eu era carne fresca.

— Você foi...?

— Feito de mulherzinha? Não. Mas só porque lutei com alguém que tentou e fiquei trancado dois meses. Você não pode sair da cela. Exceto para tomar banho. Não tinha recreação. Nada. O que não era mau, já que eu sabia que quando *saísse* da minha cela, eu estaria em maus lençóis, já que o cara com quem eu tinha brigado era de uma associação.

— Então o que você fez?

— Eu me associei.

— A quem?

— A uma gangue. Quem você acha que manda nas coisas lá?

— Simplesmente assim?

— Não. Eu tive que pagar... você não entra nestas coisas a troco de nada, Charles. Tem sempre um preço.

— Qual era o preço?

— O preço? O preço era que eu tinha que enfiar uma faca em alguém. Como uma iniciação de sangue, só que com o sangue de outra pessoa.

— Quem eram eles?

— Quem era quem?

— A gangue.

— Ah, só uns caras. Caras legais, na verdade, você ia gostar deles. Apesar de terem algumas crenças declaradas. Como, por exemplo, eles acreditavam que todos os negros eram subumanos. E todos os hispânicos. Eles não gostavam muito de judeus, também. Tirando isto, eles eram muito legais.

E agora eu percebia uma outra coisa. A tatuagem de Winston. AB. Talvez não fosse Amanda Barnes, afinal de contas.

— Você fez esta tatuagem na prisão, não é?

Winston sorriu.

— Você não deixa passar nada. Membro orgulhoso da irmandade ariana, *Aryan Brotherhood*. Temos até um aperto de mão.

Era preciso admirar Winston, pensei. Ele se encontrava em uma situação terrível e fez o que tinha que fazer. Talvez houvesse uma lição nisto tudo.

— Te vejo de tarde — Winston disse. — Mas sem mais perguntas sobre a prisão, tá? Isso acaba com o meu dia.

FORA DE RUMO DEZENOVE

Quando desembarquei na estação Merrick liguei para Deanna me pegar. Pensei em ir andando, mas um vento forte que vinha do oceano quase me atirou de volta para o trem quando desci na plataforma.

Mas quando Deanna atendeu ao telefone, me perguntou se eu poderia esperar dez minutos. O cara da chaminé que eu havia contratado estava lá e ela não queria deixá-lo sozinho em casa com Anna.

Então, disse a ela que eu iria andando.

A época do Natal transformou aquela que geralmente era uma rua residencial reservada e calma em algo parecido com a avenida principal de Las Vegas. Todas aquelas luzes piscando. Todas aquelas renas de plástico puxando Papais Noéis de plástico nos trenós de plástico. Uma ou duas manjedouras de plástico. Várias estrelas de Belém precariamente suspensas em cedros outrora esplêndidos.

Eu recebia golpes de ar estranhamente pesados e saturados de umidade à medida que caminhava e apreciava o espetáculo.

E então, de repente, resgate.

Um carro buzinou, e depois buzinou novamente.

Eu me virei e vi o Lexus do vizinho fazer um som surdo ao parar no meio-fio.

Andei até a porta do carona enquanto meu vizinho Joe abria a janela.

— Entra aí — ele disse.

Ele não precisou me pedir duas vezes. Abri a porta e caí em uma espécie de calor primitivo — aquele que os primeiros homens das cavernas devem ter sentido quando criaram as primeiras chamas e finalmente, miraculosamente, pararam de tremer.

— Obrigado — eu disse.

— Que frio lá fora, hein? — disse Joe, que não era nada além de observador.

— Sim.

Joe era quiroprático, uma profissão que era e não era legítima. Ninguém jamais pôde me explicar satisfatoriamente.

— Como vai sua filha? — Joe perguntou.

— Bem — respondi, pensando que eu soava como Anna agora. Respostas com uma só palavra para qualquer pergunta. — E os seus? — Joe tinha três filhos com diferença de um ano entre si, incluindo uma menina mais ou menos da idade de Anna que era academicamente bem encaminhada, atleticamente talentosa e repugnantemente saudável.

Joe disse que eles estavam bem.

— Como vão as coisas no escritório? — ele perguntou.

— Bem. — As pessoas educadamente fazem perguntas cujas respostas não querem saber, pensei. Mas e se eu respondesse a ele? E se eu dissesse, *Estou feliz que tenha perguntado, Joe*, e depois desse a ele um relato sobre Eliot e Ellen Weischler? *Fui demitido de uma conta na qual trabalhei por dez anos e agora eles me fazem trabalhar em uma conta de merda com a qual ninguém se importa.* E já que estava me abrindo, eu poderia contar a ele sobre Vasquez e Lucinda, também. O que ele diria então?

Mas, em vez disso, falei:

— Como estão as coisas para você?

— As pessoas sempre têm problemas de coluna — Joe disse.

Mesmo depois que elas procuram você para tratamento, tive vontade de dizer. Mas não disse.

— Vão fazer alguma coisa no feriado? — Joe me perguntou. Estávamos parados no sinal de trânsito conhecido como o mais lento sinal de Merrick. Dias inteiros podiam se passar e este sinal ainda estaria vermelho. Reinos poderiam surgir e cair, administrações presidenciais iam e vinham e a luz obstinadamente se recusava a mudar.

— Não. Vamos para a casa da mãe de Deanna, como todo ano.

— Uh-huh.

Então, depois que perguntei a Joe a mesma coisa e Joe me disse que ele ia para a Flórida por alguns dias, o carro ficou quieto como se ambos tivéssemos entendido que era isto — não tínhamos mais o que conversar.

— Nossa, como está frio — Joe finalmente disse, repetindo o comentário de antes.

— Avance o sinal, Joe — eu disse.

— O quê?

— *Avance o sinal* — algo tinha acabado de me ocorrer.

— Por que eu deveria...

Deanna tinha me pedido para esperar na estação. Porque o limpador de chaminé que eu havia contratado estava lá e ela não queria deixá-lo sozinho na casa.

— Avance a *merda do sinal.*

Eu não tinha contratado um limpador de chaminé.

— Olha, Charles, eu não quero levar uma multa e eu não vejo por que a pressa...

— *Vai!*

Então ele avançou. O pânico evidente na minha voz finalmente fez com que Joe entrasse em ação; ele acelerou o motor e avançou o sinal de trânsito, virando a curva na Kirkwood Road apenas a duas quadras das nossas casas.

— Se eu for multado, você vai pagar — Joe disse, tentando recuperar um pouco da dignidade agora que havia obedecido cegamente o vizinho sem nenhum bom motivo. *O que eu queria dizer, chegando assim, dando ordens a ele?*

— Pare aqui — eu disse.

Joe obviamente tinha a intenção de estacionar o carro em sua própria garagem e me deixar andar até a minha porta. Mas eu não podia esperar. Pela segunda vez em dois minutos, Joe fez o que eu mandava. Ele parou o carro na frente do número 1823 da Yale, e eu saltei.

Quando me lancei pela porta da frente, vi Deanna apoiada no corrimão, no meio de uma frase para alguém, dizendo que Curry não gostava de todo mundo desta maneira, que ele era seletivo nas suas afeições.

E então vi a pessoa com quem ela estava falando.

— O Sr. Ramirez disse que vai nos fazer um preço especial — Deanna estava dizendo.

Estávamos sentados na sala de estar, nós três.

— Mas só porque ele gosta do Curry e vice-versa — Deanna continuou. Ela estava falando do preço para limpar a chaminé. Deanna sempre conseguia estabelecer uma linha de comunicação fácil com estes faz-tudo, ficava amiga deles, me presenteando posteriormente com histórias sobre as mulheres e filhos deles.

— É — Vasquez disse. — Eu adoro cachorros. — Ele estava sorrindo, o mesmo sorriso de quando colocara Lucinda na cama para estuprá-la pela última vez.

— Sr. Ramirez — Deanna disse, mas foi interrompida.

— Raul — Vasquez disse.

— Raul disse que a nossa chaminé está com um... quebrado. O que era mesmo?

— Um fumeiro.

— Isso, o nosso fumeiro está quebrado.

— Sim. É uma chaminé antiga — Vasquez disse. — Quando esta casa foi construída?

— Mil novecentos e doze — Deanna disse. — Eu acho.

— É. Provavelmente nunca foi tocada.

— Então, acho que já é hora — Deanna disse.

— Certo. Claro.

Eu não tinha dito nada ainda. Mas agora eles esperavam que eu dissesse alguma coisa, algum reconhecimento do problema que tínhamos em mãos e o que eu ia fazer em relação a isto. Eu não tinha dito nada ainda porque não conseguia imaginar o que dizer.

— Então — Deanna continuou. — Raul está pronto para consertar e limpar a chaminé. Mas depende de você.

— Você não vai querer ficar com um fumeiro quebrado — Vasquez disse. — A coisa pode ser perigosa. Todo o dióxido de carbono pode voltar, meu chapa. — Isto pode te *matar* enquanto você estiver dormindo, sacou?

Sim, eu tinha entendido bem.

— Conheci uma família que não consertou o fumeiro — Vasquez disse. — Uma noite, eles foram dormir e de manhã não acordaram. Todos mortos. Uma família inteira.

— Então, o que você me diz? — Deanna me perguntou, parecendo alarmada agora. — O que você quer fazer?

Anna apareceu na sala, de pijama.

— Qual é a capital da Dakota do Norte? — ela me perguntou.

Duas perguntas diante de mim agora, mas eu só queria responder uma.

Eu respondo capitais de estados por cem mil, Alex.

— Bismarck — eu disse.

— Anna, este é Raul — Deanna disse, sempre a anfitriã.

— Oi — Anna disse, dando a ele seu sorriso mais educado, aquele que ela dava para parentes distantes, velhos amigos dos pais dela e, aparentemente, para faz-tudo.

— Olá — Vasquez disse e se levantou e desarranjou o cabelo dela. Aquela mão na cabeça da minha filha.

— Quantos anos você tem? — Vasquez perguntou a ela.

— Treze — Anna respondeu.

— É mesmo?

Ele não tirou a mão da cabeça dela. Ao invés disso, como seria de se esperar, ela ficou lá desconfortavelmente cinco, depois dez, depois 15 segundos; Anna estava começando a se aborrecer.

— Você se parece com a sua mãe — Vasquez disse a ela.

— Obrigada.

— Gosta da escola?

Anna balançou a cabeça. Minha filha, que geralmente tentava não ofender ninguém, obviamente queria que ele tirasse a mão da cabeça dela agora, mas evidentemente não sabia como fazer isto. Ela me olhou pedindo ajuda.

— Olha... — eu disse.

— Sim? — Vasquez olhou na minha direção. — Disse alguma coisa?

Eu disse:

— Por que você não sobe e termina o seu dever de casa, Anna?

— Certo. — Ela queria fazer isto, sim, mas o problema é que Vasquez não tinha tirado a mão da cabeça dela ainda. Então, ela ficou parada lá, os olhos me procurando pedindo ajuda.

— *Vá*, querida.

— Tudo bem.

Mas Vasquez *ainda* não havia tirado a mão, ainda estava parado lá, sorrindo para mim enquanto a sala ficava em silêncio. Um daqueles momentos estranhos — como assistir a um amigo da família beijar a sua mulher de uma maneira muito íntima em uma festinha e não saber se era melhor ficar lá parado olhando ou desafiá-lo para uma briga.

— Eu tenho que fazer o meu dever de casa — Anna disse.

— Dever de casa? Ah... meninas bonitas como você não têm que fazer dever de casa. Você tem que pedir para os meninos fazerem para você.

Era aqui que eu deveria agir. Onde eu deveria dizer por favor tire a merda da sua mão da cabeça da minha filha porque esta merda a está deixando pouco à vontade e ela quer subir, você entende ou preciso repetir?

O silêncio era alto o suficiente para estourar os tímpanos.

Então:

— Ela gosta de fazer o dever ela mesma — Deanna disse. Pondo um fim ao silêncio. E finalmente, piedosamente, insinuando-se entre o braço de Vasquez e a cabeça de Anna, física e decisivamente tirando a nossa filha do caminho.

Quando Anna saiu da sala, me olhou com uma expressão que parecia me condenar. Aparentemente, o rosto dela dizia que ela havia olhado para o pai errado para pedir ajuda.

Ouvi os passos dela subindo bem rápido.

Silêncio novamente. Depois:

— Então...? — Deanna disse, limpando a garganta. — Talvez você queira pensar sobre isto, querido? — Aparentemente este era um empregado com o qual ela não ia fazer amizade, afinal de contas.

— Eu não levaria muito tempo — Vasquez disse, ainda sorrindo. — Você não quer arriscar a segurança da sua família, certo?

Senti alguma coisa ácida no fundo do meu intestino, algo gélido e fervente ao mesmo tempo. Pensei que talvez precisasse vomitar.

— Não — eu disse. — Eu falo com você em breve.

— Certo, você fala comigo então.

— Sim.

— Por que você não leva Raul até a porta — Deanna disse, evidentemente ansiosa por tirá-lo da nossa casa.

Então eu o levei até a porta da frente, onde Vasquez se virou e estendeu a mão, como se espera que faça um limpador de chaminés amigo.

— Sabe o que eles nos ensinaram no Exército, Charles? — ele sussurrou. — Antes de eu ser chutado pra fora?

— O quê?

Vasquez me mostrou.

Deixando uma das mãos exatamente onde estava, oferecendo amizade, mas usando a outra para agarrar os meus testículos. Esmagando-os com os dedos.

Meus joelhos se contorceram.

"Agarre pelas bolas. O coração e a mente vão acompanhar."

Eu tentei dizer alguma coisa mas não consegui. Eu queria gritar mas não podia. Deanna estava a cinco metros de mim e completamente inconsciente da dor horrível que se irradiava pelas minhas pernas e ameaçava me fazer gritar.

— Eu quero o dinheiro, Charles.

Eu senti meus olhos se encherem de água.

— Eu vou...

— *O quê?* Não te ouvi...

— *Eu vou...*

— *Eu jamais vou desligar na sua cara novamente?* Isto é ótimo, desculpas aceitas. Eu quero a merda do dinheiro.

— Eu não consigo respirar...

— Cem mil dólares, entendido?

— Eu...

— *O quê?*

— Por fav...

— Cem mil e eu te devolvo as suas bolas.

— *Eu... por fav....*

E ele então devolveu.

Ele me devolveu. Pelo menos temporariamente. Ele abriu os dedos e eu me apoiei no batente da porta.

— Querido — Deanna disse —, você pode levar a lata de lixo reciclável para a calçada?

FORA DE RUMO VINTE

Estava analisando a proposta para o trabalho da aspirina.

Estava usando isto como um tipo de terapia de escape. Se eu estivesse analisando a proposta para o trabalho da aspirina, eu não poderia ficar me perguntando *O que eu ia fazer? Como eu iria sobreviver a isto?*

Então era o que eu estava fazendo.

Analisando meticulosamente a proposta da aspirina; havia algo errado com ela, mas eu não sabia o quê. O que *estava* errado com ela?

Esta estratégia de escape era apenas parcialmente bem-sucedida.

No meio do processo de escanear uma linha de números muito bem digitada, eu vi Vasquez com a mão na cabeça da minha filha.

Se ele não conseguisse os cem mil dólares, ele voltaria.

Pensei em contar a Deanna.

Mas por mais que eu tentasse dizer, *Ela vai me perdoar, ela vai me perdoar*, por mais que eu dissesse a mim mesmo que Deanna me amava, o nosso amor não sobreviveria a uma indiscrição? Quantas vezes postulei a teoria de que todo casamento tem os seus altos e baixos e que estava tudo bem se *estes* baixos fossem subterrâneos, mas não seria ele naturalmente seguido, depois de muita angústia e reparação, por outra melhora? Por mais que eu racionalizasse, ruminasse, debatesse — eu não podia ainda me convencer de que poderia por um minuto suportar aquele olhar de Deanna. Aquele que inexoravelmente viria depois que ela descobrisse o que eu estava aprontando.

Eu já havia visto aquele olhar antes. Eu o vi na manhã que recebemos o diagnóstico de Anna na emergência do hospital. O olhar de ter sido completa e desesperadamente traída. Eu tive que encará-lo completamente face às notícias que lentamente a afundavam, e ela se agarrava a mim como um nadador sendo puxado por uma corrente.

Acho que não conseguiria suportar isto novamente.

De volta ao papel diante de mim. Ele continha todas as despesas associadas ao comercial.

O pagamento do diretor, por exemplo. Taxa de 15 mil dólares por dia. Que era a média para um diretor de segunda classe, um diretor de primeira classe começava em 20 ou 25. Havia também a construção do *set*. Quarenta e cinco mil — o valor médio para uma cozinha suburbana num estúdio em Nova York.

Todos estes milhares de dólares me fizeram lembrar dos milhares que eu não possuía. Afinal, por que estava analisando esta estimativa? Havia algo errado com ela. O que era, exatamente? Eu não sabia.

Havia a edição. Transferência do filme para a fita. Correção de cor. Custos da colocação de voz. E havia a música. Sim, T&D Music House; aquele era o nome certo. Quarenta e cinco mil dólares. Orquestra completa. Gravação em estúdio, mixagem. Parecia tudo certo.

Liguei para David Frankel.

— Sim — David atendeu.

— É o Charles.

— Eu sei. Vi o seu ramal no meu telefone.

— Certo. Eu estava tentando ligar para o estúdio de som, mas não consigo encontrar o telefone deles.

— *Qual* estúdio?

— T & D Music.

— Oh. Para que você está ligando para eles?

— Para que estou ligando para eles? Eu queria conversar com eles sobre o anúncio.

— Por que você não fala comigo sobre o anúncio? Eu sou o produtor dele.

— Eu nunca ouvi falar do T & D Music — eu disse.

— Você nunca ouviu falar do T & D Music.

— Não.

— Por que exatamente estamos tendo esta conversa? — David suspirou. — Você falou com Tom?

— Você quer dizer alguma vez?

— Olha, como você quer que seja a música? É só me dizer.

— Eu preferia conversar com o compositor.

— Por que isto?

— Porque eu quero passar minhas idéias para ele diretamente.

— Tudo bem, ótimo.

— Tudo bem, ótimo, *o quê*?

— Passar suas idéias diretamente. Vá em frente.

— Preciso do *telefone* deles.

Um outro suspiro agora, o tipo de suspiro que dizia que ele estava lidando com um idiota, um completo e total imbecil.

— Eu ligo para você de volta em relação a isto — David disse.

Eu ia perguntar por que David precisava me ligar de volta já que tudo que eu estava pedindo era um número de telefone. Eu ia perguntar por que ele estava agindo como se eu fosse um retardado mental. Eu ia lembrá-lo que o trabalho de um produtor era produzir e que às vezes isto queria dizer produzir uma coisa tão simples como um número de telefone.

Mas David desligou.

Só então, quando eu ouvia a velha pergunta sussurrada no meu ouvido novamente — *O que você vai fazer, hein, Charles?* —, foi que eu entendi que eu era um retardado mental, afinal de contas. Que eu estava um pouco lento para entender isto aqui.

T&D Music.

Tom e David.

Tom & David Music House.

É claro.

Eu segui Winston por cinco ou seis quadras numa temperatura abaixo de zero.

Winston fumava um cigarro. Winston olhava as vitrinas — uma locadora em estilo Giuliani, uma vez coberta com pôsteres proibidos para menores prometendo delírios da carne, e agora coberta com pôsteres de kung fu prometendo reduzi-lo a pó. Winston sorriu para duas garotas adolescentes de minissaias e calças justas de lã.

Eu não pretendia seguir Winston. O que eu pretendia fazer era ir até ele na hora da saída e perguntar se ele não queria tomar uma cerveja comigo. Mas me senti estranhamente reticente em relação a isto.

Uma coisa era ficar de brincadeira duas vezes por dia com um homem que entregava a correspondência, perguntar a ele que jogador de beisebol canhoto teve a maior média na história, trocar piadas e médias de pontos conquistados. E outra coisa era beber com ele. Não tinha certeza se Winston ia *querer* beber comigo.

Por outro lado, não havíamos trocado confidências? Ou *um* de nós não tinha feito isto? E agora o outro estava pronto para fazer o mesmo? Mas aquilo me trouxe à outra razão pela qual não tive coragem de ir até Winston e sugerir uma bebida.

Winston soprava as mãos. Ele rodopiava na frente do sinal de trânsito, evitando por um triz um táxi que parecia ter intenção de mutilação. Winston parou um homem que vendia *pretzel* e perguntou quanto era.

Estava próximo o suficiente para entender as palavras. Desejei que Winston se virasse e me reconhecesse. Algumas quadras mais e eu estaria correndo o risco de morrer congelado.

Do outro lado da rua estava uma missão católica com uma frase bíblica que eu me lembrava da escola dominical exibida sobre a porta: "Oh, Senhor, o mar é tão grande e meu barco é tão pequeno." *Bastante verdadeiro*, pensei.

Quando olhei de volta para Winston, ele não estava mais lá. Corri até o homem do *pretzel* e perguntei a ele para onde o último cliente dele tinha ido.

— Hein? — o homem do *pretzel* disse.

— O cara alto para quem você vendeu um *pretzel*. Você viu para onde ele foi?

— Hein?

O homem era libanês, talvez. Ou iraniano. Ou iraquiano. Seja lá de onde fosse, ele não sabia falar inglês.

— Um *dóla* — ele falou.

Eu disse que esquecesse. Fui andando e pensando. *Vou falar com Winston amanhã. Ou talvez amanhã eu mude de idéia e não fale mais com ele.*

Alguém me agarrou pelo braço.

Não quero um pretzel, comecei a falar. Mas não era o homem do *pretzel*.

— Certo, Charles — Winston disse. — Por que diabos você está me seguindo?

FORA DE RUMO VINTE E UM

Na véspera de Natal eu fiquei bêbado.

O problema era o *eggnog* especial da minha sogra, feito com dois terços de rum.

— Vem com o papai — eu disse para Anna depois que terminei um e meio deles, mas ela não parecia gostar da idéia.

— Você parece de porre — ela me disse.

— Você está bêbado, Charles? — Deanna me perguntou.

— É claro que não.

A Sra. Williams tinha um piano vertical que deveria ter setenta anos. Deanna tivera aulas nesse piano até se rebelar aos dez anos de idade e dizer chega. Nada de "Heart and Soul" e de "Für Elise". A Sra. Williams nunca a perdoou por isto; o castigo dela era ter que tocar no piano músicas de Natal que todos nós éramos obrigados a cantar. "Hark the Herald Angels Sing", por exemplo. Nem Deanna nem eu éramos especialmente religiosos, mas não havia ateístas em buracos de raposas. Eu me esforcei para cantar, "Deus e os pecadores se reconciliam..." como se a minha vida dependesse disto, ligeiramente tonto, como se eu já estivesse no meu terceiro *eggnog*.

— Você *está* bêbado, papai — Anna disse severamente. Ela gostava de cantar músicas com a vovó tanto quanto de dar injeções em si mesma.

— Não fale assim com o seu pai — Deanna disse, parando no meio do acorde. Deanna, minha defensora e protetora.

— Vocês duas: eu não estou bêbado — disse. — Quer ver eu andar em linha reta?

Aparentemente não.

Em vez disso, Anna bufou e disse:

— Nós temos mesmo que cantar estas músicas idiotas?

"... em Belém", eu cantava, dando ênfase à estrela de Natal no alto da árvore. Estava desbotada pelos muitos anos de uso, não brilhava mais como antes, quando eu precisava segurar Anna nos braços durante as cantorias de Natal para que ela pudesse vê-la. Uma estrela embaçada agora; podia-se ver que não era mais uma estrela — apenas papel machê com bolinhas feitas com cola.

— Bem, foi divertido — a Sra. Williams disse quando terminamos. E depois, quando ninguém disse nada: — *Não foi?*

— É — eu disse. — Vamos cantar outra.

— Sai fora — Anna disse.

— O que quer dizer isto? — perguntei.

— Significa *não* — Deanna disse.

— Foi o que eu achei que fosse — respondi. — Estava só checando.

— Chega de *eggnog* para você — a Sra. Williams disse.

— Mas eu *amo* o seu *eggnog*.

— Acho que você ama demais. Quem vai dirigir para casa?

— Eu — Deanna disse.

— Que horas vamos? — Anna perguntou.

Depois do jantar, abrimos os presentes da Sra. Williams. Anna ganharia os dela amanhã de manhã: dois CDs novos, incluindo um do Eminem. Dois *tops* da Banana Republic. E um celular. Hoje em dia se você não tem um telefone, é um tipo de idiota. Afinal de contas, você nunca sabe para quem vai precisar ligar: uma namorada, um namorado, uma ambulância.

A Sra. Williams ganhou um lindo suéter novo da Saks. Ela agradeceu respeitosamente a todos nós — até mesmo a mim, que, é claro, não tinha a menor idéia do que sairia da caixa.

— Gostaria de fazer um brinde — eu disse.

— Eu tirei o seu *eggnog* — Deanna disse.

— Eu sei. É por isto que eu gostaria de fazer um brinde.

— Nossa, Charles, o que deu em você?

— Eu sei o que aconteceu com ele — a Sra. Williams disse. — O meu *eggnog*.

— Um puta *eggnog*, também — eu a cumprimentei.

— *Charles!* — Deanna parecia irritada.

Anna deu uma risadinha e disse:

— Ai meu Deus, meu papai disse "puta". Chamem a polícia.

— Não — eu disse. — Nada de polícia. Não é uma boa idéia.

— Hein?

— Brincadeira.

A Sra. Williams trouxe café.

— Alguém quer café? — perguntou.

— Tenho certeza que Charles adoraria — Deanna disse. Acontece que eu não adoraria tomar um café. Era claramente uma armação; elas estavam tentando me deixar sóbrio.

Enquanto isto, Anna estava cochichando alguma coisa para Deanna. Alguma coisa sobre sair de cima dela. "Estou me comportando bem", eu a ouvi dizer.

Eu me afundei no sofá da sala e me perguntei se seria capaz de me levantar quando chegasse a hora de ir embora.

— Como está o seu nariz, Charles? — a Sra. Williams me perguntou.

— Ainda está aqui — eu disse e toquei nele. — Está vendo?

— Oh, Charles...

A Sra. Williams tinha ligado a TV num canal com programação natalina. Eu olhava para as chamas e comecei a me deixar levar. Eu me senti aquecido e confortável. Até que comecei a navegar por águas perigosas e isto ficou desagradável. Aquela esquina congelada na cidade.

O Charles que estava cheio de bebida por causa do Natal gritava comigo para que eu não pensasse nisto.

Mas eu não conseguia evitar.

Não quero um pretzel, eu comecei a dizer. Lembra?

Eu queria outra coisa.

Certo, Charles, por que diabos você está me seguindo?

Winston com seu braço casualmente em volta do meu ombro, embora eu pudesse sentir a força nele. Mais do que isso, eu achava que Winston *queria* que eu sentisse aquela força.

— Eu não estava seguindo você — falei. Mentir parecia ser meu primeiro instinto neste caso. Além disso, eu não estava seguindo Winston tanto quanto me demorando ao segui-lo.

— Sim, você estava. Sing Sing me deu olhos na parte de trás da cabeça, lembra?

— Eu só ia te convidar para tomar uma cerveja. Sério.

— Por quê? Você finalmente conseguiu descobrir os sete jogadores com 11 letras no sobrenome?

— Ainda estou tentando — disse, sem exatamente ter certeza de como prosseguir.

— Então, por que você simplesmente não me perguntou? Se você queria tanto tomar uma cerveja?

— Eu vi você uma quadra adiante. Eu estava tentando alcançar você.

— Tudo bem — Winston disse. — Então, vamos tomar uma cerveja.

E sorriu.

Fomos a um lugar chamado O'Malley's, que parecia muito com o que você poderia esperar de um lugar chamado O'Malley's. Tinha uma mesa de sinuca nos fundos, um alvo para dardos em um canto e uma TV sintonizada em um jogo de futebol australiano. Tinha dois residentes bêbados, pelo menos achei que deviam ser mais ou menos freqüentadores regulares, já que um deles estava com a cabeça deitada sobre o bar e o *barman* não se deu ao trabalho de acordá-lo. Winston conhecia o outro, porque ele disse "E aí, cara" e deu um tapinha nas costas dele quando passamos.

— O que você vai tomar? — Winston perguntou depois que nos sentamos no bar.

— Estou pagando — eu disse.

— Ei, você me fez um favor, lembra? — Winston retrucou zangado.

Sim, eu me lembrava. O suficiente para achar que Winston podia me retribuir o favor.

— Uma cerveja light — eu disse.

Winston pediu duas ao *barman*. Depois, virou-se para mim.

— E aí, tudo bem? — ele perguntou. — Você parecia um pouco deprimido no outro dia. É a sua filha? Ela não está doente ou coisa parecida, está?

Eu nunca contei sobre Anna para Winston, mas as notícias se espalham, suponho.

— Não, não é isto — eu disse.

Ele balançou a cabeça e observou o *barman* colocar duas cervejas na nossa frente.

— Estou com um problema — eu disse, encontrando um certo conforto naquela palavra. Problemas, afinal de contas, são coisas administráveis. Você tem problemas e então acha uma maneira de resolvê-los.

— Olha, se for dor na consciência por causa daquela noite, esqueça. Você ouviu alguém dizer que mais computadores foram roubados? Eu disse a você que não ia mais fazer e não fiz.

— Sim, eu sei — eu disse.

— Então o que é?

Winston tomou um longo gole de cerveja. Eu ainda não havia tocado a minha — havia uma poça d'água cada vez maior sob o copo, fazendo o bar parecer tão escuro quanto sangue.

— Eu fiz uma besteira — disse. — Eu perdi a cabeça. Com uma mulher.

Winston parecia um pouco confuso. Eu entendia — ele provavelmente estava se perguntando por que alguém que não era um amigo na definição mais exata do termo estava falando com ele sobre outras mulheres, sobre coisas que você fala apenas para os seus *melhores* amigos.

— Você teve um caso ou coisa parecida?

— Ou coisa parecida.

— Certo, então, acabou ou não?

— Acabou, sim.

— Então o que é? Você está se sentindo culpado, queria desabafar? Ótimo. Não se preocupe. Todo mundo no escritório está tendo um caso. Até mesmo uns com os outros. Sobre o que você acha que conversamos na sala de correspondência? Quem está trepando com quem.

Eu suspirei.

— Não é isto.

— Certo — Winston repetiu. — Então o que é?

— Algo aconteceu.

— O quê? Ela está grávida?

— Não. Fomos surpreendidos por uma pessoa — eu disse.

— Hein?

— Em um quarto de hotel.

— Oh — Winston disse. A esposa, ele estava pensando.

— Um homem entrou e nos atacou — eu disse.

— *O quê?*

— Ele pulou sobre nós quando estávamos saindo do quarto. Ele nos roubou e... a estuprou.

Eu tinha a total atenção de Winston agora. Talvez ele ainda estivesse se perguntando exatamente por que eu estava contando tudo isto a ele, mas pelo menos ele estava interessado no que eu estava dizendo.

— Ele a estuprou. Em um hotel?

— Sim.

— Que hotel?

— Só um hotel. No centro.

— *Merda*, Charles. O que aconteceu? Ele fugiu? Eles o pegaram?

Não, eles não o pegaram. Para que eles o pegassem, eles teriam que ser informados de que havia feito alguma coisa que fizesse com que ele tivesse que ser pego.

— Nós não o denunciamos — falei.

— Vocês não denunciaram — Winston tinha começado com o infeliz hábito de repetir tudo que eu dizia. Provavelmente porque tudo que eu dizia era difícil de acreditar.

— Não *podíamos* denunciar — eu disse —, entende?

— Oh — Winston disse, finalmente compreendendo a situação. — É. Certo, claro. Então ele levou o seu dinheiro e desapareceu?

— Não. Ele *não* desapareceu — eu finalmente tomei um gole da cerveja, que não tinha gosto e estava quente. — Este é o problema.

Winston parecia confuso novamente.

— Ele está nos chantageando — eu disse —, acho que é assim que se chama. Está nos pedindo dinheiro para não contar a Deanna. Minha esposa. E ao marido dela.

Winston suspirou e balançou a cabeça. *Em que situação você foi se meter*, este suspiro dizia. *Sinto muito por você.*

Eu queria que Winston fizesse mais do que sentir muito por mim. Eu queria que ele *agisse* por mim. E para isto seria necessário mais do que compaixão. Seria necessário um tipo de *quid pro quo*; seria necessário um *outro* tipo de chantagem.

— Então, você pagou o que ele queria? — Winston perguntou.

— Sim e não.

— Bem, você pagou ou não?

— Paguei. Mas ele quer mais agora.

— Uh-huh — Winston disse, tomando outro gole de cerveja. — Acho que isto é normal, não é? Eles sempre querem mais, não é?

— Não sei. É a primeira vez que eu sou chantageado.

Winston quase riu. Então ele se recompôs e disse:

— Sinto muito, Charles. De verdade, não é nada engraçado, eu sei. É que este tipo de coisa é difícil de imaginar... quero dizer... *você* neste tipo de merda?

Ele levantou o copo novamente e bebeu a espuma.

— Então... o que você vai fazer?

Winston finalmente chegou à pergunta de ouro.

— Eu não sei — respondi. — Não há muito que eu *possa* fazer. Eu não posso pagá-lo. Não tenho o dinheiro.

— Uh-huh. Então, você vai deixar ele contar para a sua esposa — ele disse, somando todas as variáveis mas chegando à resposta incorreta. — Claro... deixa ele se ferrar. Ela ama você, não ama? Então você andou pulando a cerca... quem já não fez isto? Ela vai perdoar você.

— Acho que não, Winston. Eu não acho que ela vá me perdoar. Eu não acho que ela consiga. Não com nossa filha e tudo mais...

Eu expliquei o resto. Que Lucinda se recusara a deixar que o marido soubesse também. Que eu me sentia devedor dela.

— Que merda — Winston disse. Depois, após um longo momento de silêncio: — Têm sido meses difíceis para você, hein, Charles?

Ele estava se referindo à perda da conta do cartão de crédito, imaginei — até mesmo o departamento de correspondência deve ter comentado isto.

— Então — Winston disse calmamente —, o que você vai fazer agora? — como se estivesse fazendo esta pergunta a si mesmo, colocando-se naquela situação, talvez, e se perguntando o que *ele* faria. E é possível que então, naquele exato momento, ele finalmente tivesse entendido por que eu o havia convidado para ir ali, por que eu o havia seguido quatro quadras naquele frio de congelar para convidá-lo a tomar uma cerveja comigo. Talvez porque ele dissesse a si mesmo, *Se fosse comigo, eu chutaria o traseiro daquele chantagista. Eu o mataria. Mesmo.* Desconsiderando esta alternativa como razoável para mim, é claro, já que eu não fazia exatamente o tipo violento. Não, você tem que ter músculos para fazer uma coisa destas, você tem que ter um pouco de experiência nestes assuntos, ter sujado as mãos algumas vezes ou pelo menos ter os punhos sujos de sangue. Não é?

Winston abaixou o copo — no meio do gole, ele abaixou o copo e me olhou.

— Que diabos você está me pedindo? — ele disse. Ele finalmente tinha somado dois mais dois; ele finalmente tinha entendido.

— Eu esperava...

— Você esperava *o quê*? — Winston me cortou. — O quê?

— Que você me ajudasse.

— Você esperava que eu te ajudasse — lá ia ele de novo, fazendo eco de mim, mas desta vez não porque não conseguisse acreditar no que eu estava dizendo, mas porque *conseguia*.

"... e o Sydney Black pega a bola no campo adversário...", a TV ainda estava sintonizada no jogo de futebol australiano, que evidentemente estava alcançando um ponto de vida ou morte, porque a multidão estava gritando agora, estava em pé gritando pela vitória.

— Olha — Winston disse. — Eu gosto de você, Charles. Você é legal. Sinto muito pela sua filha, cara. Sinto muito por esta coisa da chantagem. Mas você não é meu irmão, certo? Você não é nem mesmo meu melhor amigo. Eu tenho um melhor amigo e eu faria qualquer coisa por ele, mas mesmo que ele me pedisse o que eu acho que você vai me pedir, eu diria, *Vai se ferrar*. Estamos entendidos?

— Eu simplesmente achei que você pudesse... ir vê-lo.

— *Vê-lo*. Que diabos isto significa? E quando eu o vir, o que devo dizer a ele? Hein? Seja um bom rapaz e pare de aborrecer o meu amigo? Devo perguntar isto antes ou depois de chutar o traseiro dele para você?

Winston não era nenhum bobo — tinha uma média de 3.7, e mesmo com um histórico de abuso de drogas, as células do cérebro dele ainda estavam mais ou menos intactas.

— Eu pagaria você — disse.

— Você me pagaria. Que legal da sua parte. Ótimo.

— Dez mil dólares — eu disse, jogando o valor no ar. Eu já havia pago dez mil a Vasquez, não havia? Dez mil dólares pareciam ser o valor certo. Do Fundo da Anna novamente, mas talvez houvesse uma maneira de repor este dinheiro... eu vinha *pensando* nisto.

— Dez mil — Winston disse. — Ou o quê?

— O que você quer dizer? — perguntei, embora soubesse exatamente o que Winston queria dizer. Eu estava tentando deixar aquela parte não dita.

— Ou o quê? — Winston repetiu. — Se eu não pegar os dez mil dólares. E dez mil dólares é muito dinheiro para mim, tenho que admitir. Mas se eu te deixar na mão mesmo assim. O que acontece *então*?

— Olha, Winston... tudo que eu estou pedindo a você...

— Você está me pedindo para cometer um crime. Eu só me pergunto por que você achou que eu diria sim.

Então, como eu não o respondesse:

— Como *ele* colocou isto para você, Charles? O estuprador. O chantagista.

— O quê?

— Quando ele pediu dinheiro, ele disse que você pagasse tanto. Ou algo parecido. Não foi assim que ele disse? Mais ou menos? Então é isto que eu estou perguntando a você. Estou perguntando como foi o *algo parecido*.

— Olha, eu acho que você não me entendeu...

— Não, eu entendi perfeitamente. Você não está me pedindo dinheiro, você está me *oferecendo*; eu entendo, muito generoso da sua parte. Mas se eu te deixar na mão, se eu disser não obrigado, então o que acontece? Qual é a minha outra alternativa?

Ele queria que eu dissesse alto. Era isto.

Eu peguei você roubando. Eu peguei você roubando e eu posso contar. Entregar correspondência não é grande coisa, mas a prisão é muito pior. Certo?

Eu poderia ter oferecido pagar uma cerveja a ele como um amigo de longa data, mas não era amizade que eu estava bancando ali.

Mas eu não conseguia colocar isto em palavras.

Eu esperava que Winston pudesse fazer isto como um favor — eu tinha quebrado o galho dele uma vez, e agora Winston quebraria o *meu*. Que dez mil dólares pudessem ser suficientes aqui. Mas agora que Winston estava me forçando a colocar a ameaça em palavras, eu descobri que não conseguia.

E pensei: *Eu não sou Vasquez.*

— Dez mil dólares, hein — Winston disse. Ele se virou para o jogo de futebol: "... bola chutada para o campo adversário, Dover tem a posse dela no lado esquerdo..." Ele olhou para o bêbado que dormia, que tinha momentaneamente levantado a cabeça antes de voltar a colocá-la de volta no bar. Ele tamborilou os dedos no copo de cerveja dele — *tink, tink, tink*, como um mensageiro dos ventos que recebe uma brisa repentina.

E depois virou-se para mim e disse:

— Tudo bem.

Simplesmente assim.

— Tudo bem — ele disse. — Ótimo. Eu faço.

FORA DE RUMO VINTE E DOIS

Liguei para Tom Mooney e disse que queria conversar com ele sobre uma coisa.

Sobre a produção da música.

Era o terceiro dia de trabalho na semana entre o Natal e o Ano-Novo. A época do ano em que as pessoas tentam colocar os assuntos em ordem e fazer uma ou duas resoluções para o futuro. Perder alguns quilos, por exemplo. Eu estava planejando perder alguns quilos também. Eu tinha aproximadamente 80 quilos extras em cima do pescoço. Eu precisava me livrar deles.

Tom apareceu cinco minutos adiantado e fez um malabarismo elaborado para tirar o casaco e fechar a porta.

— Certo — Tom disse quando se sentou. — Então, sobre o que você quer conversar?

— Comissões — eu disse.

Mas talvez eu tenha sido brusco demais porque Mooney de repente chegou para trás na cadeira. Seria possível que aquele fosse um tipo de código que se devesse usar para estas coisas, uma linguagem de homens do meio?

— Comissões... o que é isto? — Tom disse. — Estamos por acaso no sindicato dos trabalhadores? Que eu saiba, fazemos comerciais.

— T & D Music — eu disse —, então você também escreve músicas.

— Ei, somos uma empresa de produção completa. Fazemos qualquer negócio.

— E qual é o negócio?

— Você viu o filme de Robert? — ele estava tentando bancar o engraçadinho, acho, porque parecia esperar que eu risse.

Mas eu não estava com vontade de rir hoje.

— Há quanto tempo isto vem acontecendo? — perguntei. — Você e David?

— Olha, Chaz. Você me ligou para fazer um interrogatório? Porque talvez eu tenha perdido algum detalhe quando você me ligou. Achei que você tivesse me chamado para vir aqui por outro motivo. Corrija-me se estiver errado.

Eu corei. Talvez *houvesse* uma outra linguagem, ou talvez eu soubesse a língua mas fosse incapaz de usá-la. Primeiro com Winston no bar e agora aqui. Eu tinha chamado Mooney aqui por uma outra razão, não para condená-lo, nem mesmo para jogar todos os detalhes sujos nele. Apenas para esticar a minha mão e dizer, *Estou nesta.*

Então, talvez fosse o momento de deixar de lado o ar de superioridade moral — era o que Tom estava dizendo. E além disso, ele estava certo.

— Vinte mil — eu disse.

Meio surpreso que as palavras tivessem saído da minha boca. *Vinte mil* era como uma afirmativa de fato crua — sem equívoco, sem o cadenciamento consoante de uma súplica. Vinte mil — dez para Winston e dez que eu já dera. Eu me perguntava se esta era a maneira como isto era feito — ou se era de se esperar que eu passasse um pedaço de papel para ele na mesa com o valor escrito a lápis.

Mas Tom sorriu novamente — o tipo de sorriso que diz, *Você é um de nós, não é?*

Eu me senti um pouco desconfortável — mas menos do que eu esperava. Era assim que acontecia? Você ia se perdendo aos poucos até que de repente não havia mais *você*? Alguém que usava o seu nome, dormia com a sua esposa, abraçava a sua filha, mas não era mais você?

— Ei — Tom falou. — Eu disse a você que eu era o Papai Noel, não disse?

No dia seguinte, encontrei Winston uma quadra ao norte do número sete nos trilhos do metrô no estacionamento quase vazio do Dunkin' Donuts em Astoria, Queens.

Idéia de Winston. *Não deveríamos nos encontrar em lugares fora de mão?*, ele tinha dito depois de me perguntar se eu conhecia o único lançador detentor de cinco Cy Young Awards.

Roger Clemens, eu respondera.

Winston estava me esperando num Mazda branco com calotas desiguais e com uma luz traseira quebrada. O pára-brisa estava coberto de teias de aranha.

Eu estava dirigindo o meu Mercedes sedan prata e me senti envergonhado por isto. Parei no outro lado do estacionamento, esperando que Winston não me visse. Mas ele me viu.

— Aqui — ele gritou.

Quando cheguei perto do carro, Winston se inclinou e abriu a porta do carona.

— Entra aí, amigo.

O amigo entrou.

— Conhece a minha música favorita? — Winston perguntou.

— Não.

— "Money", do Pink Floyd. Sabe qual o meu artista favorito?

Balancei a cabeça.

— Eddie Money.

Eu disse:

— Sim, ele é bom.

— Meu filme favorito? *A cor do dinheiro.* Jogador de beisebol favorito de todos os tempos? Norm Cash. Segundo favorito? Brad Penny.

— Sim, Winston — eu disse. — Estou com o seu dinheiro.

— Ei, quem está perguntando por *dinheiro*? — Winston disse. — Eu estava apenas conversando.

O trem número sete passou, espalhando faíscas pela rua.

— Mas já que você mencionou — Winston continuou —, onde ele está?

Coloquei a mão no bolso. *O dinheiro estava coçando no meu bolso,* não era esta a expressão? Um mensageiro da Headquarters Productions tinha deixado o envelope pardo ontem.

— Cinco mil — eu disse. — A outra metade depois.

— Você viu isto em um filme? — Winston perguntou, ainda sorrindo.

— O quê?

— Este negócio de "a outra metade depois"? Você por acaso viu isto em um filme?

— Olha, eu apenas achei...

— Qual é o problema, amigo? Quando eu disse que ia fazer isto, falei do fundo do meu coração, a propósito, porque você é um amigo e está encrencado, acho que você disse *dez* mil.

— Eu sei o que nós...

— Negócio é negócio, certo?

— Entendo.

— Quais eram os termos?

— Eu acho que metade...

— Diga-me quais eram os termos, Charles.

— Dez mil — eu disse.

— Dez mil. Certo. Dez mil para quê?

— O que você quer dizer?

— Para que você está me dando dez mil? Por que você gosta de mim? Por que você quer me mandar de volta para a faculdade?

— Olha, Winston... — eu de repente queria estar em outro lugar.

— *Olha*, Charles. Eu acho que talvez tenha havido alguma confusão. Eu quero rever os termos com você. Você pede a alguém para fazer uma coisa destas para você, você tem que saber quais são os termos.

— Eu conheço os termos.

— Conhece? Então, diga para mim para que não haja confusão. Para que você está me dando dez mil?

— Estou dando dez mil a você para... fazer Vasquez sumir.

Winston disse:

— É, certo, estes eram os termos que eu achei que fossem. Dez mil para fazer Vasquez sumir. — Ele tirou alguma coisa do bolso. — Aqui está o meu *argumento* para fazer com que ele suma — ele disse. — O que você acha? Acha que ele vai me ouvir?

— Uma arma — eu me senti encolher; me encostei na janela.

— Ei, você é bom — Winston disse. — Tem certeza que você não fez isto antes?

— Olha, Winston, eu não quero...

— O quê? Você não quer olhar para isto? Nem ele. O que você achou que eu ia fazer, Charles... pedir gentilmente a ele?

— Eu simplesmente quero... você sabe... se for possível...

— Sim, bem, só para o caso de não ser possível.

— Certo — eu disse. — Certo. — Estava pensando em eufemismos todo este tempo, *fazer Vasquez sumir*. Fazer algo com ele. Cuidar dele. Mas esta era a maneira como ele teria que cuidar de Vasquez, Winston estava dizendo. Às vezes tinha de ser desta maneira.

— Certo, o quê? — Winston perguntou.

— Hein?

— Certo, aqui estão os seus *dez mil*, Winston?

— Sim — eu disse, desistindo.

— Ótimo — ele falou. — Por um segundo eu pensei que você ia me dar apenas metade.

Tirei o envelope do bolso e passei a ele.

— Você é frouxo demais, Charles — Winston disse. — Eu teria feito por três quartos disso.

Então, depois de ter contado o dinheiro, ele disse:

— Onde?

FORA DE RUMO VINTE E TRÊS

Embaixo da West Side Highway.

Uma semana depois do ano-novo.

Eu estava sentado do lado de Winston em um Sable azul-metálico com assentos de couro. Winston estava de olhos fechados.

Eu pude ver um longo rebocador movendo-se por um rio Hudson tão negro que era como se ele não estivesse lá. Apenas um espaço negro vazio onde o rio deveria estar. Estava frio e caía granizo; pedaços finos de vidro explodiam no meu rosto pela janela aberta.

Eu estava tremendo.

Eu estava tentando não pensar em alguma coisa. Eu estava tentando ficar calmo.

Havia uma prostituta parada na esquina do outro lado da rua. Ela estava parada lá desde que entrei no carro.

Eu estava olhando para ela e me perguntando onde estariam os seus clientes.

Uma pergunta justa, já que passava apenas um pouco das dez e ela usava somente um roupão vermelho transparente e botas pretas brilhantes. Ela tinha saído de um jipe com placa de Nova Jersey e estava esperando algum outro carro com placa do mesmo estado aparecer. Mas dez minutos se passaram e ela ainda estava parada lá na chuva de granizo. Não fazia nada mais do que olhar para um Sable azul do outro lado da rua, que não parecia estar se mexendo também.

Parecia que ela estava congelando. Ela tinha um cachecol de pele falsa em volta dos ombros, mas nada além disto, a pálida pele branca que os clientes poderiam ver e estabelecer o preço.

Mas onde *estavam* os clientes dela?

O vendedor de seguros da Teaneck, o corretor da Piscataway, o caminhoneiro indo para o Lincoln Tunnel?

Eu estava embaixo da West Side Highway porque fora ali onde Vasquez me disse para encontrá-lo.

Você arrumou o dinheiro?, ele me perguntou.

Sim, arrumei.

Me encontre às dez horas na rua 37, à altura do rio.

Sim.

Não conte a ninguém — entendeu?

Sim. (Bem, talvez apenas para uma outra pessoa.)

Vá sozinho.

Sim. (Bem, talvez não exatamente sozinho.)

Há quanto tempo a prostituta *estava* parada lá sem um cliente?, pensei novamente. Exatamente há quanto tempo?

Então, ela começou a andar na minha direção.

No meio da rua agora, mais próxima *de* mim do que longe, portanto eu sabia que ela não iria voltar. Os saltos das botas ecoando enquanto ela fazia o caminho mais curto até o Sable azul que estava parado ali todo este tempo sem fazer um único movimento.

— Procurando um encontro? — ela me perguntou quando chegou até a minha janela. Eu podia ver arrepios nos seios e nas pernas delas, porque os seios estavam apenas meio escondidos pelo roupão vermelho e as pernas estavam nuas exceto pelas botas que vinham até as panturrilhas.

Não, eu não queria um encontro. Eu queria que ela fosse embora.

— Não.

— Uh-huh — ela disse. O rosto dela era novo mas envelhecido, portanto era praticamente impossível dizer a idade dela. Podia estar entre 20 e 35. — Tem um cigarro?

— Não.

Mas havia um maço de cigarros entre o assento de Winston e o meu — os cigarros de Winston. Ela podia claramente vê-los, um ou dois cigarros saindo do papel rasgado.

— Então, o que é *aquilo*? — ela me perguntou.

— Espere um minuto — eu disse. Peguei o maço, mas, ao fazê-lo, fiquei com um pedaço da massa cerebral de Winston na minha mão; o maço estava manchado com ele. Puxei um cigarro mesmo assim e dei a ela pela janela.

— Obrigada — ela disse, mas não parecia querer dizer isto.

Então, ela me pediu fogo.

— Não tenho.

— E ele? — ela queria dizer Winston, que ainda estava com os olhos fechados.

— Não — eu disse.

— Talvez *ele* queira um encontro.

— Acho que não.

— Qual o problema com ele? Tá bêbado?

— Sim, ele está bêbado. Olha, eu lhe dei o cigarro, então...

— De que adianta um cigarro sem fogo? O que devo fazer com ele — *comer*?

— Não temos fogo, certo?

Eu vi o reflexo primeiro — uma vacilante luz vermelha no meio da rua e depois o som de pneus esmagando vidro.

Um carro de polícia.

— Saia daqui — eu disse a ela.

— *O quê?*

— Olha, eu só quero ser deixado...

— Vá se foder — ela disse. — Você não pode me dizer para dar o fora de *lugar nenhum*. Entendeu?

— Sim, está bem... Eu só não quero um encontro, certo? — tentando ser agradável agora, para que talvez ela fosse embora. Porque Winston ainda estava com os olhos fechados e o policial estava quase ao lado do nosso carro. E a prostituta... ela não estava indo embora, agora que eu a fizera ficar com raiva de mim.

— Eu vou ficar na merda de lugar que eu quiser — ela disse

E o policial encostou o carro; e abriu a janela.

Eu esperava que o policial gritasse comigo. Que me dissesse talvez para sair do carro — eu e Winston. Esperava que o policial saísse do carro e colocasse uma lanterna no assento dianteiro, onde ele perceberia que Winston estava com os olhos fechados e, se olhasse mais de perto, uma outra coisa. Que metade da cabeça de Winston tinha desaparecido.

— Ei — o policial disse.

— Ei você — a prostituta respondeu. Como velhos amigos.

— Como vai, Candy?

— Como você acha? — ela disse.

— Ótima noite para trabalhar, hein?

— Você tem razão — apenas conversando, um amigo com outro.

Eu estava sentado lá, ouvindo os dois. Mas, na verdade, não os estava ouvindo.

Eu estava me lembrando.

Quando cheguei ao píer, vi Winston sentado no Sable azul alugado, conforme combinado. Eu o observei sentado lá por dez minutos, depois 15, antes de notar que a janela estava aberta. Que Winston não estava mexendo nem um músculo — não tinha mexido a cabeça todo este tempo. Não tinha acendido um cigarro, não tinha tossido ou bocejado ou coçado o nariz. Parado, parado como em um anúncio: *Homem no Carro Azul*. Algo estava errado. Aquela janela aberta, por exemplo — o granizo voando para dentro. Por que isto?

Finalmente atravessei a rua para dar uma rápida olhada, *rápida* porque eu estava esperando Vasquez a qualquer minuto, e eu deveria vir sozinho. Os olhos de Winston estavam fechados como se ele estivesse dormindo. Exceto pelo fato de que ele não parecia estar *respirando*. E a janela *não estava* aberta; ela estava quebrada.

Entrei no carro e bati no ombro de Winston e ele me ignorou. E então, eu me inclinei no assento dianteiro para dar uma olhada melhor no chapéu de Winston, quando percebi que não era um chapéu. Era a massa cerebral dele. Metade da cabeça de Winston tinha desaparecido. Vomitei — meu vômito se misturou com várias partes da cabeça de Winston. E eu estava a ponto de sair do carro gritando quando vi a prostituta saindo daquele jipe. Então, fiquei quieto.

Você viu alguém entrar ou sair do carro?, eles perguntariam a ela.

E ela diria não.

A menos que ela decidisse atravessar a rua e pedir um cigarro.

O Sable estava começando a ficar com um cheiro ruim. Mesmo com a janela quebrada deixando ondas de ar gelado entrar.

— Você está se cuidando, não é, Candy? — o policial estava dizendo.

— Você me conhece — ela disse.

Ninguém ainda tinha se dado o trabalho de dizer alguma coisa para mim.

Estava tentando virar o motor e partir. Havia dois problemas em relação a isto, é claro. Um era que Winston estava sentado à direção. E o outro era que os policiais, que até agora estavam me ignorando, teriam que mais ou menos me *notar* se eu de repente ligasse o motor e partisse.

Mas agora, finalmente, um deles olhou para dentro do carro.

— Você — ele disse.

— Sim?

— Está realizando uma transação com a Candy aqui?

— Não, eu apenas dei um cigarro a ela.

— Tem algo errado com ela?

— O quê? Não... ela é ótima.

— Isto mesmo, Candy é um doce.

— Eu simplesmente estava... fumando.

— Você é casado?

— Sim.

— A sua mulher sabe que você está saindo para procurar prostitutas?

— Eu lhe disse. Eu estava simplesmente...

— E o seu amigo aí? Casado, também?

— Não. Não... ele é solteiro. — Ele está *morto.*

— Vocês dois procurando prostitutas e não estavam fazendo negócio com a Candy? Por quê?

— Policial, sinto muito se o senhor não entend...

— Por que você está pedindo desculpas a mim? Peça desculpas a *ela.* Congelando o traseiro dela aqui fora e vocês dois não dão a ela um pouco de atenção. O que o seu amigo tem?

Ele está... *morto, policial.*

— Talvez você devesse dar um agrado a Candy.

— Claro.

— Bem?

— Oh... — Eu peguei minha carteira. Minha mão tremia tanto que foi difícil pegá-la no meu bolso traseiro. Finalmente consegui pegar uma quantidade indeterminada de notas e dei a ela.

— Obrigada — Candy disse languidamente, pegando as notas e colocando-as na parte de cima do roupão.

— E ele? — o policial perguntou. — Qual o seu nome? — perguntou a Winston.

Winston não respondeu.

— Eu *disse*, Qual o seu nome?

Winston ainda não respondia.

Eu estava me vendo na parte de trás do carro da polícia, sendo levado para *o centro da cidade* — era esta a expressão? Estava me vendo sendo fichado e tendo as minhas impressões digitais tiradas e fazendo uma ligação. Eu nem mesmo conhecia um advogado, pensei. Estava me vendo enfrentando Deanna e Anna através de uma divisão de plástico arranhada e me perguntando por onde diabos deveria começar.

— Tudo bem. Última vez — o policial disse. — Qual é o seu *nome?*

E então.

Um estalo repentino, uma voz estática quebrou o silêncio agonizante como uma trovoada em uma tarde opressivamente úmida.

"... temos um... uh... dez-quatro... esquina da rua 48 com a Quinta..."

E de repente, o policial não estava mais perguntando a Winston como era o nome dele. Em vez disso, ele estava dizendo alguma coisa a Candy, algo como "Te vejo depois". E o carro da polícia partiu — simplesmente assim, *vroooom*, foi embora. Meros segundos antes de descobrir um homem com metade da cabeça e um outro homem sentado calmamente ao lado dele no assento dianteiro coberto de vômito e massa cerebral, e de repente tudo estava, inexplicavelmente, terminado.

E, finalmente, eu pude me aliviar.

Eu podia chorar por Winston.

FORA DE RUMO VINTE E QUATRO

Aquilo me ocorreu quase por acidente. Eu estava dirigindo sem direção em particular. Estava seguindo a West Side Highway e tentando não tremer.

Winston estava morto.

Winston estava morto e eu o havia matado.

Não tinha sido eu quem o havia cercado no bar aquela noite e mais ou menos o *forçado* a fazer isto?

Tentei entender — o que tinha acontecido exatamente? Vasquez dissera para eu vir sozinho, mas talvez não tivesse confiado em mim, então chegara mais cedo para investigar. Foi isto que aconteceu? Winston estava apenas ali sentado em um Sable azul e talvez Vasquez tenha suspeitado e o enfrentado, e talvez Winston tenha ficado agressivo — lembrando-se que este era um homem que havia estado na prisão, que estava acostumado a fazer coisas com as pessoas antes que elas fizessem com ele. Só que não desta vez. E Winston tinha terminado sem metade da cabeça.

Aquilo fazia sentido, não? Era difícil dizer se *realmente* fazia sentido, porque eu estava assustado demais para entender.

Eu estava quase sufocado pelo fedor dentro do carro agora. E foi então que me lembrei de *outro* cheiro terrível que eu sentia no assento dianteiro do automóvel em movimento. A mente trabalhava assim às vezes, fazendo charadas com você — *fedor* e *carro* e o que você tem?

Lembranças de tardes de domingo passadas andando de carro até a casa de tia Kate ao sul de Nova Jersey. Para chegar lá, tínhamos que pegar a Belt Parkway até a Verrazano Bridge, então ir em frente até o coração de Staten Island. Não passando por muita coisa pelo caminho, apenas uma loja enorme aqui e ali com cinemas multiplex exibindo 17 filmes diferentes ao mesmo tempo. Então, no meio do nada, éramos tomados rapidamente de assalto. Um cheiro de vômito nos atingia através das janelas abertas, através das ventanas do ar-condicionado e do teto solar. O cheiro de lixo, o fedor do aterro sanitário. Enormes montes de terra escura dos dois lados da auto-estrada, envoltos por nuvens de gaivotas barulhentas. Peixe morto.

Eu fechava as janelas, Deanna apertando o nariz bem perto de mim e Anna gritando no banco de trás. Eu desligava o ar-condicionado e me certificava de que o teto solar estava bem fechado, mas o odor ainda assim entraria. Era como colocar a cabeça dentro de uma lata de lixo, e não importava o quão rápido eu dirigisse — e eu afundava o pé no acelerador o mais que podia —, não conseguia dirigir rápido o suficiente. Eu não conseguia vencer o cheiro, não até que tivesse viajado por uns 15 minutos ou mais e o cenário se tornasse gentilmente suburbano.

Uma hora depois, com uma bebida nas mãos no deque do quintal de tia Kate, eu ainda podia sentir o cheiro nas minhas roupas.

Era para lá que eu estava indo.

Peguei o Canal até a Manhattan Bridge, então subi até a Belt para Verrazano. O trânsito estava calmo a esta hora da noite — uma coisa boa, levando-se em conta que Winston se decompunha bem do meu lado. *Você tem apenas metade do cérebro?* Eu costumava reclamar com Anna quando perdia a paciência. E Winston tinha metade do cérebro, a outra metade estava espalhada em pedaços pelo carro.

Eu estava pensando no pedágio. Se seria um problema pagar — se o cobrador seria capaz de enxergar dentro do carro. Ou se ele ou ela seriam capazes de *sentir o cheiro* do carro. Tentando ultrapassar um obstáculo de cada vez — como Edwin Mose, que eu havia visto uma vez na ESPN explicando assim o método dele de ultrapassar obstáculos: um obstáculo de cada vez e nunca olhar para a linha de chegada.

A linha de chegada para mim era Winston despachado em segurança e eu de volta à minha cama. E Vasquez totalmente pago — ah sim, cem mil parecia barato neste momento — tudo do Fundo da Anna, talvez, mas ainda assim bastante barato, do jeito que as coisas estavam.

A cobradora estava cantarolando James Brown — "I Feel Good". Se ela tivesse cheirado o carro, não estaria. Não se ela tivesse dado uma olhada no meu companheiro de viagem e notado que havia substância cerebral caindo pelos ombros dele. Eu já tinha separado o dinheiro antes e estava com ele na mão esperando por ela. Ela tinha um tipo de ritmo com os carros na minha frente — braço para fora, braço para dentro, pegar dinheiro, entregar troco, como uma daquelas dancinhas dos anos 70. Mas quando abri a janela com o dinheiro na mão, ela me disse para esperar um minuto. Ela começou a contar notas dentro da cabine e deixou o meu dinheiro exatamente onde ele estava — na palma da minha mão suada.

Era enlouquecedor. Comecei a ficar preocupado com o outro cobrador agora, o que estava à minha direita e, portanto, mais próximo ao defunto. Eu me perguntei se eles tinham armas — os cobradores de pedágio? Isto não importava, já que eu sabia que eles tinham rádios. Uma simples mensagem para a delegacia de polícia adiante e eu estaria frito.

Finalmente, depois de metade de uma outra música — o pequeno Stevie Wonder, por volta de 1965 —, ela colocou a mão para fora e pegou o dinheiro.

E eu respirei novamente — respirações curtas, é claro, a cabeça virada para a janela porque o fedor me envolvia como vapor. Winston era a segunda pessoa morta que eu via. Eu assistira a um funeral com caixão aberto quando tinha 14 anos — um amigo da família que tinha sucumbido ao câncer — e ficara mais ou menos o tempo todo com os olhos nos sapatos, dando uma olhadinha só uma vez para um rosto que parecia estranhamente feliz. Não se podia dizer o mesmo de Winston, com a boca meio aberta como se tivesse sido pego no meio de um grito, os olhos fechados bem apertados. Ele ia reclamar disso.

Eu matei Winston, pensei novamente.

Como se eu mesmo tivesse puxado o gatilho. Adultério, fraude e agora assassinato? Não havia muito tempo eu era um daqueles inomináveis bons rapazes. Era um pouco difícil conciliar aquele Charles com este aqui — este aqui levando um homem morto através de Staten Island até o lixão. Era um pouco difícil de engolir. Ainda assim, se eu pudesse ao menos chegar até a área do lixão sem ser parado pela polícia; se eu pudesse me livrar do corpo de Winston e do carro sujo de sangue; se eu pudesse fazer Vasquez sumir com cem mil dólares...

Um obstáculo de cada vez.

Primeiro eu tinha que achar o caminho até o aterro sanitário. Devia estar perto; o fedor no carro estava se juntando a um outro que era ainda pior.

Cheguei até a saída para o lixão. Pelo menos achei que era, porque a próxima saída dizia Goethals Bridge. Saí na rodovia deserta de duas pistas sem postes de luz. O corpo de Winston encostou na janela quando virei à direita.

Segui pela estrada por cinco minutos ou mais, nenhum outro carro vinha de nenhuma direção. Imaginei que o único trânsito que eu encontraria aqui seria na direção de ida ou volta do aterro sanitário, e a esta hora da noite ninguém estaria fazendo nenhuma das duas coisas. Exceto eu.

Apertei os olhos na escuridão, procurando por um portão que poderia me deixar entrar, reduzindo a velocidade até quase me arrastar para que eu não passasse por ele ou o perdesse.

Lá.

Logo adiante, um portão — uma cerca de arame farpado terminando com duas portas de vaivém e uma cabine de sentinela. Um portão — que poderia me fazer chorar de alegria ou gritar de exultação ou pelo menos suspirar de alívio, se não fosse pelo fato de estar firmemente trancado.

Bem, o que eu esperava? Esta era uma propriedade da cidade, não um lixão público para qualquer um se livrar de um cadáver.

Saí do carro fedorento apenas para descobrir que cheirava pior fora do carro do que dentro dele. Era como se o próprio ar fosse lixo, como se todos os cheiros fétidos de Nova York tivessem sido enterrados lá também, junto com todas as outras coisas sólidas. Aterro sanitário e ar poluído e as gaivotas se alimentando deles e querendo mais. *Ratos com asas* — não era assim que elas eram chamadas? E agora eu entendia por quê.

Um bando inteiro delas veio descendo até os meus pés — levantando as asas e grasnando para mim como se eu estivesse atrás da comida delas. Como se eu *fosse* a comida delas. Bicos amarelos afiados, todos apontados para mim, e eu me perguntando se elas não estariam sentindo o cheiro do sangue de Winston em mim, se, como urubus, elas pudessem sentir o cheiro da morte.

Eu me senti encurralado, envolto por gaivotas invasoras e fedor, e gritei e agitei meus braços na esperança de assustá-las. Mas o único que parecia assustado era eu; as gaivotas mal se moviam, uma ou duas delas batendo as asas e levantando um pouquinho do chão. Eu voltei para o carro, onde me sentei no banco dianteiro e fiquei olhando para o portão trancado.

Dei ré e comecei novamente a vagar sem destino pela Western Avenue, rodeando a cerca e procurando por algum lugar onde pudesse haver uma entrada.

— Vamos lá, surpreenda-me — eu disse alto. A vida vinha me reservando surpresas desagradáveis ultimamente; achando que talvez eu merecesse algumas boas. Até mesmo *uma* boa, neste momento, aqui no fim do mundo em Staten Island, onde todo o lixo era descarregado e apodrecia.

E então os meus faróis perceberam um pedaço de cerca quebrada onde a estrada fazia uma curva para a direita. Grande o suficiente para um homem passar — até mesmo para um homem arrastando *outro*.

Ele deve ter uma mãe em algum lugar, pensei de repente. Eu a imaginei como a típica mãe do subúrbio. Não sabia onde ele havia crescido, então talvez ela não fosse uma mãe do subúrbio. Mas era assim que eu a imaginava. Divorciada, talvez, desiludida agora, mas ainda orgulhosa do filho que tinha 3.7 de média. Aquele orgulho testado através dos anos, é claro, quando Winston se envolvera com as drogas, então passara a traficar e, depois, que Deus a ajude, fora para a *prisão* por tráfico. Mas ele não estava pondo a vida nos eixos outra vez? Não tinha um emprego legítimo nos dias de hoje — tudo bem, apenas entregando a correspondência por *enquanto*, mas não se consegue manter um bom homem por baixo muito tempo, consegue? Não com o cérebro dele. Antes que se percebesse, ele estaria administrando aquela empresa, com certeza. E um garoto com um bom coração, também, e querido — todo mundo gostava de Winston —, ele nunca se esquecera do cartão de aniversário dela, nem uma única vez. Ela ainda tinha aquele cinzeiro assimétrico de barro que ele havia feito para ela na segunda série — colocado em algum lugar sobre o consolo da lareira. A mãe de Winston, que não receberia um cartão de aniversário dele este ano ou em qualquer outro ano de agora em diante.

Desejei que tivesse perguntado a Winston mais coisas sobre a vida dele. Qualquer coisa. Se ele tinha uma *mãe* esperando pelos cartões de Natal dele todo ano, ou uma namorada sentada na noite de hoje se perguntando onde exatamente Winston estaria, ou um irmão ou irmã ou tio favorito. Mas tudo que eu havia perguntado a ele era sobre beisebol e a prisão, só isto, e então eu tinha pedido a ele para fazer uma coisa que o levou à morte.

Parei o carro bem ao lado da parte quebrada da cerca, então fiquei sentado lá por algum tempo para me certificar de que estava realmente sozinho. Sim, até onde podia dizer, eu estava completamente sozinho, sozinho no lixão, sozinho no universo. "Deanna", sussurrei, minha parceira na vida, mas apenas do Charles que ela conhecia — o Charles trabalhador e homem de propaganda, em oposição ao Charles adúltero e quase assassino.

Saí do carro, andei até o outro lado, abri a porta e assisti impotente enquanto Winston caía no chão. Tentei pensar nele como o *corpo* — aquilo que era deixado para trás quando a alma, o que fazia dele Winston, já havia partido. Era mais fácil desta maneira.

Levantei o corpo pelos braços, comecei a arrastar e imediatamente entendi que o termo *peso morto* não era um termo impróprio. Peso morto era o objeto impassível, terrível força irresistível, mas quem disse que a força irresistível vence? Eu mal conseguia mover o *corpo*; pequenas distâncias por vez. Parecia que ele estava me puxando de volta — puxando os meus ombros, as juntas dos meus cotovelos e os meus pulsos doloridos. Nesta velocidade, eu teria feito o corpo passar pela cerca por volta do raiar do dia, bem a tempo de um bando de lixeiros me reconhecer na polícia. *Era ele*, eles diriam — o homem puxando o defunto para o lixão.

Mas, lenta e tortuosamente, eu progredia, estabelecendo uma certa rotina: um puxão grande, então uma parada para recuperar o fôlego, sacudir as minhas mãos, me preparar para outro. Desta maneira, consegui fazer o corpo passar pela cerca quebrada sem sofrer um único ataque cardíaco. E ainda tenho horas antes do nascer do sol, também — doze e trinta, segundo o meu Movado fluorescente, presente de Deanna no meu quadragésimo segundo aniversário, Deanna que provavelmente estava começando a se perguntar onde eu estava. Ela se *preocupava*, e ela fazia isto melhor e com a maior dedicação que qualquer outra pessoa que eu conhecesse.

Pesquei o celular do bolso do casaco, abri com o pulso agora dolorido e apertei o 2 — o telefone da minha casa. O número 1 fazia uma ligação automática para o consultório do Dr. Baron.

— Alô? — Deanna com a voz que parecia, sim... aborrecida.

— Oi, querida. Eu não queria que você se preocupasse... está levando mais tempo do que eu imaginava.

— Ainda no escritório?

— Sim.

— Por que você está ligando do celular?

Sim, por quê?

— Não sei. Eu estava andando pelo corredor para buscar um café e de repente percebi que já era muito tarde.

— Oh, tudo bem. Quanto tempo você ainda vai demorar?

Boa pergunta.

— Uma hora ou mais, talvez... temos que mostrar estes quadros imbecis da aspirina pela manhã.

Eu estava surpreso em como estava me tornando adepto de contar mentiras, surpreso também em estar tendo esta conversa doméstica perfeitamente normal — *Estou trabalhando até tarde, querida* — estando em pé ao lado de um homem sem metade da cabeça.

— Bem, não trabalhe muito — Deanna disse.

— Pode deixar. — Então: — Eu te amo, Deanna — dizendo o nome dela desta vez, o que na escala dos "eu te amos" estava em algum lugar próximo do topo, dito como algo que realmente quer dizer alguma coisa e não apenas algo para simplesmente terminar a conversa. Te amo, te amo, simplesmente uma versão mais íntima de tchau, mas *não* quando você coloca um nome. Não desta maneira...

— Eu te amo também — Deanna disse, e eu sabia o que ela queria dizer com isto, que o nome não era necessário.

Coloquei o telefone de volta no bolso, pus um pé no buraco aberto, me abaixei e comecei a arrastar Winston através dele.

O fedor estava pior aqui — difícil imaginar, mas estava. Fora da cerca eu podia sentir, mas dentro da cerca eu estava *comendo*, ingerindo os cheiros e começando a ficar com um embrulho no estômago.

Puxei o corpo para mais perto do lixão, próximo a um enorme monte de lixo. Agora que eu estava próximo a ele, parecia um daqueles templos para o sol que eu havia visto na Cidade do México em uma viagem feita há muito tempo com Deanna. Antes de Anna, e tínhamos passado as manhãs fazendo turismo e as tardes enchendo nossos fígados de tequila. Fizemos muito amor, seguido de longos cochilos por causa da bebedeira.

E agora?

Pode-se pensar em tudo em termos gerais, mas mais cedo ou mais tarde o específico começa a exigir uma resposta. Eu tinha levado o corpo até o lixão e o arrastado através da cerca de arame farpado, tinha trazido o corpo até o pé do templo do deus do lixo.

Olhei para as minhas mãos, as mesmas mãos que haviam abraçado Deanna, que deram injeções de insulina a Anna, que uma vez há muito tempo haviam explorado cada centímetro de Lucinda, e que agora tinham que fazer um trabalho muito diferente sob a luz da lua. Abrir uma cova.

Eu cavei, tirando o lixo com as mãos, pedaços afiados de lata e osso, pedaços viscosos de cartilagem e pé, pedaços de caixas de papelão e de paredes de gesso.

Se eu estava tentando permanecer quase impassível antes, eu agora considerava a tarefa quase uma religião. Como se a minha alma dependesse disso, a minha própria vida, esta objetificação dos eventos da noite. Simplesmente odores, simplesmente mãos, simplesmente um corpo. Focando unicamente no ato de cavar — tanto material para remover em tal rapidez, deixando o buraco cada vez maior.

Agora, eu estava coberto de lixo, até os meus cotovelos no lixo — perigosamente próximo de me *tornar* lixo.

Ouvi um barulho ao longe, o som de uma tempestade que podia ou não estar vindo nesta direção — mas talvez não fosse uma tempestade afinal. O som era um pouco fraco para ser de um trovão — até onde podia dizer, era uma noite mais ou menos sem nuvens. Eu ouvi novamente — ouvidos atentos desta vez — e finalmente reconheci o que era. E, ao reconhecer, eu o imaginei também: duas orelhas negras pontudas, cauda levantada e dentes brancos afiados praticamente pingando com saliva.

E ele estava se aproximando. O cachorro vira-latas dos meus pesadelos.

Cavei mais rápido, tirando o pior tipo de merda com dedos de unhas quebradas, como as de um cachorro cavando atrás de um osso. E a cada minuto que passava, eu podia ouvir o cachorro *real* mais alto — latidos distintos e grunhidos vagando pelos montes de lixo e acima de mim, quando o meu cheiro deve ter mudado para a outra direção.

O buraco estava grande o suficiente. Eu me levantei e respirei uma vez, duas — me preparando para o meu último esforço físico da noite.

Uma nuvem de gaivotas de repente passou na frente dos meus olhos — uma nuvem delas gritando, em pânico. Eu podia ver dois olhos brilhantes me encarando, do outro lado do lixão.

Todos aqueles clichês de medo — de onde o medo real aparece primeiro para você: *na boca do estômago... subindo e descendo pela sua espinha*. Eram todos verdadeiros. E eu podia senti-lo em lugares que você não esperaria, também. Na parte de trás do meu pescoço, onde parecia que cada fio de cabelo estava em pé. No meu peito, que vibrava como um amplificador de graves.

Os dois olhos avançaram e com eles um som que acabou com toda a coragem que eu ainda tinha de sobra. Não um latido, não, um grunhido baixo, contínuo. O tipo que diz, *não estou feliz em ver você*.

Comecei a recuar, lentamente, um passo pequeno de cada vez, enquanto o cachorro — eu não podia determinar a raça, exatamente; diria que era um caçador de humanos — se aproximava cada vez mais para perto.

Então, eu me virei — e corri. Talvez não devesse; talvez fosse mais aconselhável tê-lo encarado. *Nunca demonstre seu medo a um cachorro* — não era este o conselho que você aprendia desde pequeno? Isto os deixa irritados, faz com que o sangue deles suba, aumenta os impulsos carnívoros deles.

Mas uma outra coisa aumenta os instintos carnívoros deles ainda mais. Carne. E eu tinha magnanimamente deixado muita carne para ele. Na pessoa de Winston.

Levou vários minutos — vários minutos que passei correndo até o buraco da cerca e até o carro — para entender que o cachorro não estava me seguindo.

E então eu o ouvi. Um som de dentes mastigando — rasgando carne — consumo lascivo e gutural.

O cachorro do lixão estava comendo Winston.

FORA DE RUMO VINTE E CINCO

Eu tinha que me livrar do Sable azul.

Ele tinha sido alugado do Dollar Rent A Car por um certo Jonathan Thomas. Uma das quatro carteiras de motorista que Winston tinha colocado em sua carteira vazia.

A coisa mais fácil de se comprar — identidades, Winston tinha me confidenciado. E Winston tinha quatro delas. Quando eu era jovem e idealista, procurar por sua identidade era um rito de passagem esperado. Winston, por outro lado, simplesmente havia comprado a dele — ou roubado —, certificando-se de ter algumas extras para o caso de necessidade.

Só para o caso de alguém pedir a ele para se livrar de uma outra pessoa.

Agora eu tinha que me livrar do carro.

Isto mais ou menos se ajeitou sozinho. Na volta, pela Western Avenue, passei pela auto-estrada; estava escuro e eu estava repassando os sons da refeição canina na minha cabeça — apertando o botão de voltar contra o meu melhor julgamento e ouvindo os sons se repetirem. Quando você está ouvindo os sons de alguém sendo devorado, é fácil se esquecer de coisas como os sinais da auto-estrada. Eu acabei indo parar em uma parte de Staten Island que eu não sabia que existisse — fazendas, fileiras de campo não-cultivado com um silo honesto à distância. Um instante depois de sair de todo pecado do trânsito urbano e eu de repente estava no Kansas.

Mas nem *todo* pecado da vida urbana estava perdido. Passei por um depósito enorme de carros abandonados. Parecia um buraco d'água para latas velhas, já que estavam amontoados em um poço de lama, alguns deles meio submersos nele. Mais uma lata velha não ia fazer diferença, ia?

Eu lentamente dei a volta na estrada e entrei no pátio esburacado, dirigindo o carro para a beira d'água. Dei uma última olhada no carro — tentando não tocar os pedaços de carne presos ao carpete e couro, abrindo o porta-luvas tive uma surpresa. Uma arma. Era de Winston, eu me lembro, a que não deve ter chegado às mãos dele porque uma outra arma lhe estourou a cabeça antes que isto acontecesse. Eu delicadamente coloquei a arma no meu bolso. Então, pus o carro em ponto morto, saí do assento dianteiro e com um leve empurrão para a frente deixei o carro escorregar silenciosamente para dentro do lago, onde ele finalmente pôde descansar com apenas a antena saindo da sujeira.

Eu não era muito religioso — não sabia nenhuma oração que poderia realmente dizer. Mas fiquei ali parado por um minuto e sussurrei alguma coisa. Pela memória dele.

Eu me virei e comecei a andar.

Como eu ia chegar em casa?

Eu podia chamar um carro, supus, mas eu sabia que eles mantinham um registro. Eu precisava chegar até o centro da cidade onde Charles Schine pegando um carro para casa seria como qualquer outra noite trabalhando até tarde no escritório.

Passei por um posto de gasolina. Pude ver um homem solitário com o aspecto de um índio lendo uma revista em um cubículo mal-iluminado. Andei pelos lados procurando por um banheiro. Encontrei um.

Banheiros de postos de gasolina eram muito parecidos com os banheiros em Chinatown, que eram muito parecidos com buracos negros em Calcutá, ou mais ou menos, pensei. Não havia papel higiênico. O espelho estava quebrado, a pia cheia de imundície. Mas eu precisava me lavar. Eu teria que encontrar um ônibus ou trem que me levasse até a cidade e eu cheirava a lixo.

A pia tinha água corrente. Até mesmo um pequeno sabonete deixado na saboneteira, uma espuma amarela grossa. Lavei minhas mãos — joguei água no meu rosto — tirei minha camiseta embora o banheiro estivesse gélido e eu estivesse exalando nuvens de vapor cada vez que eu respirava. Esfreguei meu peito e embaixo dos meus braços. *Um banho de prostituta* — não era assim que ele era chamado? E eu era uma prostituta em boa situação atualmente. Eu tinha prostituído todas as coisas nas quais eu acreditava.

Vesti novamente a camiseta. Fechei a jaqueta. Saí e comecei a andar.

Simplesmente escolhi uma direção. Eu não ia perguntar nada ao gerente do posto, que poderia muito bem se lembrar de um homem branco com cara espantada que apareceu sem carro.

Meia hora depois descobri um ponto de ônibus. E quando um ônibus vazio chegou até lá, meia hora depois, eu o peguei. Tive sorte. Ele estava indo para o Brooklyn, onde finalmente me deixou na estação do metrô.

Voltei para Manhattan.

Casa.

Algo que eu apreciava depois de uma noite cavando uma sepultura. Quatro paredes sólidas de ripas de madeira amarelo-clara e um telhado muito escuro com uma chaminé impressionante saindo dele. O corretor de imóveis que nos vendeu a casa a descreveu como colonial com um *hall* central. Um círculo substantivo — nada poderia acontecer a você em uma casa colonial com um *hall* central, poderia? É claro que, fora da casa colonial com *hall* central, todo tipo de coisas poderia acontecer.

Quando o carro me deixou, andei até a porta dos fundos e tentei abri-la e fechá-la o mais silenciosamente possível, mas pude ouvir Deanna se mexendo no nosso quarto no andar de cima.

Fiz mais uma incursão ao banheiro — este banheiro era muito mais alegre do que o anterior. E mais limpo também. Toalhas felpudas bonitas penduradas na parede e uma estampa de Degas sobre o vaso — *Mulher se banhando*?

Desta vez eu tirei a cueca e usei a toalha generosamente cheia de sabonete para me lavar. Assim estava melhor — o meu cheiro era quase insuportável. Tirei a arma da calça e coloquei na minha pasta.

Então, subi para o quarto, onde caminhei pela escuridão — um tropeção em um sapato de salto alto — para a cama.

Deanna disse:

— Você se lavou. — Não como uma pergunta.

É claro; ela sentiu o cheiro de sabonete, ela ouviu a torneira, também. Agora, por que um marido que estava trabalhando até tarde deveria se lavar antes de subir para a cama? Era isto que ela estava se perguntando — e eu estava tendo dificuldades em encontrar uma resposta.

Não seja boba, Deanna, eu poderia dizer. *Eu não estava com outra mulher.* (Veja: Lucinda) *Estive ocupado enterrando um corpo. Este pistoleiro e amigo que eu contratei para me livrar de alguém que estava me chantageando porque eu estava com uma outra mulher* antes. *Entendeu?*

— Eu malhei hoje — disse —, e não tinha tomado banho.

Não era uma boa desculpa se você parar para pensar — não a esta hora da noite. Quer dizer, por que eu não podia ter esperado até de manhã? Mas talvez funcionasse.

Porque Deanna disse: "Uh-huh." Talvez ela tivesse suspeitas em relação a isto, talvez ela estivesse suspeitando muito do meu comportamento recente, mas talvez ela estivesse muito cansada para discutir. Não às duas da manhã. Não quando ela tinha ficado a noite toda em pé me esperando chegar em casa.

— Boa noite, querida — eu disse, e me inclinei para beijá-la. Sólido e quente: casa.

Entretanto, tive um sonho naquela noite — quando acordei pela manhã eu podia me lembrar de vários detalhes.

Eu estava visitando alguém no hospital. Eu levava comigo flores, uma caixa de bombons e estava na recepção esperando ser chamado para entrar no quarto da pessoa doente. No entanto, quem era a pessoa doente? Bem, a identidade do paciente mudou várias vezes no sonho, o que geralmente acontece em sonhos — primeiro era uma pessoa, depois outra. Primeiro eu estava visitando a mãe de Deanna, mas quando eu finalmente cheguei ao quarto, era Anna quem estava deitada lá. Ela estava ligada a uma teia de aranha de tubos e mal me reconheceu, e eu exigi ver o médico. Mas quando me virei para ela novamente, era Deanna que estava deitada lá, em coma. Deanna. Eu me lembrei da parte seguinte do sonho claramente: gritando no corredor pelo médico para vir me ver, mesmo *havendo* um médico ali — Dr. Baron, na verdade, que ficava explicando que eles não conseguiam encontrar o médico, que não era possível, mas eu não estava entendendo.

Finalmente, os meus gritos pareceram ser percebidos; o médico *veio* me ver. Mas ele mudava de identidade também — primeiro Eliot, meu chefe, então alguém que poderia ser o meu vizinho Joe e, finalmente e por último, Vasquez. Sim, acordei me lembrando do rosto de Vasquez lá no hospital comigo. Por vezes impassível e malévolo e sarcástico, mas consistentemente surdo aos meus apelos. Deanna estava morrendo e ele não estava fazendo nada para ajudá-la. Nada.

De manhã, depois que Deanna saiu para o trabalho e Anna tinha ido para a escola, fiz uma outra viagem ao arquivo, uma outra visita furtiva ao Fundo da Anna.

FORA DE RUMO VINTE E SEIS

No trem de manhã, eu *não* li as páginas de esporte primeiro. Não li sobre a última lamentável derrota dos Giants, sobre os Yankees assinando um contrato milionário com outro agente, sobre a eterna busca dos Knicks por um armador.

Por um dia, pelo menos, a minha leitura hebraica do jornal diário (isto é, de trás para a frente) foi posta de lado, e eu estava lendo o jornal como um cidadão preocupado com a podridão no Oriente Médio, a confusão atual no congresso, as tendências inconstantes da Nasdaq. E, é claro, o recente aumento da criminalidade urbana. Assassinato, por exemplo.

Eu tinha ouvido o *flash* de notícias da manhã no rádio, no chuveiro, e fiquei feliz por não ouvir nada do tipo. Alguém foi assassinado, certo — alguém estava sempre sendo assassinado na cidade de Nova York. Mas este alguém era uma mulher, 21 anos, francesa. Ou italiana. Uma turista, afinal de contas.

A seção da cidade do *Times* não continha vítimas masculinas. Bem como o jornal local de Long Island. É claro, mesmo que alguém *tivesse* sido descoberto, seria tarde demais para levar à prensa.

Mas estes eram tempos modernos. A primeira coisa que fiz quando cheguei ao escritório, depois de dizer oi para a minha secretária, foi acessar a internet.

Procurei por edições *on-line* de dois jornais. Não havia nada sobre uma vítima do sexo masculino assassinada na cidade de Nova York.

Ótimo.

Passei o resto da manhã tentando não pensar no corpo de Winston. Tentando não pensar nos cem mil dólares do Fundo da Anna que não era mais da Anna. Sobre como eu estava desistindo — finalmente e futilmente desistindo.

Era mais fácil falar do que fazer — na hora do almoço eu fiz outra visita à Corretora David Lerner na rua 48.

Ajudou o fato de eu ter que ir ao estúdio de edição para dar uma olhada no quase terminado comercial da aspirina com David Frankel. Ele fez o editor repetir várias vezes para mim. Não era o melhor comercial de testemunhos que eu havia feito. Não era o pior também. Notei especialmente a trilha, que soava como algo emprestado de um estúdio de música — ou produzido por um. Era provavelmente um *jingle* — algo comprado por três mil dólares e com nota fiscal de 45.

David, o *D* do T&D Music House, parecia muito mais pessoal hoje. Embora eu fosse um verdadeiro parceiro neste empreendimento agora. Talvez porque nós *fôssemos* parceiros agora. Parceiros em enganar a agência e o cliente com seu dinheiro dubiamente obtido.

— Confie em mim — David disse depois que o editor (Chuck Willis, era o nome dele) tinha tocado o anúncio outras três ou quatro vezes —, o cliente vai adorar.

E pensei em como, nas contas com as quais eu *costumava* trabalhar, não interessava se o cliente ia ou não adorar. Que era sempre secundário que *nós* íamos ou não adorar. Mas era difícil adorar um anúncio onde a dona-de-casa basicamente lia os atributos do produto na embalagem da aspirina.

Ainda assim, eu tinha que dar uma olhada e agir como se eu me importasse. Como se valesse a pena dar uma olhada e dar dicas úteis, sugerir melhoras.

Apontei os lugares onde achei que o filme podia ser editado. Também pedi que procurassem uma locução em *off* melhor. Eu teria mencionado a trilha, mas então alguém poderia ter descoberto que estávamos fazendo mais de quarenta mil dólares ilegalmente dela.

Quando voltei ao escritório por volta das duas horas, alguém que eu nunca havia visto antes estava colocando a minha correspondência sobre a mesa de Darlene. É claro — o meu novo entregador de correspondência.

Perguntei a ele onde estava Winston. Era de se esperar que eu perguntasse isto a ele.

O homem sorriu e deu de ombros.

— Num veio — ele tinha dificuldades em pronunciar as palavras corretamente. Eu me perguntei se este era um dos desprivilegiados dos quais Winston tinha me falado.

— Oh — eu disse, agindo com surpresa. — Sei.

Darlene sorriu para o novo entregador e disse:

— Você é bem melhor de se olhar do que ele, de qualquer maneira. — *Do que Winston.*

O homem corou e disse:

— Brigado.

Eu o observei sair com um sentimento que me provocava náuseas. *A vida segue*, as pessoas dizem quando alguém morre, *ela segue*. E havia uma prova bem diante de mim. Winston tinha desaparecido somente um dia e a substituição dele já havia acontecido. Isto tanto diminuía quanto ampliava o que tinha transpirado na noite anterior — ambos. Isto me deixou enjoado.

Mais tarde naquele dia, eu conduzi uma reunião de criação. Apenas para desviar a atenção da minha mente para uma outra coisa, eu esperava. A reunião aconteceu às 15h30 na sala de conferências devidamente reservada por Mary Widger.

Meu grupo de criadores infelizes me escutava obedientemente — com blocos e lápis, também, não menos, esforçando-se por parecer meio interessados naquilo que eu estava dizendo. Eles estavam infelizes porque era uma outra tarefa para a nova conta deles — uma combinação de remédio para dor de cabeça e resfriado — em vez de uma tarefa para a conta *antiga* deles, o que poderia significar um comercial que valia a pena fazer e colocar a mente deles para funcionar. E eles também estavam infelizes porque eu mais ou menos lia literalmente as instruções de estratégia preparadas por Mary Widger. As instruções de estratégia eram muito parecidas com a teoria de Foucault — obtusas, complexas e não entendidas por ninguém. Nos meus idos dias de calmaria, eu as teria simplesmente ignorado; nós escreveríamos o comercial, morreríamos de rir e escreveríamos as instruções de estratégia depois.

Não mais; agora eu lia palavras como *público alvo*, como *nível de conforto* e *saturação*, sem ficar vermelho uma só vez. Um avião de controle remoto obediente fazendo o que eles sabem fazer — zumbir interminavelmente, ou até que a dita estratégia tivesse sido lida até o ponto final.

Voltei para o meu escritório e fechei a porta. Liguei para Deanna.

— Alô — eu disse. Não tinha certeza do porquê de estar ligando para ela, mas me lembrei de dias em que costumava ligar para ela *diariamente* do trabalho, e mais de uma vez também.

Quando paramos de conversar, realmente conversar, quando começamos a conversar sobre coisas inconseqüentes apenas — eu parei de ligar para ela três vezes por dia. E houve dias em que não liguei para ela, períodos inteiros de 12 horas em que nem uma única palavra se passava entre nós.

E agora havia tantas coisas que eu não podia dizer a ela também — coisas das quais eu estava envergonhado, coisas nas quais eu mal podia agüentar pensar.

Mas eu liguei para ela de qualquer maneira.

— Alô você — Deanna disse. — Tudo bem?

— Sim, tudo.

— Tem certeza, Charles?

Eu só perceberia mais tarde que Deanna não estava simplesmente jogando conversa fora. Que ela *sabia* que as coisas não estavam bem comigo — não em detalhes, mas o suficiente.

Mas não tirei vantagem da oportunidade — ainda não. Eu não podia.

— Sim, está tudo bem, Deanna — eu disse. — Eu só queria dizer... oi. só queria saber como você estava hoje. Só isto.

— Estou bem, Charles. Estou. Apesar de estar preocupada com você.

— Comigo? Mas eu estou bem. De verdade.

— Charles?

— Sim?

— Eu não quero que você pense... bem...

— Sim?

— Eu não quero que você pense que não pode *conversar* comigo.

Havia algo de partir o coração naquela afirmativa, pensei. Conversar — obviamente a coisa mais fácil que duas pessoas poderiam fazer juntas. A menos que não conseguissem. E então seria a coisa *mais difícil* entre duas pessoas. A coisa mais impossível na face da Terra.

— Eu... de verdade, Deanna. Não há nada. Eu apenas queria dizer oi. Dizer... eu te amo. Só isto.

Silêncio do outro lado da linha.

— Eu te amo também.

— Deanna, você se lembra...?

— Me lembro de quê?

— Quando eu banquei o mágico na festa da Anna? Eu comprei aqueles truques na loja de mágica. Você se lembra?

— Sim. Eu me lembro.

— Eu era bom também. As crianças adoraram.

— Sim. Eu também.

— Quando eu virei o chapéu, você se lembra? E eles acharam que iam ficar ensopados de leite. E saiu confete. Oohs e aahs. — Por algum motivo eu vinha pensando sobre aquilo hoje, talvez porque eu estivesse procurando por um outro tipo de mágica agora.

— Sim, David Copperfield não tem nada que você não tem.

— Exceto por alguns milhões de dólares.

— Mas quem está contando?

— Eu não estou.

— Pensando em trocar de carreira?

— Não sei. Nunca é tarde demais, não é?

— Sim. Provavelmente.

— Foi o que pensei.

— Charles?

— Sim?

— Eu realmente estava falando sério. Sobre *conversar* comigo. Certo?

— Claro.

— Vai vir para casa no horário de sempre?

— Sim. No horário normal.

— A gente se vê, então.

Quando desliguei o telefone, pensei que na verdade poderia ser possível fazer com que as coisas acabassem bem. Não tudo, mas as coisas importantes. Eu sabia que coisas eram importantes, também — elas estavam olhando para mim de um porta-retrato 10x12 na minha mesa.

Mas foi quando tudo começou a dar errado.

FORA DE RUMO VINTE E SETE

A ligação telefônica veio talvez dois minutos depois.

Dois minutos depois de eu ter desligado com Deanna, olhado para a foto da minha família e pensado que talvez eu pudesse fazer as coisas funcionarem no fim.

O telefone tocou. E tocou novamente. Darlene provavelmente estava no corredor conversando sobre rapazes com as outras assistentes de executivo — que era como as secretárias gostavam de ser chamadas agora em vez de salários decentes.

Então eu atendi.

Haveria mais de cem pessoas que poderiam estar logicamente na linha — muito mais tarde, eu as contei como uma desculpa para fazer alguma coisa. Todos que eu conhecia, basicamente — talvez cem pessoas, ao todo, que eu poderia razoavelmente esperar que pegassem o telefone e me ligassem. Não que eu estivesse esperando esta ligação, é claro. De muitas maneiras, esta era a única ligação que eu *estava* esperando. Mas eu a imaginei muito diferente. Eu imaginei que seria *Vasquez* quem estaria do outro lado da linha.

Mas não era Vasquez.

Era ela.

Só que a voz dela estranhamente me fazia lembrar de uma outra época, de um outro lugar. Aquela voz de criança novamente. Extraordinariamente engraçadinha quando vinha de uma garotinha, mas enjoativa quando não vinha.

— *Por favor, Charles* — a voz implorava. — *Você tem que vir aqui. Agora.*

Eu estava pensando em várias coisas de uma só vez. Por exemplo, onde era *aqui*. A casa dela, o escritório? Onde? Além disso, estava me perguntando o que fazia a voz dela soar como a de uma criança assustada novamente. Apesar de saber o que era. Eu sabia.

— *Você tem que... Oh, Deus... por favor* — ela sussurrou.

— Onde você está? — perguntei a ela. Uma boa pergunta lógica, uma das quatro mais importantes ensinadas no curso de jornalismo. O quê, Quando, Por quê, Onde? Mesmo perguntando com uma voz que parecia tão em pânico quanto a dela. Mesmo assim.

— *Por favor...* ele me seguiu... ele vai...

— O que está acontecendo, Lucinda? Qual o problema? — Que, afinal de contas, era a verdadeira pergunta aqui.

— Ele vai me machucar, Charles... ele... ele quer o dinheiro dele... ele... — e então as palavras dela foram abafadas e eu pude visualizar o que estava acontecendo. Eu vi o telefone sendo arrancado das mãos de Lucinda, o bocal sendo coberto por um punho negro grande. Eu visualizei o quarto, que parecia o quarto na Alphabet City mesmo que não fosse. E eu imaginei o rosto dela; mesmo que tentasse desviar os meus olhos, eu conseguia vê-los. Não olhe... não...

E então alguém estava falando novamente. Mas não era ela. Não desta vez.

— Escuta aqui, seu filho-da-puta. — Vasquez. Mas não aquele com quem eu estava acostumado. Aquele falso tom agradável tinha desaparecido, a fúria controlada cuidadosamente. A fúria tinha sido liberada para dar uma volta e estava chutando e pisoteando quem quer que passasse na frente dela.

— Você achou que poderia me ferrar. Você achou que ia *me* armar uma? Seu bosta. *Eu?* Você coloca uma bicha em um carro e acha que ele vai fazer o quê? Chutar o *meu* traseiro? Você pirou? Estou com a sua *garota* aqui, sacou? Estou com a sua putinha bem aqui. Diz que você está entendendo, filho-da-puta.

— Estou entendendo.

— Você não entende *merda* nenhuma. Você acha que é algum tipo de gângster ou coisa parecida? Você manda um palhaço me ferrar? *A mim?*

— Olha... eu entendi. Eu...

— Você entendeu? Tire já o seu traseiro daí com os meus cem mil ou eu vou matar esta puta imbecil. Você entendeu *isso*, Charles?

— Sim. — Afinal de contas, quem não conseguiria entender aquilo? Existiria alguém na face da Terra que poderia não entender a gravidade daquela afirmativa?

Agora estávamos novamente no Onde. Eu pedi o endereço.

Desta vez era na cidade alta — Spanish Harlem. Um lugar onde eu nunca havia estado, exceto de passagem para algum outro lugar como o Yankee Stadium ou a Cross Bronx Expressway.

Eu chamei a Vital e pedi um carro. Abri minha gaveta trancada e coloquei o dinheiro na pasta — eu tinha guardado ali, esperando pela chegada do momento. Eu vi algo esperando lá também: a arma de Winston. Por um segundo pensei em levá-la comigo, mas decidi que não. O que, afinal de contas, *eu* faria com ela?

Ao descer as escadas, passei por Mary Widger, que me perguntou se havia alguma coisa errada.

Emergência na família, expliquei.

Em 15 minutos eu estava na Terceira Avenida. O carro escorregou, se espremeu, manobrou de maneira excruciante através dos obstáculos no caminho como caminhões refrigeradores estacionados, carros da FedEx, vans em movimento, ônibus urbanos, táxis e radiotáxis.

Mas talvez não estivéssemos indo tão devagar quanto imaginava — talvez eu estivesse simplesmente imaginando o que Vasquez ia fazer com Lucinda e pensando que eu não podia deixar que isto acontecesse novamente, não duas vezes em uma só vida. Parecia que eu estava olhando para uma placa de rua — a da rua 64, por exemplo — e cinco minutos depois eu ainda estivesse olhando para a mesma placa.

No meio da corrida, percebi que a mão que segurava a minha pasta tinha adormecido. Eu estava apertando a alça com tanta força que os nós dos meus dedos tinham ficado da cor de madeira queimada — branco-acinzentada. E me lembrei de um jogo que Anna costumava jogar comigo, uma espécie de truque de salão — me pedindo para segurar o dedo indicador dela e apertá-lo por cinco minutos, nem um segundo a menos, e então soltar, sempre rindo quando eu tentava abrir os meus dedos agora paralisados. Era assim que eu estava me sentindo agora — não apenas nas minhas mãos, mas em todo o meu corpo: paralisado. Do modo como me senti naquela cadeira no Fairfax Hotel. A mulher por quem eu tinha me apaixonado estava sendo estuprada a menos de um metro de mim e eu como uma vítima da doença do sono, capaz de exercer todas as funções vitais exceto uma. Agir.

Por fim, as partes mais elegantes do East Side desapareceram. Butiques, lojas de bolsas e de alimentos deram lugar a brechós e bodegas à medida que mais e mais palavras em espanhol começaram a aparecer na frente das lojas.

O prédio ficava na rua 121 entre a Primeira e a Segunda Avenida.

Era cercado por uma casa de câmbio, um salão de cabeleireiro, uma bodega na esquina e dois prédios queimados. Um homem vendendo castanhas torradas que pareciam espigas de milho descascadas tinha estabelecido uma loja no meio da quadra. Um outro homem, suspeitamente parecido com um traficante de drogas, estava checando o *beeper* e conversando em um celular extravagante na frente do prédio.

Pedi ao carro para me esperar. O motorista não pareceu muito feliz com a idéia, mas ele tinha um tipo de trabalho onde não era exatamente possível dizer não.

— Eu posso ter que dar uma volta — ele disse.

Eu não respondi — estava olhando o prédio e me perguntando se conseguiria passar pela porta. Havia três homens parados na entrada e nenhum dos três parecia ser alguém a quem pediria informações. Eles pareciam estar na fila para identificação na polícia, homens para quem não se estende a mão a não ser que ela contenha a sua carteira.

E eu estava carregando mais do que a minha carteira hoje; estava carregando a minha carteira e mais cem mil dólares.

Logo que saí do carro, ouvi o barulho das travas das portas. *Você está sozinho*, elas diziam. E estava; e na rua 121 entre a Primeira e a Segunda Avenida, eu era o centro das atenções também. Eu imaginava que a Lincoln Town Cars fizesse poucas paradas aqui, bem como homens brancos bem vestidos carregando pastas de couro caras. O vendedor de castanhas, o traficante, os três homens guardando a entrada do prédio número 435, todos olhavam para mim como uma audiência hostil exigindo algo divertido.

Eu não sabia se deveria subir os degraus correndo como um homem com pressa ou andando como um homem fazendo um passeio, e terminei optando por um meio-termo — um homem que não tem muita certeza de onde está indo mas ainda assim ansioso para chegar lá. Quando cheguei no patamar onde o asfalto quebrado estava rabiscado com giz e tinta *spray* (“*Sandi es mi Mami; Toni y Mali...*”), acabei reconhecendo os três homens na porta da mesma maneira que a maioria dos nova-iorquinos reconhece qualquer um: não reconhecendo. Mantive os olhos desviados — olhando para os degraus da porta, um trilho de borracha separando o cimento marrom do linóleo amarelo curvado.

— Ei...

Um dos homens dissera alguma coisa para mim. Eu esperava que ele estivesse se dirigindo a um dos amigos, mas tinha certeza de que ele estava falando comigo. Um homem usando tênis de basquete amarelos grandes demais e calça — era tudo que eu conseguia ver dele, já que mantive os olhos baixos.

Olhei para o rosto espanhol de meia-idade que ficaria bem atrás de um balcão do McDonald's, mas não no meio do Spanish Harlem com cem mil dólares dentro da minha pasta. Além disso, o rosto parecia chateado comigo, como se eu tivesse reclamado do McLanche Feliz que não tinha vindo com as batatas fritas, e sem os picles do meu hambúrguer.

Continuei andando, continuei agindo como se eu fosse um meia no campo adversário, enquanto mantinha aquelas pernas pulsando. Através da porta também — já que a porta estava permanentemente semi-aberta e não oferecia resistência.

— Aonde *você* vai?

O mesmo homem de antes, falando com um sotaque inglês carregado, com ênfase no *você*, a entonação sendo importante aqui, já que eu poderia pensar que ele estava tentando ajudar: *Diga-me aonde você está indo e talvez eu possa ajudá-lo a chegar lá*. Não — o homem estava questionando a validade da minha presença ali.

— Vasquez — eu disse. A primeira coisa que passou pela minha cabeça, além de *Socorro*. Se você desse um nome, parecia às claras. Talvez eles conhecessem aquele nome, e talvez eles não quisessem se ferrar com ele. E talvez mesmo que não conhecessem — *Vasquez, quem é este?* —, ainda assim ficariam desconfiados de estar invadindo o território de outra pessoa. Um homem sozinho era um jogo justo, mas quando ele não estava sozinho, quem poderia saber?

De qualquer maneira, funcionou.

Continuei andando pela entrada, e eles não me pararam. Não havia elevador, é claro; subi de dois em dois degraus. Lucinda estava esperando por mim — *Ele vai me machucar, Charles.* Talvez o fim estivesse esperando por mim também.

A escada cheirava a fluidos corporais: mijo e sêmen e sangue. Escorreguei em uma casca de banana que na verdade se mostrou uma camisinha usada e quase caí da escada. Pude ouvir uma risada fantasmagórica vinda de algum lugar que eu não podia ver, o tipo de risada que poderia ser engraçada ou não. Era impossível dizer.

Quando bati na porta, Vasquez a abriu. Eu disse uma palavra apenas antes de ser puxado e jogado contra a parede. Ele me deu um tapa no rosto. Senti gosto de sangue. Deixei a pasta cair no chão e tentei me proteger. Ele me bateu de novo. E de novo. Eu disse:

— Pare, o dinheiro está ali... ali.

Ele continuou me batendo, pancadas violentas com a mão aberta que me atingiam entre os braços levantados.

E então, de repente, ele parou.

Ele deixou cair o braço, abriu o punho, respirou fundo uma vez e depois outra. Balançou a cabeça; exalou. E quando finalmente falou, tinha um tom quase normal. Como se simplesmente precisasse expressar a sua raiva um pouco antes de voltar a ser ele mesmo.

— Merda — ele disse, como se estivesse dizendo que bom que acabou. — Merda. — E depois: — Trouxe o dinheiro?

Eu estava respirando rápido demais, como um asmático procurando por ar. Meu rosto doía onde Vasquez tinha batido. Mas consegui apontar para o chão. Para a pasta. O apartamento tinha pelo menos dois quartos, pensei — eu podia ouvir alguém no quarto ao lado. Um fungar baixinho.

— Onde ela está? — perguntei, mas o meu lábio estava inchado e a minha voz parecia a de outra pessoa.

Vasquez me ignorou. Ele estava abrindo a pasta e virando-a de cabeça para baixo, assistindo as pilhas de notas de cem dólares escorregarem pelo chão.

— Bom menino — Vasquez disse, do modo como você diria a um cão.

Eu podia claramente ouvi-la no quarto ao lado. O apartamento — o que eu podia ver dele — quase não tinha móveis. As paredes estavam sujas de terra e marcadas por cigarros apagados. Elas eram pintadas na cor de gema.

Eu disse:

— Eu quero vê-la.

— Vá em frente — Vasquez disse.

Passei pela porta entreaberta, que levava ao resto do apartamento. O quarto estava escuro, as cortinas da janela estavam abaixadas. Ainda assim, pude distinguir uma cadeira encostada na parede de trás. Pude ver quem estava sentada naquela cadeira.

— Você está bem? — perguntei.

Ela não me respondeu.

Ela estava sentada muito quieta, pensei. Como uma criança em um banco de igreja a quem foi dito várias vezes para ficar quieta. Ela não parecia machucada, mas estava sentada lá vestida apenas com uma combinação.

Por que estava usando uma combinação?

Eu podia ouvir Vasquez contando o dinheiro no quarto ao lado: sessenta e seis mil e cem, sessenta e seis mil e duzentos...

— Eu dei o dinheiro a ele — falei.

Mas, talvez, não rápido o suficiente. Eu tinha dito, *Desculpe, eu não tenho* — e Winston tinha acabado morto e Lucinda tinha acabado aqui só de roupa de baixo. Eu queria que ela se mexesse, que me respondesse, que parasse de fungar — que entendesse que não importava o que tinha acontecido com ela, não importava quantas vezes eu havia falhado com ela, já podíamos enxergar o fim. Eu queria que ela andasse até a linha de chegada comigo e não olhasse para trás.

Mas ela não estava se mexendo. Ela não estava respondendo.

E eu pensei: *Tenho que fazer alguma coisa agora.* Eu tinha tirado o dinheiro de Anna, tinha feito Winston ser assassinado, tinha deixado Lucinda ser apanhada no meio da rua. Eu tinha feito tudo isto para guardar um segredo, e mesmo que Lucinda fosse uma das pessoas que me tivessem feito mantê-lo, eu tinha que fazer alguma coisa.

Vasquez entrou no quarto e disse:

— Está tudo aqui.

Eu ia sair daqui e ir direto à polícia. Tudo isto tinha ido longe demais. Era a coisa certa a fazer. Só que, mesmo quando dizia a mim mesmo em termos incertos o que era necessário aqui, mesmo quando me fortalecia para o que seria uma desagradável — certo, até mesmo horrível — obrigação, eu podia ouvir o *outro* Charles começando a sussurrar no meu ouvido. Aquele que me dizia o quão próximos nós éramos. Aquele que dizia que o passado era passado e que agora eu estava *próximo* de sair disto tudo.

— Tudo bem, Charles — Vasquez disse. — Você fez muito bem. Até mais...

Ele estava me esperando sair ou estava ele mesmo prestes a sair.

— Eu vou levá-la comigo — eu disse.

— Claro, você acha que eu quero a vadia?

Lucinda ainda não havia dito nada. Nem uma palavra.

— Talvez seja melhor você ficar em casa de agora em diante, Charles. Lá em *Long Island*. — Ele estava com a minha pasta na mão. — Me faz um favor, não tente fazer nenhuma merda como antes... você não vai me encontrar mais, sacou? Eu estou... me mudando.

E ele saiu.

Eu fiquei em pé lá ouvindo os passos dele se afastarem, descendo as escadas, cada vez mais suaves até que desapareceram completamente.

Eu estou... me mudando.

Por alguma razão, eu acreditei nele, mas talvez apenas porque eu queria acreditar. Ou talvez porque até mesmo Vasquez sabia que se podia sangrar alguém bem antes que o corpo fosse declarado oficialmente morto.

— Pensei que ele fosse me matar desta vez — Lucinda sussurrou lentamente. Ela estava olhando para um ponto em algum lugar acima da minha cabeça. Mesmo na escuridão eu podia ver que ela estava tremendo. Havia sangue na parte interna de sua coxa. — Ele apontou a arma para a minha cabeça e me disse para rezar e puxou o gatilho. Então ele me virou.

— Eu vou levar você para um hospital, Lucinda, e depois eu vou à polícia.

Lucinda disse:

— Saia daqui, Charles.

— Por favor, Lucinda... vamos contar isto à polícia e...

— *Saia daqui!* — desta vez ela gritou.

E foi o que eu fiz. Eu *corri*. Desci as escadas, saí pela porta da frente, voltei para o carro que me esperava, sentindo como se tudo fosse uma única pequena emoção, distinta, poderosa, cheia de culpa.

Alívio total.

FORA DE RUMO VINTE E OITO

Por duas semanas ou mais, eu acreditei.

Acreditei que possivelmente o pior tinha passado. Que, tudo bem, eu tinha sido testado, duramente testado — um Jó dos tempos modernos, até —, mas que era inteiramente possível que as coisas fossem se resolver no final.

Sim, era *difícil* olhar no rosto de Anna nestes últimos dias, muito difícil. Sabendo que o dinheiro que eu havia cuidadosamente acumulado para ela havia, para todos os efeitos, sido levado embora. Que a proteção que eu havia cuidadosamente construído contra o seu inimigo insidioso e usurpador estava virtualmente esgotada.

Era difícil, também, olhar para Deanna — que confiava em mim, talvez a última coisa na vida na qual ela *realmente* confiava — sabendo o que eu havia feito com aquela confiança.

O mais difícil de tudo, é claro, era pensar sobre as pessoas para as quais eu não podia olhar. Lucinda, por exemplo — com quem eu havia falhado não uma, mas duas vezes. E Winston. Com quem eu havia falhado até a sepultura. As imagens deles clamavam por minha atenção, como crianças necessitadas exigindo cuidados. *Olhe para mim... olhe.* Tentei não olhar, tentei manter Winston bem longe em lugares onde eu não podia encontrá-lo. Mas eu sempre o encontrava. Quando pegava uma correspondência qualquer do escritório, ou lia um artigo sobre as reuniões de beisebol no inverno — ele dizia olá. Eu o via deitado da maneira como o deixei. Eu fechava meus olhos, mas as imagens não iam embora. Como o *flash* de uma câmera que permanece nos seus olhos.

Ainda assim, eu tinha esperanças.

Esperava por duas coisas, na verdade. Que Vasquez tivesse realmente falado sério, que ele tivesse entendido que o poço havia secado e que ele não iria voltar. Que ele *tivesse* se mudado.

E eu esperava poder reconstruir o Fundo da Anna. Que através de *fraude* constante e diligente, através dos auspícios da T&D Music House, eu pudesse construir tudo do jeito como era antes. Que eu pudesse fazer isto antes de realmente precisar. Antes de alguém notar também.

Por duas semanas, então, era a isto que eu me agarrava.

Então, havia um homem esperando por mim na recepção. Foi o que Darlene disse.

— Que homem? — perguntei a ela.

— Ele é detetive — Darlene disse.

Pensei em Dick Tracy. No início pensei — lembrando dos quadrinhos de domingo que eu costumava imprimir na massinha de modelar, cujos formatos originais eu então esticava, criando moldes divertidos.

— Um detetive? — repeti.

— Sim.

— Diga a ele que não estou — falei.

Darlene me perguntou se eu tinha certeza.

— Sim, Darlene. Tenho certeza — deixando escapar apenas um tom de aborrecimento na minha voz; porque o aborrecimento disfarçava o que eu estava na verdade sentindo o que era, admito, medo.

— Ótimo.

E o detetive foi embora. Depois disso Darlene me informou que era um detetive da *polícia* que estivera esperando por mim.

No dia seguinte ele estava de volta.

Desta vez estava sentado bem à vista quando saí do elevador. Eu não sabia que ele era um detetive policial até que ele se levantou e se apresentou como tal.

— Sr. Schine? — ele disse.

E eu imediatamente notei que se ele fosse um representante, lhe faltava firmeza, e se ele fosse alguém procurando emprego, lhe faltava um portfólio.

— Sou o detetive Palumbo — ele disse, assim como no cinema e na TV. Aquele sotaque de Nova York, o tipo que sempre parecia um pouco falso na escuridão do cinema.

Perpetração... réu... policial...

Era assim que o detetive Palumbo soava — só que isto não parecia uma matinê. Um queixo duplo genuíno e uma barriga que parecia nunca ter visto um aparelho de ginástica. É claro, ele portava um distintivo verdadeiro.

— Sim — eu disse. Um cidadão obediente apenas tentando ser útil a um oficial da lei.

— Posso dar uma palavrinha com o senhor?

Claro. Sem problemas. Tudo que eu puder fazer, policial.

Passamos por Darlene, que me deu uma olhada aparentemente reprovadora. *Eu perguntei se você realmente queria que eu dissesse ao detetive que você não estava aqui, não perguntei?*

Entramos na minha sala, fechei a porta, ambos nos sentamos. E todo este tempo, eu estava tendo uma perturbadora conversa comigo mesmo. Estava me fazendo uma miríade de perguntas que eu não poderia responder. Por exemplo, para que o detetive estava aqui? Será que Lucinda havia reconsiderado e ido à polícia?

— O senhor conhece Winston Boyko?

Não. O detetive Palumbo estava aqui por causa de outra pessoa. Ele estava aqui por causa de Winston.

— O quê? — eu disse.

Tudo bem. Quais eram as minhas opções aqui? *Não, eu não o conhecia* não era uma delas. Afinal de contas, havia uma multidão de pessoas que poderiam jurar o contrário — Darlene, Tim Ward e metade do sexto andar.

— Sim.

O detetive Palumbo estava escrevendo alguma coisa no caderninho que tirara magicamente do casaco, escrevendo e parecendo esperar que eu enfeitasse um pouco.

(Um detetive vem ver você e pergunta se você conhece este empregado obscuro da sala de correspondência e você diz... o que é isto? *Sim.* É isto. Nenhuma curiosidade sobre o *porquê*?)

— Por que o senhor quer saber, detetive?

— Ele está desaparecido — o detetive Palumbo disse.

Muito melhor do que *Ele foi encontrado morto.* Eu podia gritar tudo que eu quisesse sobre este interrogatório inesperado, mas um Winston desaparecido era melhor do que um Winston encontrado.

— É mesmo? — eu disse.

O detetive Palumbo tinha uma marca vermelha no canal do nariz. Contatos? Um corte leve no queixo onde ele poderia ter se cortado ao se barbear? Chequei o rosto dele como se pudesse encontrar nele algumas respostas para mim. Por exemplo, o que ele achava que eu sabia.

— Há mais de duas semanas — Palumbo disse.

— Hmmmm... — Eu dava respostas monossilábicas agora, já que o meu cérebro estava ausente em algum lugar construindo álibis furiosamente.

— Quando foi a última vez que o viu? — o detetive Palumbo perguntou.

Boa pergunta. Talvez até mesmo uma pergunta capciosa, como aquela: quem foi o último batedor canhoto a ganhar o prêmio de melhor jogador da Liga Americana? Todo mundo diz Yastrzemski, todo mundo, mas não foi ele — na verdade foi Vida Blue, um lançador canhoto prodígio que jogava no Oakland As. O tipo de pergunta que Winston teria adorado também.

Quando foi a última vez que o viu?

— Nossa, não sei — eu finalmente disse. — Algumas semanas atrás, acho.

— Uh-huh — Palumbo disse, ainda escrevendo. — Qual era exatamente a relação entre vocês dois, Sr. Schine?

O que queria dizer *aquilo*? *Relação* não era uma palavra que você usava quando as pessoas *tinham* uma? Lucinda e eu, por exemplo. Se Palumbo estivesse me perguntando que tipo de relação eu e Lucinda tínhamos, eu diria *breve*. Eu teria dito sexo e violência e você pode esquecer o sexo.

— Ele trabalha aqui — eu disse. — Ele entrega a correspondência.

— Sim — Palumbo disse. — Só isto?

— Sim.

— Uh-huh. — Palumbo estava olhando para a foto da minha família.

— Então eu suponho que o senhor vá interrogar... todo mundo? — perguntei, esperançoso.

— *Todo mundo?*

— Quero dizer, todo mundo que trabalha aqui.

— Não — Palumbo disse. — Nem todo mundo.

Eu poderia ter perguntado a ele, *Por que eu, então?* Eu poderia ter perguntado isto a ele, mas eu tinha medo da resposta que poderia vir, então, não perguntei. Embora eu me perguntasse se Palumbo estava esperando que eu fizesse esta pergunta.

— Então... existe mais alguma coisa que posso... — comecei, mas fui interrompido.

— *Quando* foi mesmo? A última vez que o senhor o viu? — Palumbo perguntou, lápis suspenso e esperando; eu me lembrei de uma imagem de um daqueles dramas de costume britânicos que continuamente aparecem na Bravo: o carrasco da Coroa segurando o machado acima da cabeça, apenas esperando pelo sinal para golpear.

— Eu não me lembro, exatamente — eu disse. — Duas semanas atrás, eu acho.

Eu acho. Não se podia prender alguém por achar, podia? Não se podia arrastar alguém até o centro da cidade e prendê-lo antes do julgamento por um *palpite* errado.

— Duas semanas atrás? Quando ele entregou a sua correspondência?

— Sim.

— O senhor alguma vez saiu com o Sr. Boyko, quero dizer, socialmente?

Sim, uma vez fomos a um bar. Mas era só a negócios.

— Não.

— O Sr. Boyko alguma vez falou sobre ele ao senhor?

— Como assim?

— O Sr. Boyko alguma vez falou sobre ele? Ao senhor?

— Não, na verdade não. Sobre correspondência... o senhor sabe.

— *Correspondência?*

— Entregas. Para onde eu queria mandar alguma coisa. Coisas assim.

— Uh-huh. Só isto?

— É. Mais ou menos isto. Sim.

— Bem, o que mais?

— Como?

— O senhor disse *mais ou menos isto*. Sobre o que mais ele falava com o senhor?

— Esportes. Conversávamos sobre esportes.

— O Sr. Boyko era fã de esportes, hein?

— Eu acho. Mais ou menos. Somos ambos fãs dos Yankees — tentando manter a conversa no tempo presente quando falava de Winston; não era tão fácil, quando eu podia visualizá-lo deitado duro aos pés de um monte de lixo.

— Isto é tudo, então. Vocês falavam sobre a correspondência e às vezes sobre os Yankees?

— Sim. Até onde me lembro.

— Só isso?

— Sim.

— O senhor saberia dizer como Winston apareceu com dez mil dólares, Sr. Schine?

— O quê? — eu o havia ouvido.

— O Sr. Boyko tinha dez mil dólares no apartamento dele. Eu estava querendo saber se o senhor tem alguma idéia de como ele conseguiu este dinheiro.

— Não. Claro que não. Como eu poderia...? — Eu estava me perguntando uma coisa: se a polícia tinha tido permissão de checar a Corretora David Lerner e ver quantas ações eu havia vendido. Não pareceria bom, pareceria? Pareceria, admito, suspeito. Mas então, por que eles suspeitariam que eu tivesse dado os dez mil dólares a Winston? Eu estava entrando em pânico sem um bom motivo.

— Alguns computadores foram roubados da nossa agência. Um neste andar.

— Sim, certo.

— O senhor alguma vez viu o Sr. Boyko aqui em cima quando ele não deveria estar?

Computadores. Palumbo estava me perguntando sobre computadores. É claro. *Winston, o ladrão.* Winston, o ex-condenado. Ele estava falando comigo porque suspeitava que Winston tivesse conseguido aquele dinheiro ao roubar alguns computadores. Ele precisava de testemunhas. Winston tinha roubado alguns computadores e tinha conseguido algum dinheiro e fugido.

— Agora que o senhor mencionou, eu o vi aqui em cima uma noite quando eu estava trabalhando até mais tarde.

— Onde, exatamente?

— Por aí, o senhor sabe. Pelo corredor.

— Havia alguma razão para ele estar aqui neste andar depois do trabalho?

— Não que eu saiba. Achei meio estranho na época. — Eu o estava assassinando novamente, pensei. Primeiro quando ele estava vivo e agora quando não estava mais.

— Você o confrontou em relação a isto? Perguntou a ele o que estava fazendo aqui?

— Não.

— Por que não?

— Não sei. Simplesmente não perguntei. Ele estava no corredor. Eu estava na minha sala. Eu realmente não sabia se ele deveria estar aqui ou não.

— Tudo bem, Sr. Schine. — Palumbo fechou o caderninho e o colocou de volta no bolso. — Acho que isto é tudo com o senhor por hoje. Obrigado por dispor do seu tempo para falar comigo.

— Não há de quê — respondi, mesmo quando me perguntava sobre aquela palavra. *Hoje.* — Espero que o senhor o encontre.

— Eu também. O senhor sabe, o Sr. Boyko era muito correto em relação ao encontro dele com o agente da condicional. Ele não faltava um encontro. Nem um. O senhor *sabia* que ele tinha estado na prisão, certo?

— Acho que devo ter ouvido alguma coisa em relação a isto. Sim, claro. Foi *assim* que vocês souberam que ele estava desaparecido? Através do agente da condicional dele?

— Não — Palumbo disse. Então me olhou diretamente nos olhos, da maneira como amantes fazem quando querem que você reconheça a sinceridade dos sentimentos deles. — O Sr. Boyko e eu tínhamos um certo tipo de relacionamento profissional — ele disse. — Entende?

Não, eu não tinha entendido.

À medida que levava o detetive Palumbo até o corredor, eu me perguntava se ele ia interrogar mais alguém — ele não ia. Eu ainda não havia entendido aquela frase. *O Sr. Boyko e eu tínhamos um certo tipo de relacionamento profissional.*

E que tipo de relacionamento era este?

Foi só mais tarde naquele dia, quando repassei o interrogatório, me perguntando se eu tinha ido bem nas minhas respostas, meticulosamente revisando todas as perguntas e respostas para ver se eu havia escorregado em alguma, já que o detetive, por qualquer motivo, ainda que mínimo, desconfiava de mim, me ocorreu que tipo de relacionamento qualquer ex-presidiário poderia ter com qualquer policial.

Quais eram os termos?

Porque algo mais estava me incomodando. Algo que não fazia sentido. Era isto. As pessoas comunicavam desaparecimentos a toda hora — não era este o comentário geral que você ouvia de detetives policiais enfadados e cansados no noticiário da noite? Os pais desesperados reclamando da inatividade da polícia, dizendo que a filha ou filho adolescente estava desaparecido há não sei quanto tempo e eles sabiam que havia alguma coisa errada, eles *sabiam*, mas ainda assim a polícia não fazia nada além de registrar o ocorrido. Porque as pessoas desapareciam o tempo todo. Era o que os detetives enfadados diziam. E se eles procurassem por toda criança que não voltava para casa, eles não teriam tempo para ir atrás de criminosos perigosos.

E era sobre estas crianças que eles estavam falando — *crianças* sobre as quais eles não exatamente agiam logo. E Winston não era uma criança. Ele era um homem adulto — e pelos padrões sociais normais, não era um homem importante. Na verdade, na escala das pessoas importantes, das pessoas que a polícia precisa imediatamente começar a procurar, ele quase certo seria o último, acima apenas dos negros e travestis viciados em heroína, talvez.

Ainda assim, apenas duas semanas após este ex-presidiário não aparecer no trabalho, um detetive policial estava lá procurando por ele.

Quais eram os termos?

Então, repassei as palavras do detetive novamente. *O Sr. Boyko e eu tínhamos um certo tipo de relacionamento profissional, entende?*

E sim, eu estava começando a entender agora.

Quais eram os termos?

Eu tinha visto tudo em filmes, assistido na TV, eu havia lido nos jornais. Detetives policiais podiam encostar ex-presidiários na parede para obter informações. Ex-presidiários ficavam inclinados a dar informações a eles para não serem encostados. Para que talvez eles olhassem para o outro lado quando estivessem tentando complementar a renda com, digamos, um pequeno furto de computador.

Quais eram os termos?

Eu conheço os termos, Winston.

Por que você não os diz para mim para que não haja confusão.

Naquela noite no carro de Winston perto do trem número sete.

Por que você não os diz para mim.

E por que isto? Por que Winston *precisava* que eu os dissesse para ele, precisava me ouvir dizer as palavras em voz alta? Porque, no final, são as palavras que o libertam. Você precisa dar a eles as palavras para que eles acreditem em você.

Diga para mim.

Policiais e ex-presidiários com apenas um tipo de relacionamento profissional, realmente, e era desta maneira que funcionava. Desta maneira. Eles pedem e você fala. Você sussurra. Você denuncia.

Diga para mim.

Se você não tem as palavras, se você não as tiver gravadas em alguma fita em algum lugar, como eles vão acreditar em você? Um figurão de uma empresa, um construtor de pontes ou túneis, um colarinho-branco bastante honesto, e ele quer que você faça *o quê?* Diga novamente, Winston...

Diga para mim.

Não, nem todo mundo, Palumbo disse.

Só você.

FORA DE RUMO VINTE E NOVE

As coisas tinham uma razão para acontecer. Era nisto que Deanna acreditava. Que as coisas não aconteciam por acaso como se podia esperar — que havia algum plano invisível e apenas sugerido. Que a orquestra poderia estar fora do tom e por todo lugar, mas que havia um maestro escondido no poço que sabia exatamente o que estava fazendo.

Eu sempre tratei este tipo de pensamento com um ceticismo saudável, mas agora eu não tinha tanta certeza assim.

Considere o sábado depois do meu interrogatório. Caprichosamente quente, poças de lama mole grudando nos meus sapatos enquanto eu ia meticulosamente atrás de Curry no quintal. Estava concentrado nesta tarefa — cobrindo cada centímetro do quintal com olhos de águia — como uma forma de desviar a minha concentração de outras coisas.

Estava segurando o medo e o pânico; estava tentando não deixá-los sair.

Então, quando Deanna me chamou na porta dos fundos — algo sobre o seguro do carro —, eu mal dei atenção a ela.

Ela precisava renovar o nosso seguro, ela estava dizendo. Sim, era isto que ela dizia. Eu balancei a cabeça como uma daquelas bonecas que se colocam no painel de carros — movimento involuntário causado pela mais leve perturbação no ar. Ela precisava renovar o nosso seguro e queria saber onde estava a nossa apólice.

Então eu disse a ela. E voltei para o que estava fazendo.

Dez ou 15 minutos depois ela apareceu na porta dos fundos com uma expressão bastante familiar para mim. Aquela que eu esperava nunca mais ter que ver novamente.

No início, é claro, eu pensei, *Anna. Alguma coisa aconteceu com a Anna e eu preciso largar o saco de lixo e correr para a casa.* Onde eu sem dúvida encontraria a minha filha novamente em coma. Só que naquele momento eu vi Anna passar na janela do quarto dela no andar de cima, onde o último *hit* de P. Diddy tocava alto através do peitoril fechado. Ela parecia bem.

O que era, então? A minha mente voltou atrás, vasculhando o caminho até *aqui* — procurando furiosamente por pistas que pudessem explicar a natureza deste desastre em particular.

Eu estava limpando o quintal; ela tinha vindo aqui fora me dizer alguma coisa — sim, nosso seguro precisava ser renovado. Ela tinha me perguntado onde estava a nossa apólice; eu tinha dito a ela.

No arquivo, é claro. Na letra *S* de seguro. Certo?

Exceto pelo fato de que era seguro do *automóvel*. O seguro do automóvel precisava ser renovado. Então, no sistema de arquivamento desorganizado e reconhecidamente caótico dos Schines, era possível que esta apólice não estivesse na letra S, afinal de contas, mas na letra *A*. *A* de automóvel. No arquivo da letra *A*.

Tudo isto estava me ocorrendo na velocidade da luz e, sendo assim, me deixava atordoado e chamuscado. Possivelmente até mesmo *morto*.

Que foi quando eu me perguntei sobre as coisas acontecendo por um motivo. Por que, por exemplo, o nosso seguro do automóvel precisava ser renovado agora, neste exato minuto, *hoje*. Por quê? E por que neste exato momento ela tinha me pedido ajuda para encontrar a nossa apólice? Eu estava tão preocupado em ficar preocupado que não tive meios de dizer a ela que eu mesmo iria pegar.

— Onde está o dinheiro da Anna, Charles? — Deanna me perguntou. — O que você fez com ele?

Talvez eu sempre soubesse que o momento chegaria.

Certas coisas são simplesmente grandes demais para serem escondidas com sucesso — as próprias dimensões as tornam impossíveis de serem disfarçadas. As pontas ficam à mostra e mais cedo ou mais tarde alguém acaba notando.

Ou talvez eu *quisesse* ser descoberto — não era assim que qualquer psiquiatra que valesse o preço diria? Que eu podia estar limpando o jardim, claro, mas ao mesmo tempo estava ansioso por limpar a minha vida.

Difícil acreditar que eu teria passado por tudo que passei para depois deixar tudo escapar de propósito. Mas então, as coisas não eram mais tão simples.

— O que você fez com ele? — ela me perguntou.

E, no início, eu fiquei sem fala. Deanna ficou parada no portal da varanda e eu em pé ali, com um saco de lixo fedendo a excremento.

— Levei os certificados para um cofre no banco — menti entre os dentes. *Vou levar uma facada por me liberar disto*, pensei, *uma negação sincera.*

— Charles... — ela me recriminou com meu próprio nome. Como se aquele tipo de mentira desavergonhada não fosse digna de mim. E eu queria dizer, *Sim, Deanna, é. Você não sabe o que eu andei fazendo... é.*

Mas eu não podia dizer nada daquilo — ainda não, não quando era a respeito da verdade. Isto não ia me levar a lugar nenhum e eu sabia disso.

— Charles, por que você está mentindo para mim? O que está acontecendo?

Suponho que eu pudesse ter negado que estava mentindo para ela. Eu poderia ter sustentado a minha história ridícula sobre o cofre no banco — ridícula porque não era possível, porque mesmo que ela tivesse acreditado em mim, eu teria que apresentar as ações na segunda-feira, e aquilo era *impossível*. Eu poderia ter dito que esta era a minha história e tê-la mantido, não interessando o quanto custasse. Mas, no final, eu tinha respeito demais por ela. No final, eu a amava demais.

Então, mesmo sabendo o que eu estava prestes a fazer, mesmo sabendo que agora eu estava prestes a esfaqueá-la com a verdade — mesmo assim, segui em frente.

Comecei com o trem. Aquela manhã apressada, a falta de dinheiro, a mulher que me ajudou.

Quando mencionei Lucinda, pude ver a expressão de Deanna mudar — as feições ficando sérias, da mesma maneira como rostos de animais ficam ao primeiro sinal de perigo.

— Então eu tive um dia ruim no escritório — continuei. — Eu fui demitido da conta do cartão de crédito.

Obviamente, Deanna estava se perguntando o que ser demitido de uma conta tinha a ver com os $110.000 que faltavam no Fundo da Anna. E com a mulher no trem.

Eu estava me perguntando sobre isto também. Eu sabia qual era a conexão, mas eu não conseguia me lembrar dela. Algo sobre precisar falar com alguém, talvez — ou isto simplesmente tinha sido um precursor do que se seguiu? Um passo em falso?

— Encontrei a mulher novamente por acaso — eu disse. O que eu deveria ter dito era que eu tinha ido atrás dela, procurado, cuidadosamente procurado por esta mulher. Mas não teria eu direito de aliviar as coisas um pouco?

— Do que você está *falando*, Charles? — ela queria o essencial agora, não um prólogo ou uma introdução, não quando ela poderia dizer que o futuro dela comigo estava suspenso em uma balança.

— Estou falando de um erro que eu cometi, Deanna. Sinto muito. — *Um erro.* Então era isto que era? As pessoas cometem erros o tempo todo, e então elas aprendem com eles. Eu esperava que ela pudesse ver as coisas desta maneira, mesmo que o bom senso e tudo mais que eu sabia sobre Deanna depois de 18 anos de casamento me dissessem que não havia chance disto. Ainda assim.

Agora Deanna estava sentada na varanda. Ela tirou o cabelo do rosto e endireitou as costas como alguém que tivesse levado um tiro e que ainda quisesse desesperadamente manter a dignidade. E eu? Eu levantei a arma com a minha mão e puxei o gatilho.

— Tive um caso, Deanna.

P. Diddy ainda estava passando pela janela. Curry latia para um carro que passava. Ainda assim, o mundo em volta estava mais silencioso do que nunca. Um silêncio ainda pior do que o tipo que permeou a casa desde que Anna ficou doente, um silêncio tão negro e sem esperanças que eu achei que ia começar a chorar.

Mas foi ela quem fez isto. Não alto ou de maneira histérica, mas as lágrimas estavam lá, de repente, como se ela tivesse levado um tapa forte no rosto.

— Por quê? — perguntou.

Eu esperava que ela fizesse perguntas. Eu achei que ela talvez me perguntasse se eu amava aquela mulher — ou há quanto tempo estava acontecendo ou há quanto tempo tinha acabado. Mas não — ela me perguntou *por quê*. Uma pergunta que ela tinha direito de fazer, com certeza, mas uma pergunta que eu não estava preparado para responder.

— Não sei, exatamente. Não sei.

Ela balançou a cabeça e olhou para o outro lado, para os próprios pés descalços, que pareciam estranhamente vulneráveis no degrau verde da nossa varanda, como mamíferos nus recém-nascidos. Então, olhou para cima novamente, espremendo os olhos, como se olhar diretamente para mim estivesse machucando a sua vista.

— Eu ia dizer, *Como você pôde*, acredita? Eu ia. Mas eu sei como você pôde, Charles. Talvez eu até saiba *por que* você pôde.

Por quê?, pensei, *Diga-me...*

— Talvez eu até mesmo entenda — ela continuou. — Por causa do que tem acontecido com a gente ultimamente. Eu acho que posso entender. Eu só acho que não posso *perdoar*. Sinto muito. Não posso.

— Deanna — comecei, mas ela fez um sinal com a mão.

— Acabou? Este caso?

Pelo menos uma pergunta com a qual eu podia mais ou menos lidar.

— Sim. Com certeza. Foi uma vez, só uma vez, de verdade...

Ela suspirou, estalou os dedos, secou os olhos.

— Por que o *dinheiro da Anna* sumiu, Charles?

Certo. Eu já havia contado metade, mas ainda havia a outra metade, não é?

— Você não tem que me contar nada sobre o caso, eu não quero saber mais nada sobre isto — Deanna disse. — Mas quero saber sobre o dinheiro.

Então eu contei a ela.

O mais parcamente possível, o mais linearmente que eu podia me lembrar — uma coisa levando à outra —, e eu podia ver que enquanto tudo fazia sentido para mim, de uma maneira horrível, apavorante, não estava fazendo o menor sentido para ela. Mesmo quando cheguei à parte onde fomos atacados e espancados e eu pude ver a compaixão real nos olhos dela. Vasquez entrou na nossa casa e colocou a mão na cabeça de Anna. Ainda não fazia sentido para ela. Talvez ela pudesse ver o que eu não tinha sido capaz de ver — podia apontar os momentos nesta história torturante em que eu poderia ter feito algo diferente, quando este curso de ação diferente estava *gritando* para ser tentado. Ou talvez seja porque eu tivesse deixado alguma coisa de fora, algo significativo e necessário para o verdadeiro entendimento dos eventos.

— Então eu dei o dinheiro a ele — terminei. — Para salvá-la.

— Você nunca pensou em ir à polícia? Em vir até *mim*?

Sim, eu quis dizer. Eu tinha pensado em ir à polícia, ou falar com ela, o que, na verdade, era a mesma coisa. Mas quando pensei nisto, imaginei o jeito como ela me olharia — que era a maneira como ela estava me olhando *agora*. Então, não fiz isso. E agora eu *realmente* não podia ir à polícia, mesmo que já não fizesse muita diferença, uma vez que era muito provável que a polícia viesse atrás de mim.

— Aquele dinheiro — ela sussurrou. — O Fundo da Anna... — ela falava como investidores mencionando um fundo ou outro nos últimos anos, enquanto olhavam as páginas de ações a caminho do trabalho. Aquele *Fundo de Dreyfus... Fundo de Morgan... Fundo da Alliance...* Como se estivessem recitando nomes de entes queridos que haviam partido. Partido para nunca mais voltar. — Você tem que ir à polícia agora, Charles. Você tem que dizer a eles o que aconteceu e recuperar o nosso dinheiro. Ele é da Anna.

Eu contei a história a ela com um buraco no meio, um buraco que eu esperava que fosse grande o suficiente para me esgueirar. Mas não. Ela estava fazendo um pedido perfeitamente razoável, só que eu não tinha uma resposta perfeitamente razoável. Proteger Lucinda da raiva do marido não adiantaria agora — não para Deanna, não quando protegê-la estava custando mais de cem mil dólares à nossa filha.

O que ela não sabia é que eu estava *me* protegendo.

— Tem mais — eu disse, e pude ver Deanna murchar. *Você já não me contou o suficiente?*, a expressão dela parecia dizer. *O que mais pode haver?*

— Eu pedi a alguém para me ajudar — falei, pensando que ainda estava mentindo, já que eu não havia pedido a Winston para me ajudar e sim o *coagido*. Por outro lado, Winston na verdade não tinha me ajudado tanto quanto me colocado em uma armadilha. — Eu pedi a alguém para me ajudar a espantar Vasquez.

— *Espantar?* — Deanna poderia estar um pouco chocada mas ainda era esperta o suficiente para ver as falhas inerentes ao meu plano, e estava me alertando para elas. Quando você pede a um homem para espantar outra pessoa, existe um fator de volatilidade de mais dez. Então o que começa como um soco no rosto pode acabar como uma faca no coração. Ou uma bala na cabeça.

— Ele estava ameaçando a minha família, Deanna. Ele veio à nossa *casa*.

Quando alguma coisa me ama, eu a amo de volta, Deanna tinha me dito uma vez. Aquela era a regra sob a qual ela vivia, era o credo dela, a sua *semper fidelis*. Mas ela estava em uma batalha de vida, agora, com bombas atrás de bombas caindo sobre a cabeça dela, e ninguém saberia dizer se o amor poderia de fato sobreviver. A julgar pela expressão no rosto dela, eu diria que não. Ela estava tendo problemas em me reconhecer, eu imaginava — reconhecer este homem como o marido gentil e normalmente adorado que ela conhecia há 18 anos. Não este cara, que tinha tido um caso sórdido e sido chantageado e extorquido, e até mesmo contratado alguém para se livrar do chantagista por ele. Era possível?

— Eu não sabia mais o que fazer — falei desajeitadamente.

— O que aconteceu?

— Acho que Vasquez o matou.

Uma respiração rápida. Mesmo agora, quando eu havia, sem dúvida nenhuma, acabado com todas as ilusões que ela guardava, eu ainda era capaz de surpreendê-la. Um caso — bastante ruim; mas então *assassinato.*

— Oh, Charles...

— Eu acho... eu acredito... que este homem, este homem que morreu, podia estar gravando as nossas conversas. Me armando uma cilada, acho.

— O que você quer dizer com *armando uma cilada para você*?

— Ele era um ex-presidiário, Deanna. Ele era um ex-presidiário e um informante, acho. Ele era obrigado, talvez.

— Você está me dizendo...?

— Não sei. Não tenho certeza. Mas estou preocupado.

E ela também estava. Mas talvez a maior coisa com que ela estivesse preocupada fosse para onde ia o amor quando ele *ia.* Esta devoção inabalável dela, que tinha sido agredida e socada e pisada. Para onde?

— Eu sabia que alguma coisa estava errada, Charles, eu achei que tinha dinheiro faltando... quando você levou os primeiros dez mil dólares, acho. Talvez seja a minha imaginação, pensei. Então eu não disse nada. Talvez eu estivesse imaginando *tudo...* da maneira como você vinha agindo. As horas que você estava fora de casa. Tudo. Eu achei que pudesse ser uma mulher. Mas eu não queria acreditar. Eu esperava que você viesse me contar, Charles...

E agora eu tinha contado a ela. Porém mais do que ela jamais poderia ter imaginado.

Ela me fez algumas outras perguntas — algumas das que eu esperava que ela me fizesse. *Quem era esta mulher, exatamente? Ela era casada também? Foi realmente uma vez só?* Mas eu podia ver que ela não estava realmente interessada. E então outras perguntas nas quais talvez ela *estivesse* interessada, ou no que sobrava de interesse da parte dela — o quão encrencado eu realmente estava com a polícia, por exemplo, coisas desta natureza.

Mas, no final, ela me disse para sair de casa. Ela não sabia por quanto tempo, mas ela me queria fora de lá.

Algumas semanas depois, semanas que passei evitando Deanna e indo para o quarto de hóspedes depois que Anna ia para a cama, encontrei um apartamento mobiliado em Forest Hills.

FORA DE RUMO TRINTA

Forest Hills parecia ser feito de judeus ortodoxos e sectários não-ortodoxos. Pessoas que pareciam sozinhas, ou que não tinham meios de apoio visíveis ou que não pareciam realmente pertencer àquele lugar. Àquele apartamento em especial ou àquele prédio em especial ou àquela vizinhança. Eu me encaixava perfeitamente lá.

Por exemplo, eu parecia um homem casado, mas onde estava a minha esposa? Eu indubitavelmente era um pai, mas onde exatamente estavam os meus filhos? E então eu me tornei um pouco inseguro nesta coisa de meios de apoio.

Na primeira terça-feira depois que me mudei, peguei o trem para o trabalho no Continental Boulevard.

Eu fui chamado ao escritório de Barry Lenge. Isto era incomum, já que a hierarquia oficial ditava que os contadores de feijão — até mesmo os contadores-chefe de feijão — iam até o seu *escritório* quando era preciso uma reunião cara-a-cara.

De qualquer maneira, eu fui. Afinal de contas, acho que estava sofrendo de um tipo de síndrome de estresse pós-traumático, e qualquer autoconfiança que ainda me restasse se aproximava ao nível de um cachorro chicoteado.

Barry Lenge parecia ainda mais desconfortável do que eu. Aquela deveria ter sido a minha primeira pista.

O queixo triplo o fazia parecer fisicamente agitado, em qualquer caso — como se a cabeça dele não conseguisse encontrar uma posição onde não se impusesse a uma outra parte do seu corpo. Mas hoje ele parecia pior.

— Uh-hum — Barry limpou a garganta, o que deveria ter sido a minha segunda pista; havia alguma coisa lá que ele ia ter dificuldade em deixar sair.

— Eu estava examinando as notas da produção — Barry disse.

— Sim?

— Este trabalho da Headquarters. Há algo aqui que eu queria conversar com você.

Agora devia ser eu quem parecia verdadeiramente pouco à vontade, porque Barry desviou o olhar — para o conjunto de lápis prateados dele — e eu me lembrei de Eliot rabiscando um papel na manhã em que fui demitido da minha conta por Ellen Weischler.

— É o seguinte... algo aqui chamou a nossa atenção.

— O quê?

— Veja, tem 45 mil aqui para a música — ele estava apontando para um pedaço de papel na mesa em frente a ele. A mesma proposta que eu estivera analisando antes.

— *Está vendo?* — Barry me perguntou. — Bem aqui.

Fingi olhar, só porque era assim que cachorros chicoteados faziam quando recebiam uma ordem — eles obedeciam. Eu podia ver um número lá, certo; parecia 45 mil.

— Sim?

— Bem, Charles... tem um problema aqui.

— Sim? — Era tudo o que eu ia dizer... responder cada revelação de Barry com um sim?

— Mary Widger ouviu a mesma música em um anúncio diferente.

— O quê?

— Eu estou *dizendo* a você que esta mesma peça musical está em outro anúncio.

— O que você quer dizer com isto?

— Corrija-me se eu estiver errado. Quarenta e cinco mil dólares eram para uma música *original*, certo?

— Certo.

— Então esta não é original.

— Eu não entendo. — Mas eu entendia, é claro. Tom e David tinham encontrado uma peça musical em um arquivo, e não se deram ao trabalho de verificar se alguém mais já havia usado aquela peça antes. E alguém já havia usado.

— Bem, talvez apenas pareça igual. É só uma trilha, na verdade.

— Não. Ela a levou a um musicólogo. É a mesma peça. Nota por nota.

Ela a levou a um musicólogo. Musicólogos eram geralmente consultados para nos certificar de que qualquer música que fizéssemos não se parecesse demais com qualquer outra que nós pudéssemos estar tentando imitar. Por exemplo, poderíamos fazer um comercial usando a "'S Wonderful" de Gershwin, mas se o espólio de Gershwin quisesse uma fortuna pelo direito de usá-la, poderíamos tentar roubá-la, mas não tão abertamente — porque o musicólogo diria não. Só que neste caso, é claro, não era Gershwin que estava sendo roubado.

— Vou falar com o estúdio — eu disse, tentando soar tão oficialmente indignado quanto Barry. Em vez de assustado.

— Eu falei com o estúdio — Barry disse.

Eu não gostava da maneira como Barry havia dito aquilo — *o estúdio* — com escárnio notório. Uma ponta de sarcasmo.

— Sim?

— É. Falei com o estúdio. Então a pergunta que eu tenho para você é *esta*. Quanto?

— Quanto *o quê*?

— Quanto? Se eu te desse uma conta do que você deve a esta agência, de quanto seria?

— Não entendo.

— Você não entende.

— Não.

— Eu acho que entende. Acho que você entende perfeitamente. O estúdio está só no papel, Charles. Ele não existe. Só existe para produzir lucro ilegal vindo desta agência. Então, se eu quiser estes lucros de volta... quanto preciso pedir a você?

— Eu não sei do que você está falando. Se você descobriu algum esquema aqui...

— Olha, Charles... — E agora Barry não parecia mais nem um pouco desconfortável. Ele parecia bem à vontade. — Olha... se você nos pagar de volta este dinheiro, existe uma chance de que isto não acabe no tribunal. Que *você* não acabe no tribunal. Você está me entendendo? Não que esta seja uma decisão minha. Se fosse por mim, eu jogaria você na cadeia. Mas já que eu sou o controlador da agência, o dinheiro é algo muito querido para mim, certo? Eliot pensa diferente. Ótimo.

Eliot pensa diferente. Eu estava me perguntando se Eliot já sabia de alguma coisa.

— Olha, talvez eu suspeitasse de alguma coisa... achei que talvez algo estivesse... Você não deveria estar falando com Tom e David?

— Eu *falei* com Tom e David. Eles dois tinham muito a dizer. Então se você quer continuar brincando comigo, ótimo, mas você deve saber que se continuar com isto, Eliot vai reconsiderar a decisão dele. Por quê? Porque eu vou *dizer* a ele para fazer isto. Eles não querem publicidade ruim, eu acredito. Mas eles querem o dinheiro deles de volta. E você sabe de uma coisa? Quando se trata de dinheiro versus uma mancha momentânea na reputação deles, eles vão preferir o dinheiro. Acredite em mim.

Estava claro que eu tinha uma decisão a tomar. Eu poderia admitir ter levado vinte mil dólares. Eu poderia até mesmo pagá-los de volta — se Deanna me deixasse chegar perto do Fundo da Anna novamente, o que poderia não ser tão fácil. Por outro lado, eu tinha uma sensação clara de que Tom e David tinham me implicado em um grau maior do que os fatos garantiam de fato — e que Barry não ia acreditar que vinte mil dólares eram a extensão das minhas atividades fraudulentas. Não, a conta ia ser mais alta. Se eu admitisse qualquer coisa, decidi, eu estaria acabado.

— Eu não tive nada a ver com isto — eu disse da maneira mais convincente que podia. — Eu não sei o que Tom e David disseram a você, mas eu não acreditaria em uma palavra daqueles dois, que aparentemente estão roubando vocês há anos.

Barry suspirou. Ele tentou afrouxar o colarinho, uma tarefa impossível uma vez que ele já era dois tamanhos menor.

— É assim que você quer brincar, então — ele finalmente disse. — Ótimo. A decisão é sua. Você diz que é inocente, nós instituímos os procedimentos da empresa. Ótimo.

— Que são...?

— Nós suspendemos você. Nós fazemos uma investigação interna. Nós chamamos você de volta. E se você tiver qualquer influência no que descobrirmos... nós te *prendemos*. Entendeu, amigo?

Eu me levantei e deixei o escritório.

FORA DE RUMO TRINTA E UM

O tempo passou. Uma semana, duas semanas, um mês.

Passei a maior parte deste tempo me fazendo perguntas em lugar de trabalhar. Eu estava me perguntando, por exemplo, se Deanna iria me perdoar e se eu iria ou não ser preso por assassinato e indiciado por desfalque. Nenhuma destas coisas tinha acontecido ainda. Mesmo assim, sempre haveria o amanhã.

Decidi após o meu primeiro dia como desempregado que eu era uma criatura de hábitos e estava habitualmente programado para ir para o trabalho pela manhã. Então, fui de trem até Manhattan como sempre fazia e peguei o trem de volta à tarde. Os meus arredores depressivos tinham algo a ver com isto; o apartamento mobiliado era como um quarto de hotel sem camareira. Eu me sentia como a Cachinhos Dourados dormindo na cama de outra pessoa. Alguém que estava prestes a aparecer a qualquer minuto e exigir a minha partida imediata. Havia pistas de quem este alguém era — pequenas relíquias de uma habitação real deixadas para trás neste agora estéril deserto.

Um livro, por exemplo. Uma cópia marcada de *Homens são de Marte, mulheres são de Vênus.* Mas teria sido um marciano ou uma venusiana o antigo dono dele? Era difícil dizer.

Uma escova de dentes descoberta atrás de um vaso sanitário manchado. Uma daquelas elaboradas com as cerdas em curva para aqueles lugares difíceis de alcançar. Cor de lavanda. Esta era uma cor feminina ou masculina ou nenhuma das duas?

E na única gaveta da minha mesa: uma folha de papel pautado cheia do que pareciam resoluções de Ano-Novo. "Vou tentar conhecer novas pessoas" era a primeira. "Vou fazer menos julgamentos." E assim por diante. Decidi que o escritor desta lista e o dono do livro eram provavelmente a mesma pessoa, já que ambos pareciam rigorosamente devotados ao auto-aperfeiçoamento. Eu me perguntei, se Deanna era de Vênus, seria eu de Plutão?

Visitei a biblioteca da rua 42. Passeei pelo museu. Passei um dia inteiro meio adormecido no planetário, acordando periodicamente diante de uma abóbada celeste de estrelas — como um astronauta saindo de uma animação suspensa, sozinho no universo e muito longe de casa.

Eu me certifiquei de ligar para Anna toda tarde — sempre do meu celular, já que a elaborada história inventada que tínhamos criado para explicar a minha ausência era que eu estava filmando o anúncio de uma nova campanha em Los Angeles. Uma vez, passei dois meses lá fazendo exatamente isto; parecia uma desculpa que podia, de fato, funcionar.

Onde você está agora?, Anna me perguntaria.

Na piscina do Four Seasons, eu responderia.

Em um estúdio em Burbank, numa rua em Venice. Em um carro alugado no cruzamento entre a Sunset e a La Cienega.

Legal, Anna diria.

Deanna tinha me dito que não queria falar comigo por algum tempo. A tortura implicava o tempo que este algum tempo iria de fato durar. Ocasionalmente, ela atendia ao telefone quando eu ligava e eu esperava que aquele *algum tempo* terminasse então. Mas ela chamava Anna e esperava silenciosamente até que nossa filha pegasse o telefone. De uma certa maneira, não era tão diferente de todos os nossos anos P.D. — Pós-Diabetes —, aquele silêncio opressivo sobre coisas que não podíamos mencionar. Só que agora havia uma renovação terrível no silêncio dela, e não apenas uma simples mágoa. E onde antes o silêncio era preenchido com coisas inconseqüentes e amenidades, agora era preenchido com o tipo de heróis quietos de filmes de faroeste que sempre se encontravam antes da emboscada. *Está quieto*, diriam eles para os amigos, *quieto demais.*

Estávamos no final de fevereiro, segunda-feira da minha terceira semana de banimento e desemprego, quando vi Lucinda novamente.

Meu primeiro instinto foi me esconder atrás da multidão sem rosto. O meu segundo instinto foi dizer oi. Possivelmente porque era bom vê-la bem novamente; aliviava um pouco a minha culpa. Bem e até conversando com alguém.

Eu me perguntava sobre ela, é claro. Se ela poderia algum dia se recuperar do que Vasquez tinha feito a ela. Eu esperava que sim.

E agora eu achei que talvez pudesse. As bolsas sob os olhos dela tinham desaparecido. Ela estava linda novamente; parecia de novo Lucinda.

Eu estava tão inteiramente fixado nela que devo ter levado mais ou menos um minuto até notar com quem ela estava conversando. Seria o marido dela — visto rapidamente naquele dia em frente à fonte do Time-Life Building?

Não. Não era o marido com quem ela estava falando. Este homem era mais baixo, mais novo, malvestido. Um colega corretor, talvez — um amigo da vizinhança.

Eles pareciam estar se dando bem, pelo menos. Eles pararam na frente de uma banca de jornal e estavam envolvidos em uma conversa animada.

Eu estava em uma espécie de terra de ninguém, percebi. Nem muito longe para ficar invisível, nem muito perto para começar a conversar. Uma olhada para a esquerda e Lucinda me veria com certeza — preso no limbo, o homem que falhara com ela, uma lembrança de tudo que ela tinha passado.

Eu queria poupá-la disso. Mais ainda, eu queria *me* poupar disso. Então, eu me virei. Fui margeando a multidão que se movia lentamente e tentei manter meu rosto abaixado para evitar qualquer contato visual acidental.

Passei pela multidão, destroços se movendo com a maré. Indo até a escada que levava à Oitava Avenida. Livre.

Só que eu dei uma olhadinha. Não consegui evitar. Dei uma olhadinha em Lucinda e no colega de trabalho dela para ver se eu havia passado despercebido.

E notei uma coisa.

Pensei sobre isto na corrida de táxi para o museu de arte indígena e decidi que não sabia o que era. Seja lá o que for, tinha sido percebido em uma olhadela rápida, furtiva. E havia todas estas pessoas entre nós. *Foreground crosses*, era como chamávamos isto na linguagem cinematográfica. Onde você anda com o extra para a frente e para trás entre a câmera e os atores para assegurar que aquilo pareça real, que não pareça algum estúdio perfeito da Universal Studios.

Só que às vezes você coloca extras demais no mix e eles ofuscam os atores completamente. Torna-se impossível vê-los e eles acabam se tornando extras no filme. Então você tem que cortar os extras e trabalhar os enquadramentos para que os atores possam ser vistos novamente.

Este era o tipo de coisa que eu estava fazendo no táxi.

Estava tentando afastar a multidão de passageiros sem rosto para o lado para que eu pudesse ver Lucinda claramente. Lucinda e o colega de trabalho dela ou vizinho. Ou...

O irmão dela. Sim, talvez fosse o irmão dela, só que eu não conseguia me lembrar se ela tinha ou não um irmão. Parece-me que passamos a maior parte do tempo falando mais da minha família do que da dela. Eu abri o meu coração para ela, não foi? Sobre Anna e Deanna? Eu não me lembrava se ela tinha irmãos ou não.

Mas me pareceu agora que podia ser o irmão dela. Ou talvez um primo. Sim, poderia ser um primo dela.

Tinha a ver com o que eu havia notado.

Estava tentando empurrar todas aquelas pessoas para fora do caminho para dar uma boa olhada, mas elas estavam ficando perturbadas e empurrando de volta. Elas estavam me dizendo para cair fora ou para ir procurar um guarda.

As mãos deles.

Pensei ter visto as mãos deles se tocando. Não entrelaçadas, não enlaçadas, mas se tocando.

Algo que você faria com um irmão, não é?

E mesmo que não fosse o irmão dela, mesmo que fosse um amigo dela, um *novo* amigo dela, quem a poderia culpar? Eu nunca tinha perguntado se eu era o primeiro. Por que deveria supor que seria o último?

Ela ainda estava presa ao mesmo casamento horrível. Ela estava desesperadamente precisando de alguém com quem conversar. Especialmente agora. Talvez ela tivesse ido e encontrado alguém.

E, por um breve momento, senti algo suspeitosamente, parecido com ciúme. Apenas uma leve dor, um espectro de dor de uma ferida há muito curada.

E então esqueci tudo isto.

FORA DE RUMO TRINTA E DOIS

Era o aniversário da Anna.

Eu nunca havia perdido um. Eu não poderia imaginar perder um agora. Ela podia ficar emburrada e dar de ombros quando eu falava sobre coisas como aniversários — *Aniversário, o que é isto?* — mas eu genuinamente acreditava que ela nunca me perdoaria se eu não comparecesse em um. E então eu teria duas Schines no modo não-perdoável e eu já estava passando maus momentos com apenas uma.

Então, quando telefonei para casa e Deanna atendeu, eu disse:

— Por favor, não chame Anna ainda. Preciso falar com você.

Ela suspirou.

— Sim, Charles? — ela falou.

Bem, ela falou o meu nome, finalmente.

— O aniversário da Anna está chegando — eu disse.

— Eu sei quando é o aniversário da Anna.

— Bem. Você não acha que eu deveria estar em casa na ocasião? Ela me odiaria se achasse que eu fiquei na Califórnia no aniversário dela.

— Eu ainda não estou pronta para que você venha para casa, Charles.

Sim, aquele era o problema — Deanna não estar pronta. Quanto a mim, é claro, eu estava mais do que pronto.

— Bem, não poderíamos... e se eu disser que voltei só para o aniversário dela e que depois vou ter que partir de novo?

— Eu não sei...

— Deanna, é o *aniversário* da Anna...

— Olha... você pode ficar para dormir, certo? Mas pela manhã, Charles, quero que você vá embora.

— Entendo. Tudo bem. Obrigado.

Eu me senti um pouco estranho agradecendo a minha mulher por me deixar passar a noite na minha própria casa. Não era injusto, apenas estranho. O importante era que ela aceitara.

Quando cheguei na porta da cozinha, com o presente na mão — eu tinha comprado para ela três CDs baseado nas recomendações de um funcionário da Virgin Records —, Anna estava sentada na bancada comendo cereal e olhando como zumbi para a MTV.

— Papai!

Anna, que normalmente gostava de manter o entusiasmo infantil sob controle, parecia não ter vergonha em demonstrar alegria por me ver. Só não estava mais feliz do que eu de vê-la. Ela pulou do banquinho em um segundo e correu direto para os meus braços, enquanto eu a abraçava como se a minha própria vida dependesse disto. E talvez dependesse.

Eu estava prestes a perguntar onde a mãe dela estava, mas naquele instante ela entrou na cozinha. Eu não tinha idéia do que fazer — eu me senti tão estranho quanto alguém em um encontro às escuras. Eu não tinha certeza de como cumprimentá-la, o que dizer a ela, e me ocorreu que ela também estava tão confusa nesta questão quanto eu. Ambos hesitamos, depois demos um abraço com todo calor de um aperto de mão após um jogo de hóquei.

— Como foi na Califórnia? — ela me perguntou, evidentemente determinada a manter a farsa.

— Bem. Embora ainda não esteja terminado. Eu tenho que voltar pela manhã.

Isto era evidentemente novidade para Anna. Ela imediatamente fez cara feia e disse:

— *Papai...*

— Desculpe, querida. Não há nada que eu possa fazer. — E pelo menos nisto eu estava falando a verdade.

— Eu queria que você me visse cantar no concerto da primavera. Vou fazer um solo.

— Bem, não vire uma profissional até terminar o ensino médio.

A tentativa de humor falhou; Anna se virou para a MTV, parecendo magoada e chateada comigo.

— Alguém pode me trazer um suco? — ela pediu. Suas mãos estavam tremendo de repente; ela segurava o controle remoto da TV, e ele se mexia para cima e para baixo.

— Você está com a taxa baixa, querida? — Deanna perguntou, rapidamente abrindo a geladeira.

— Não. Estou tremendo porque eu *gosto.*

Deanna me deu uma olhada: *Está vendo pelo que eu tenho passado*, este olhar dizia. *Ela está piorando.*

Deanna tirou o suco de laranja e colocou meio copo para Anna.

— Tome...

Anna o pegou e tomou um pouco.

— Acho que você deve beber um pouco mais — Deanna disse.

— Oh, é isto que você acha? — Anna, sempre vigilante contra qualquer sugestão em relação ao que ela deveria ou não colocar no próprio corpo dela. Ela ainda estava tremendo.

— Vamos lá, querida — falei.

— Estou bem — Anna disse.

— Você não está...

— *Tá legal!* — Anna concordou, agarrando o copo e saindo da cozinha. — Eu queria que vocês dois largassem do meu pé.

Depois que ela saiu, Deanna disse:

— Ela está assustada. Ela tem tido altos e baixos como uma montanha-russa. Quando fica assustada, fica com raiva.

— Sim — eu disse. — Eu sei.

Por que você me deu o nome Anna?, nossa filha Anna costumava perguntar quando era muito pequena.

Porque você é parte de mim, Deanna respondia. *De-Anna, tá vendo?*

— Eu tenho que voltar para as contas — Deanna disse. O que de repente me fez lembrar que nós em breve teríamos problemas para pagar as contas. Deanna saiu da cozinha.

Eu ainda precisava de um cartão de aniversário. Já que a minha mulher e a minha filha estavam zangadas comigo, decidi que era uma boa hora para ir até a papelaria na Merrick Road e comprar um.

Quando entrei na loja, uma senhora estava comprando bilhetes de loteria no balcão.

— ... oito... dezessete... trinta e três... seis... — languidamente emitindo uma aparente interminável ladainha de dígitos. — ... nove... vinte e dois... onze...

Andei até os fundos onde estavam os cartões. É claro, não havia apenas cartões de felicitações, mas também cartões de aniversário, cartões de breve recuperação, cartões de condolências, cartões de Dia dos Namorados, cartões de agradecimento, cartões de formatura. Eu me plantei em frente à seção de cartões de aniversário, momentaneamente tonto com todas as subcategorias: Feliz Aniversário, Mamãe, Filho, Esposa, Sogra, Avó, Melhor Amigo, Primo. E Filha — estava ali em algum lugar. É claro que, uma vez achada esta categoria, eu tinha que decidir o tom. Engraçado? Respeitoso? Sentimental? Eu estava inclinado a ser sentimental desta vez, já que era como eu me sentia ultimamente. Havia uma enorme quantidade de cartões sentimentais também, a maioria deles com flores na capa e pequenos poemas na parte de dentro. Só que os poemas eram tão sentimentais quanto banais — o tipo de poema com versos como *rosas são vermelhas, violetas são azuis*.

Por exemplo:

Para a minha filha em seu aniversário
Eis o que tenho a dizer
Eu te amo demais
O seu sorriso, o seu espírito e tudo o mais
Ainda que estejamos separados
Você terá sempre o coração do seu pai.
Fim.

Eu me preocupei se Anna não vomitaria se eu levasse este para ela. Por outro lado, se eu queria ser sentimental *e* meio inteligente, as escolhas eram poucas. Havia cartões sem nada escrito na parte de dentro, por exemplo, permitindo que você fosse inteligente ou sentimental se quisesse. Esses cartões tendiam a ter fotografias em preto-e-branco na capa — de um campo nevado no Maine, ou um riacho em uma montanha isolada. Eles diziam basicamente que poemas imbecis eram coisa para as massas menos esclarecidas — estes eram para os mais nobres. Eu não conseguia decidir se estava cheio de sentimentos nobres hoje. Então, o que seria?

Passando a seção de cartões havia presentes mais elaborados. Corações de cerâmica dizendo "A Melhor Mãe do Mundo". Uma bola de golfe "Para um Grande Pai". Flores falsas. Um sino que dizia "Toque o sininho". E alguns porta-retratos.

Eu não notei imediatamente.

Eu olhei aqui e ali, examinei a cerâmica e o plástico barato, peguei a bola de golfe, gentilmente fiz soar o sino. Até mesmo virei para o *rack* de cartões, com a intenção de finalmente tomar uma decisão. Só que eu tive aquilo que se poderia chamar de um episódio de visão periférica — *poderia*, mas não seria estritamente verdadeiro. Não que eu tivesse visto alguma coisa com o canto do olho, apenas que eu me lembrava ter visto.

O sino, sim. E a bola de golfe idiota. E os corações de cerâmica. Continue. Lá.

Estava no segundo porta-retrato.

E no terceiro também.

E nos três conjuntos em miniatura atrás dele. E no grande porta-retrato decorado com flores de metal.

— Posso ajudar em alguma coisa? — a voz pareceu estar vindo de muito longe.

A foto nos porta-retratos.

Elas são colocadas neles para que você veja como vão ficar bonitas quando você os levar para casa e colocar as *suas* fotos neles. Você e a sua esposa naquele casamento em Nantucket. Os gêmeos como João e Maria em uma festa de Halloween há muito tempo. Curry, o filhotinho de rosto doce. Porque senão as pessoas não têm a imaginação necessária. Elas precisam de rostos emprestados para que saibam o que esperar quando eles estiverem sobre a lareira de casa.

— Posso ajudá-lo, senhor? — a voz mais insistente agora; mas era como se ela estivesse falando através de vidro.

Atrás do vidro dos porta-retratos estava a foto de uma garotinha em um balanço em algum lugar no campo, com o cabelo louro voando em todas as direções. Com sardas no rosto e um joelho ossudo e um sorriso encantador. O modelo da juventude sem preocupações. Porque ela *era* uma modelo. Atrás do balanço estavam os artistas da maquiagem e os cabeleireiros e o pessoal do guarda-roupa — só que você não podia vê-los.

— O senhor está bem?

Eu já havia visto aquela foto antes.

Eu mostrei a minha, agora você me mostra a sua.

Lembra?

Ela tinha visto um pedacinho da foto de Anna saindo da minha carteira, então eu pedi para ver a dela.

Eu mostrei a minha, agora você me mostra a sua.

E ela riu. Eu fiz a adorável Lucinda rir alto, e ela alcançou a bolsa de couro dela e me mostrou.

A garotinha no balanço. Em algum lugar no campo.

Ela é adorável. Foi o que eu disse.

E ela disse obrigada. *Eu me esqueço às vezes.* Dois pais se cumprimentando por suas respectivas proles, conversa de passageiros, nada demais.

Nada mesmo.

Eu me esqueço às vezes. Porque talvez era uma coisa fácil para se fazer, esquecer alguém que você na verdade não tinha.

Ela tinha me mostrado uma foto da filha dela, só que não era a filha *dela*. Era a filha de outra pessoa.

— *Senhor, algum problema?* — o atendente insistiu mais uma vez, se perguntando o que tinha acontecido comigo.

Bem, eu diria a ele. Graça divina, era o que havia acontecido.

Eu era cego, mas agora podia ver.

FORA DE RUMO TRINTA E TRÊS

Eu estava ajudando Deanna a limpar os pratos sujos com pedaços de bolo comidos pela metade e bocados de sorvete derretido.

Eu estava me perguntando como era possível.

A festa de aniversário tinha sido forçada e estranha. Anna tinha convidado apenas uma amiga, possivelmente a única amiga dela, atualmente. Parecia mais um velório do que uma festa de aniversário, mas então eu estava meio preocupado.

Estava pensando no que o residente na emergência tinha me falado sobre os olhos de Anna. Estava pensando que ele deveria ter me perguntado sobre os meus. *Você está tendo algum problema para enxergar?* E eu diria, *Sim, doutor, sou cego. Não consigo ver.*

Mas não sou mais.

Minha vida se transformou em destroços de um trem. Podia ouvir os gritos dos mortos e dos que estavam morrendo. Mas todo este tempo Lucinda estava no comando. Eu sabia disto agora. Lucinda. E ele.

Como era possível?

Uma mentira. Uma farsa. Um ardil — tentando colocar um rótulo em algo que estava claramente fora da minha experiência. Enquanto Anna pacientemente esperava que parássemos de cantar "Parabéns pra você".

Uma armadilha. Um embuste. Enquanto ela abria os presentes e lia os cartões. O meu dizia: "Você não poderia ficar com 13 anos para sempre?"

Um roubo requintado. Enquanto Anna agradecia a cada um de nós pelos presentes e até me dava um abraço.

E isto, também: *aquele homem na Penn Station.*

Ele não era o irmão, o vizinho ou o tio favorito dela.

Ele era o *próximo.*

Deanna e eu tínhamos conseguido manter as aparências. Sorrimos, conversamos, batemos palmas quando Anna soprou as velas.

Mas agora que Anna e a amiga tinham sido deixadas em um cinema e estávamos sozinhos, o ambiente estava mortalmente silencioso de novo. Só o barulho constante da água da torneira e o barulho dos pratos e copos sendo colocados para descansar na lava-louças. E a gritaria terrível que estava acontecendo na minha cabeça.

— Bem — eu disse, tentando desesperadamente arrastar meus pensamentos para outra direção, *qualquer* direção, e ao mesmo tempo cortando o silêncio —, um ano mais velha.

— Sim — Deanna assentiu sem muito entusiasmo. Então ela colocou o último prato na lava-louças, andou até a mesa da cozinha e se sentou. E, pela primeira vez depois de só Deus sabe quanto tempo, *de fato* começou a conversar comigo.

— Como você tem passado, Charles?

— Tudo bem. — *Mentiroso*, pensei.

— De verdade?

— Sim. Eu estou bem, Deanna.

— Eu estava pensando — ela disse.

— Sobre?

— Eu estava pensando enquanto cantávamos "Parabéns pra você" para a nossa Anna.

— Sim...?

— Você uma vez disse uma coisa. Sobre nós, sobre ser pai. Eu queria saber se você se lembra?

— O que eu disse?

— Você disse — ela fechou os olhos agora, tentando produzir as palavras exatas — que era como fazer *depósitos*.

— Depósitos? Eu não me lembro...

— Anna tinha três ou quatro anos, por aí, e você a tinha levado a algum lugar que ela queria ir... ao zoológico, acho. Só você e ela, porque eu estava doente. Acho que você não estava se sentindo muito bem também, acho que eu tinha pegado gripe de você. E você queria simplesmente ficar em casa deitado no sofá e assistir futebol o dia inteiro, mas Anna te perturbou até que você cedeu e a levou. Não se lembra disto?

Eu lembrava vagamente, agora. Um domingo não muito tempo atrás no Bronx Zoo. Anna e eu tínhamos alimentado os elefantes.

— Sim, eu me lembro do dia.

— Quando vocês voltaram, eu agradeci a você. Eu sabia que você estava se sentindo mal e não queria sair. Não foi grande coisa, mas eu me lembro que fiquei muito feliz que você tivesse feito.

Deanna olhava para mim agora — *diretamente* para mim, como se estivesse procurando algo que tivesse perdido. Eu queria dizer, *Eu estou aqui, Deanna. Eu nunca fui embora.*

— Você disse uma coisa para mim. Você disse que cada dia com Anna, cada bom momento que você passava com ela era como um *depósito*. Um depósito em um banco. Se você fizesse depósitos suficientes, se você diligentemente continuasse colocando dinheiro naquela conta, então quando ela fosse mais velha e independente, ela seria rica o suficiente para sobreviver. Rica de lembranças, acho. Eu pensei que era meio sentimental. Achei que era brilhante. Ela vai precisar de diálise muito em breve — Deanna disse.

— Não, Deanna. — Todos os pensamentos sobre zoológicos e elefantes e Lucinda e Vasquez imediatamente desapareceram.

— O Dr. Baron fez alguns testes. Os rins dela estão falhando... um deles está mal. Muito em breve a nossa filha terá que ser amarrada a uma máquina três vezes por semana para poder continuar viva. Foi o que ele disse.

— Quando?

— De que importa? Vai acontecer, e isso é tudo.

Então Deanna começou a chorar.

Eu lembro de ter me perguntado há não muito tempo se Deanna já havia chorado tudo que podia. Mas eu vi que era diferente — naquele dia no jardim. E agora.

— Eu acho que você está certo, Charles.

— O que... Deanna... o que você quer dizer?

— Acho que agimos bem com ela. Acho que demos a ela uma ótima conta no banco. Acho que nunca nos esquecemos de fazer depósitos. Nunca. Nem mesmo uma única vez.

Senti algo coçando embaixo dos olhos, algo quente e úmido em ambas as bochechas.

— Sinto muito, Charles — ela disse. — Eu nunca fechei os olhos para o que ia acontecer. Mas de uma certa maneira foi o que fiz. Porque eu não deixei você falar sobre isto. Eu não queria ouvir isto em voz alta. Eu sinto muito. Agora acho que estava errada.

— Deanna... eu...

— Acho que *devemos* falar sobre isto. Acho que devemos falar sobre a filha extraordinária que temos, por tanto tempo quanto a tivermos conosco. Acho que isto é muito importante.

E de alguma maneira, de uma maneira inexplicável e mágica, acabamos um nos braços do outro.

* * *

Quando paramos de chorar, quando finalmente nos desembaraçamos e sentamos um em frente ao outro, de mãos dadas e olhando para fora, para a noite escura como breu, pensei que Deanna ia me pedir para voltar para casa agora. Eu quase pude ver as palavras sendo formadas.

Eu deliberadamente quebrei o clima; me levantei e disse que já era hora de partir, de voltar para Forest Hills.

Eu não podia voltar para casa. Não agora. Ainda não.

Algo tinha que ficar claro para mim. Claro como água.

Eu tinha assuntos ainda não resolvidos para tratar.

Eu estava sem trabalho, ótimo.

Agora eu tinha um outro trabalho. Um trabalho ainda mais importante.

Eu tinha que recuperar a outra conta bancária de Anna.

De alguma maneira eu tinha que encontrá-los.

De alguma maneira eu precisava pegar o meu dinheiro de volta.

FORA DE RUMO TRINTA E QUATRO

Era impossível não perceber as pernas de Lucinda.

Eu não tinha deixado de notá-las naquela primeira manhã no trem.

E eu não as tinha deixado de notar *agora* quando as vi emergirem da multidão da manhã na Penn Station. Andando a passos largos — em um mar de denim, sarja e lã inglesa — macios e sexy e somente dela.

Dela e daquele homem

Esperei vários dias para vê-los. Tomei o trem das 5h30 na Penn todas as manhãs. Eu me plantei aproximadamente no mesmo lugar onde os havia visto da última vez. Diligentemente montei guarda. Quando a multidão da manhã se dissipava e eles não apareciam, eu andava de um lado da estação ao outro.

Fiz isto dia após dia.

Disse a mim mesmo que esta era a minha única chance. Eu mantinha os dedos cruzados e rezava.

Mas agora que os havia localizado, eu tinha dificuldades em olhar para eles.

Eu me sentia nu e vulnerável e assustado.

Eu não podia evitar olhar para aquele homem, por exemplo, e ver a mim mesmo. Uma vez, na despedida de solteiro de um amigo do escritório, desviei o olhar da núbil jovem *stripper* vestida com uma tanguinha de lamê dourado, tempo suficiente para ver todos os outros olhando para ela, e pensei com surpresa repentina: *Eu me pareço com eles.*

Este homem estava tão evidentemente embasbacado por Lucinda — ou seja lá quem ela fosse. Ele continuava segurando a mão dela e olhando amorosamente nos olhos dela.

Eu não estava errado em relação a quem ele era. Ela estava brincando com ele do mesmo jeito que havia brincado comigo uma vez. Ele era o *próximo.*

Que patético, pensei. *Digno de pena.*

Exatamente como eu tinha sido.

Quando olhei para a foto no porta-retratos naquele dia na papelaria, me perguntei o que tinha feito de mim um alvo. Mas apenas por um momento. Porque eu sabia a resposta. Na luz fria do dia, era tão fácil ver o quanto eu pedira por isso. Alguma coisa. Qualquer coisa. Qualquer coisa que viesse me resgatar de mim mesmo.

Passei muito tempo revendo todos os momentos que passei com ela também, a minha salvadora. Só que agora eu me lembrava deles de uma maneira um pouco diferente do que antes. Indo e voltando na minha mente, como nos dias antes dos sistemas de edição dos computadores, quando eu costumava passar fitas de celulóide através das moviolas até elas ficarem gastas e quebradas. Eu tinha que emendá-las com uma fita repetidamente, até que as imagens formassem fendas reais e quase se desintegrassem na poeira. Considere a primeira vez que eu encontrei Lucinda. *Aqui, eu pago a dele*, ela tinha dito docemente no trem aquele dia, mas, olhando mais de perto agora, eu já podia ver as fissuras horríveis cruzando o rosto dela enquanto ela oferecia uma nota de dez dólares para o condutor já irritado.

Ela me escolheu naquele dia.

Lucinda e o homem abriram caminho até o café aberto, onde vendiam muffins de pêssego sem gordura e rosquinhas pastosas. O homem pediu café e eles ficaram lado a lado em uma mesa pequena. O vapor por vezes obscurecia os rostos deles.

Fiquei de costas para eles. Entrei em uma banca de revistas e fiquei olhando. Estava preocupado que ela me visse, mas menos do que deveria.

Meu rosto tinha mudado.

Aconteceu gradativamente, aos poucos. Eu tinha perdido peso. À medida que minha vida parecia implodir, o meu apetite diminuía, ficava menor, desaparecia. As minhas roupas começaram a ficar largas em mim. Quando Barry Lenge administrou o golpe de misericórdia e me enviou para a categoria dos desempregados, eu parei de me barbear também. O meu cavanhaque tinha se transformado em uma barba. Alguns dias atrás, eu me olhei no espelho do banheiro e vi o tipo de rosto que você vê em filmes de seqüestro. Aquele funcionário do governo no exterior com cara assustada que tinha finalmente sido libertado depois de meses em cativeiro. Eu parecia daquele jeito.

Só que eu *ainda* era um refém.

Eu continuava olhando agora.

Ficou difícil observá-los sem de fato ser capaz de ir lá e confrontá-los. Porque agora, além de me sentir assustado e nu e vulnerável, eu estava com raiva. A raiva me veio como uma náusea repentina. O tipo de raiva que até este momento eu reservava somente a Deus — naqueles dias em que eu acreditava em Deus e nos dias em que não mais acreditava — por causa da doença de Anna. O tipo de raiva que me fazia cerrar os punhos e imaginá-los no rosto de Vasquez. E no dela.

Mas resisti à pressa de andar até lá e dizer a ela que eu estava de olho neles. Que eu sabia o que ela havia feito comigo. Eu precisava esperar o momento. Para recuperar o dinheiro de Anna, eu precisava encontrar Vasquez; e para encontrar Vasquez, eu precisava de Lucinda.

Aquele era o meu mantra. Esta era a minha missão.

Ela me levaria até ele.

Acho que Lucinda não era mais uma corretora de ações.

Eu ouvi por alto uma conversa de Lucinda com o homem na Penn Station na manhã de quarta-feira da semana seguinte. O homem tinha mencionado uma *venda para entrega a prazo* a um cliente, como este cliente era verdadeiramente um *ganha-pão* para ele, o que significava que ele era um corretor e Lucinda não. Porque um corretor estaria inclinado a conhecer pessoas de outras casas de corretagem e podia estar inclinado a perguntar a elas sobre a colega de trabalho deles, Lucinda, que, no fim das contas, não existia. Não, Lucinda obviamente tinha uma outra profissão nestes dias. Uma advogada, uma agente de seguros, uma palhaça de circo. E Lucinda, sem dúvida, não era nem mesmo o nome dela.

Entretanto, eu sabia o nome do homem que ela estava prestes a extorquir. Eu sabia disto porque outro homem tinha vindo até eles enquanto eles tomavam café juntos na mesma manhã e dissera: *Sam, Sam Griffen, como vai você?*

Não tão bem, na verdade. O Sr. Griffen ficou branco — o rosto dele ficando da cor de sabão, enquanto Lucinda se virava e olhava para a lista de preços afixada na parede.

Quando o Sr. Griffen recuperou a voz, ele disse: *Bem.*

Então, Lucinda se levantou e saiu com a sua xícara de café — apenas outra passageira indo pegar o metrô. E o Sr. Griffen, sentado, conversou durante cinco minutos com este intruso indesejável. Quando ele saiu, o Sr. Griffen suspirou e limpou o rosto com um guardanapo manchado.

Achei enervante estar tão próximo da vítima sem poder avisá-lo. Era como estar perto de uma criança que não vê um carro se aproximando dela, mas ser proibido de dizer a ela para sair da frente. Assistir este acidente horrível em close e em câmera lenta. O pior tipo de *voyeur*.

Achei que ela tivesse me visto uma vez.

Eu os segui até um café ao norte de Chinatown uma manhã.

Eles escolheram uma mesa perto da janela e eu vi Sam Griffen esticar a mão para pegar a dela e Lucinda a entregar a ele.

Não consegui evitar a lembrança da sensação daquela mão na minha. Apenas por um momento. Lembrar das coisas que aquela mão tinha feito em mim, do prazer que ela tinha me proporcionado naquele dia no Fairfax Hotel. Era como abrir uma caixa de comida chinesa e encontrar outra dentro e, ao abrir aquela, encontrar outra e depois outra, cada caixa menor e mais compacta do que a anterior, abrindo-as cada vez mais rápido até que não houvesse mais caixas e eu estivesse tentando recuperar o fôlego.

Eu ainda estava tentando recuperar o fôlego, ainda perdido nas lembranças do prazer com culpa, quando eles saíram do café. Eu tive que me virar e olhar para a rua. Tive que prender a respiração, contar até dez, então lentamente me virar de costas, com os dedos cruzados, e ver se eu seria reconhecido.

Não. Eles saíram para algum lugar em um táxi.

Então eu os perdi.

Um dia.

Dois dias.

Três dias.

Uma semana. Nada de Lucinda. Nada do Sr. Griffen. Em lugar nenhum.

Eu vasculhei a Penn Station de um lado a outro, chegando cedo, ficando até tarde.

Mas nada.

Comecei a entrar em pânico, pensando que talvez tivesse perdido o barco. Que ela já tivesse levado o Sr. Griffen a algum lugar para uma tarde de sexo e que Vasquez já os tivesse surpreendido no ato. Que ele já tivesse levado as carteiras deles e perguntado ao Sr. Griffen por que ele estava traindo a mulher. Talvez até mesmo ligado para a casa do Sr. Griffen e explicado a necessidade que ele tinha de um empréstimo. Apenas dez mil dólares, era tudo, e ele sairia do pé dele.

Quando veio a semana seguinte, e eu ainda não havia conseguido encontrá-los, eu estava pronto para desistir. Eu estava pronto para admitir que um ex-executivo da propaganda de 45 anos de idade não possuía tino comercial para ganhar aqui. Que eu estava desesperadamente deslocado.

Estava pronto para jogar a toalha.

Então eu me lembrei de uma coisa.

FORA DE RUMO TRINTA E CINCO

— Certo — o recepcionista disse. — Por quanto tempo?

Este era o mesmo recepcionista que tinha me dado a chave do quarto 1207 em novembro passado quando parei em frente a ele de braços dados com Lucinda.

Eu estava de volta ao Fairfax Hotel, e o recepcionista me perguntava exatamente por quanto tempo eu ia precisar do quarto 1207.

Boa pergunta.

— Quanto custa por duas semanas?

— Quinhentos e vinte e oito dólares — o homem disse.

— Ótimo — retruquei. E ainda estava com o pagamento suspenso. E $528 eram uma pechincha em Nova York, mesmo que o quarto tivesse manchas de sangue no carpete e o cheiro de sexo estivesse nos lençóis.

Paguei em dinheiro e recebi a chave do quarto. Havia uma pilha de revistas em cima da poltrona surrada, o único móvel do saguão. Parei para dar uma olhada nelas: uma *Sports Illustrated* do ano passado, uma *Popular Mechanics*, duas edições da *Ebony* e uma velha *U.S. News & World Report:* TIROTEIO NO CONDADO DE PALM BEACH. Levei a *Sports Illustrated.*

Peguei o elevador com um homem que usava uma jaqueta da Universidade de Oklahoma e que realmente parecia ser de Oklahoma. Ele tinha o olhar ligeiramente espantado de um turista que se apaixonara pela foto na capa de um panfleto — uma foto tirada em 1955, quando o Fairfax não era subsidiado por cheques federais do seguro social. Ele provavelmente tinha tentado a sorte no jogo de cartas e comprado um Rolex genuíno do homem na esquina. Ele parecia pronto para voltar para casa.

Eu também estava.

Mas eu estava em uma missão agora, logo, eu não podia.

Por apenas um instante enquanto eu estava abrindo a porta, torcendo a chave dentro da fechadura um pouco resistente, não pude evitar a tensão aumentando e esperando que alguém me surpreendesse no quarto. É claro que ninguém fez isto, mas eu não parava de suspirar de alívio tão logo consegui entrar e fechar a porta.

Parecia menor do que antes, como se a minha imaginação estivesse me dando um tamanho mais proporcional com o que tinha acontecido ali. Mas era apenas um quarto em um hotel apertado no centro da cidade, grande o suficiente para duas pessoas que pretendiam ficar grudadas uma na outra, convidativo ao sexo, até mesmo por suas diminutas dimensões. O tipo de quarto onde dois é bom, mas três é demais — lembrando como era ficar no observatório no chão.

Eu me deitei na cama sem tirar os sapatos e fechei os olhos. Por apenas alguns minutos.

Quando acordei, já estava quase escuro.

Por alguns segundos, eu não fazia idéia de onde estava. Não estaria eu em casa, na cama? Não estaria Deanna do meu lado ou no andar de baixo preparando alguma coisa gostosa para o jantar? E Anna — conversando *on-line* no quarto ao lado, o dever de casa espalhado no colo como um acessório para me despistar?

Havia um cheiro de mofo no quarto, mais forte ainda do que no meu apartamento mobiliado; o colchão era duro e irregular ao mesmo tempo; imagens fantasma de uma cadeira e uma mesa que eu não reconhecia estavam pairando precariamente aos pés da cama. E eu finalmente acordei na minha atual vizinhança como se um alarme tivesse sido colocado para tocar bastante alto — eu resmunguei, estremeci e procurei furtivamente uma tecla *stop* que não existia.

Eu me levantei e fui até o banheiro jogar água fria no rosto. Meu corpo parecia coberto de alfinetes e agulhas, a minha boca seca e pastosa. Olhei para o meu relógio: sete e vinte e cinco.

Eu tinha dormido o dia inteiro. Quando voltei para a cama, vi a *Sports Illustrated* que tinha trazido do andar de baixo, no chão.

Eu vi a data.

8 de novembro.

Uma semana antes de ter entrado no trem das 9h05 para a Penn Station e de meu mundo ter começado a cair.

FORA DE RUMO TRINTA E SEIS

Eu estava sentado na poltrona surrada no saguão.

Eu estava usando um boné de beisebol enterrado nos olhos.

Eu estava monitorando o trânsito humano como um guarda de trânsito com olho de águia.

Por quanto tempo?, o recepcionista tinha me perguntado quando fiz o *check-in*.

Em primeiro lugar, por que eu queria?

Aquele dia quando saímos da Penn Station e entramos em um táxi, aquele dia em que ela finalmente tinha dito sim. Quando ela me perguntou, *Onde?*

Eu segui e obedientemente escolhi o hotel de um táxi em movimento.

Mas talvez não.

Agora parecia que eu havia apontado um para ela, mas ela dissera *Uh-huh,* então um outro de cuja aparência ela não gostou; e finalmente, quando tínhamos feito quase o caminho inteiro do centro da cidade até a vizinhança do escritório dela, eu apontei para o Fairfax e ela disse, *Tudo bem*. Então, se você realmente parar para pensar, talvez eu não tenha escolhido o hotel.

Talvez *ela* tenha.

O hotel onde eu por acaso encontrei a pessoa errada na hora errada. Só que eu não havia realmente encontrado ninguém por acaso. Eles tinham armado uma arapuca e eu tinha caído nela.

O que me trouxe ao meu pressentimento. Uma idéia que tinha me ocorrido quando eu estava parado em pé de mãos abanando e agitado na Penn Station.

Não haveria razão no mundo para que ela achasse que eu algum dia iria descobrir sobre ela e Vasquez. Na última vez que ela havia me visto, eu estava descendo as escadas correndo para salvar a minha vida na escadaria do Spanish Harlem.

Eles não precisavam mudar de endereço.

Apenas de vítimas.

Quando ela aliviasse o Sr. Griffen da maior parte do dinheiro dele e de toda a dignidade, as chances eram de que seria no mesmo lugar que tinham feito comigo.

Então, eu me sentei na poltrona no saguão.

E esperei.

Eu tive um sonho.

Eu estava no trem novamente. No trem das 9h05 para a Penn Station.

Examinava os bolsos mais uma vez porque o condutor estava em pé diante de mim, pedindo dinheiro.

Cem mil dólares — ele disse.

Por que tanto assim? — perguntei a ele.

A tarifa subiu — o condutor respondeu.

Quando Lucinda se ofereceu para pagar a minha, desta vez eu disse não.

Eu li as duas edições da *Ebony*.

Paciência, eu disse a mim mesmo quando uma outra manhã se passou sem um sinal. Paciência. Afinal de contas, veja quanta paciência Lucinda teve que ter comigo. Todos estes almoços íntimos e jantares românticos que ela teve que agüentar para me levar para aquele quarto. Se ela podia agüentar, eu também podia.

Com a *Popular Mechanics* eu aprendi o básico sobre encanamentos de água quente. Que chave de fenda era mais bem cotada. Como azulejar um assoalho. Como colocar telhas de maneira simples.

Uma tarde, liguei para Barry Lenge do quarto para ver como andava a investigação. Fazer contato com o mundo *real* — não era assim que os soldados no Vietnã costumavam chamar o mundo que ficara para trás, o que existia bem longe do *front*? Que era onde eu estava agora — nas linhas do *front*, montando guarda para impedir qualquer incursão do inimigo

E a referência militar era inteiramente apropriada. Não estava eu me exercitando todos os dias pela manhã? Flexões, abdominais, saltos, isometria — exercícios físicos. Para que na próxima vez que Vasquez dissesse, *Bom menino*, talvez eu mostrasse a ele o quão bom eu era.

E outra coisa. Eu ainda tinha a arma de Winston. Eu a mantinha no quarto 1207, enrolada em uma toalha e escondida atrás do aquecedor do banheiro.

Até onde ia o mundo real:

Barry Lenge atendeu ao telefone e disse que não fazia sentido ligar para ele. Que eles ainda estavam conduzindo a investigação. Que eles ainda estavam tentando esclarecer todos os pontos. Que, no entanto, a coisa não parecia estar muito boa para o meu lado. Que eu deveria ter aceitado a oferta dele — isto com certeza. Ele me ligaria tão logo tivesse alguma novidade.

Eu agradeci a ele.

Então chequei a caixa postal do celular e descobri uma mensagem de Deanna.

Um detetive Palumbo ligou para você. Ele disse que era importante. Disse a ele que você não estava na cidade.

O tempo estava se esgotando.

Eu sabia disto. Estava se esgotando tanto para mim quanto para Sam Griffen. Se já não estivesse esgotado para Sam Griffen.

Era sexta-feira pela manhã.

Eu estava folheando a velha *U.S. News & World Report*, cuja manchete era TIROTEIO NO CONDADO DE PALM BEACH.

Ocasionalmente o recepcionista dava uma olhada em mim, o recepcionista e o mensageiro também, me olhavam da cabeça aos pés, tudo sem dizer uma palavra.

Era este tipo de hotel. As pessoas que vinham para cá não tinham para onde ir, então ninguém esperava que você fosse a lugar algum ou fizesse coisa alguma. Você poderia ficar quieto aqui em paz, sentar-se em uma poltrona o dia inteiro e ler revistas velhas o quanto quisesse.

"Gore está confiante na vitória final", a revista relatava solenemente.

Quando olhei para cima de novo, o mensageiro tinha se multiplicado. Ele tinha ajuda na correria da tarde; um homem negro vestido com um uniforme semelhante, de um verde indescritível, estava apoiado no balcão, conversando com ele.

Eu tinha deixado o celular no andar de cima, e queria ligar para Anna. Eu me levantei e caminhei até o elevador. O mensageiro balançou a cabeça para mim, o homem negro que estava conversando com ele momentaneamente parou, virou-se e então voltou a conversar.

Eu achava que conhecia aquele mensageiro — o negro. Que eu devia tê-lo visto naquele dia meses atrás quando entrei no mesmo elevador com Lucinda. As portas do elevador se abriram; entrei e apertei o doze. Desci no meu andar, cantarolei uma melodia cuja letra eu não me lembrava, abri a porta do quarto e entrei. Foi então que percebi que eu estava errado, que não tinha sido naquele dia que eu o vira afinal.

Voltei para o elevador e apertei o térreo.

O homem negro ainda tagarelava com o mensageiro — estava totalmente de costas para mim, então eu não podia de fato saber se tinha razão.

Eles te chamam de Chuck?

Contornei o balcão, olhando de lado todo o tempo, prendendo a respiração à medida que o rosto do homem entrava no meu campo de visão, primeiro um quarto dele, depois a metade, as feições começando a surgir.

Se você fosse meu parceiro, era assim que a gente te chamaria.

Lembra? Fazendo hora naquele dia na esquina da... rua 8 com a Avenida C? Esperando Vasquez em Alphabet City, mas não foi Vasquez que veio até mim — ou, na verdade, *para cima* de mim.

Por que diabos você não olha por onde anda?

O rosto estava em três quartos agora, e eu começava a me sentir frio e atordoado.

Era ele.

Sim, era ele.

O homem negro que tinha me encurralado contra a parede do beco, que cheirava a sangue e brilhantina.

Eu rapidamente virei para o outro lado — na direção do recepcionista, que me olhou como se esperasse uma pergunta. Esta pergunta era, *O quão esperto é o Charles?* Muito esperto — ou pelo menos mais esperto do que há sete meses.

Então, até mesmo os tolos têm seu dia de sorte.

Afinal de contas, pelo menos uma vez eu sabia de algo que eles não sabiam.

Eu sabia como eles faziam.

Eu sabia onde eles fariam novamente.

FORA DE RUMO TRINTA E SETE

Comprei óculos de sol na Vision Hut da rua 48. Tinha certeza de que o homem negro não me reconhecera no outro dia, que não associara o homem barbado e desnutrido que tinha visto sentado no saguão com o homem que tinha levado até o beco em Alphabet City.

Ainda assim, não fazia mal algum tomar precauções.

Completei 52 flexões e 75 abdominais antes das sete da manhã.

Quando desci, andei até o balcão do mensageiro e disse oi.

— Oi — o mensageiro disse.

— Não está muito ocupado hoje, hein? — perguntei.

— Não.

Então fiquei sem ter o que dizer.

— Há quanto tempo você trabalha aqui? — o bom conversador sempre pergunta à pessoa algo sobre ela mesma.

O mensageiro parecia meio desconfiado. Ele tinha por volta de 40 ou 45, eu achava, cabelo engordurado penteado em estilo pompadoriano, um estilo que estava fora de moda há cerca de quarenta anos.

— Algum tempo — respondeu.

— Tem alguns dias de folga?

— Por quê?

— Como?

— Por que você quer saber se eu tenho dias de folga?

— Não sei. Só mantendo o diálogo. — Aquilo, pelo menos, era o que eu estava tentando fazer.

— Oh, entendi — ele disse.

— Huh?

— Que tipo você está procurando? Você quer branca, negra, latina... o quê?

— Como?

— Você está querendo um encontro ou não?

Eu corei.

— Não. Eu estava apenas... conversando.

— Certo — o mensageiro disse. — Ótimo.

Neste hotel, o mensageiro aparentemente fazia um pouco mais do que carregar as suas malas.

— Você é o único mensageiro? — perguntei, tentando levar a conversa para onde eu precisava que ela fosse.

— Por quê?

— Eu estava só me perguntando se você tinha algum...

— O que *exatamente* você está procurando, senhor? — Ele parecia irritado agora. — Se você tem alguma coisa com o Dexter, pergunte a ele, está bem?

Dexter. Este era o nome dele. Dexter.

— Que dias... Dexter trabalha?

O mensageiro deu de ombros.

Quartas e sextas.

— Oh.

— Você precisa colocar as suas malas em algum lugar?

— Malas? Não.

— Certo. Bem, sou o mensageiro. Então, se você não precisa colocar as malas em algum lugar...

Ele estava me pedindo para calar a boca. Eu me encolhi na poltrona onde me sentei por mais ou menos meia hora, ou até a hora do almoço.

* * *

Quando voltei da minha corrida matinal algumas manhãs mais tarde, Dexter estava atrás do balcão.

Eu me sentei na poltrona do saguão e abri o copo de café com as mãos trêmulas.

Eu tinha medo que Dexter me reconhecesse, e estava me sentindo meio assustado também; eu podia parecer um homem perigoso com óculos grandes demais, mas as aparências enganam. Por exemplo, Dexter parecia mais ou menos inofensivo lendo uma revista, vestido com aquele uniforme verde pálido. Ele parecia um cara que poderia até mesmo ajudá-lo com as suas malas se você pedisse a ele gentilmente. Não um cara que te empurra contra a parede de um beco e ri quando você é socado no estômago.

Eu podia sentir uma vaga dor ali, o vestígio daquele soco no meu plexo solar, talvez a maneira como o meu corpo me avisava. *O que você está fazendo, Charles?*, meu corpo dizia. *Você não se lembra de como dói? Você chorou. Você não conseguia respirar, lembra?*

Eu me lembrava muito bem.

Havia uma outra razão pela qual minhas mãos estavam tremendo.

Quartas e sextas, o mensageiro tinha me respondido quando perguntei sobre os dias em que Dexter trabalhava.

Mas hoje era terça-feira.

FORA DE RUMO TRINTA E OITO

Peguei a arma atrás do aquecedor — estava quente ao toque. Eu só queria saber se ela ainda estava lá, que não tinha desaparecido, não tinha caído no buraco na parede do banheiro ou sido roubada pela camareira.

Eu a segurei como um rosário — algo que poderia me conceder o meu mais caro desejo.

Eu a coloquei de volta no buraco.

Quando saí do elevador no saguão, pude ver Dexter sentado atrás do balcão do mensageiro com a cabeça entre as mãos. Ele parecia estar lendo uma revista sobre músculos para mulheres.

Andei lentamente até a recepção e dei uma olhada em uma velha pilha de panfletos para turistas. "Passeio da Circle Line", dizia um. "Passeio na Broadway." Todas as coisas que os próprios nova-iorquinos nunca faziam.

O saguão estava bastante calmo esta manhã. Havia um casal que parecia estar esperando um táxi; a todo minuto, o homem colocava a cabeça para fora e anunciava que não tinha táxi ainda. A esposa balançava a cabeça e dizia que eles iam chegar atrasados. O homem dizia pode apostar que sim.

Quando o homem anunciava que *ainda* não havia táxis dois minutos depois, a mulher dizia a mesma coisa.

O homem com a jaqueta da Universidade de Oklahoma que eu tinha visto no elevador estava reclamando com o recepcionista que não havia uma Bíblia do Rei James no quarto dele.

— Está brincando? — o recepcionista disse a ele.

Um velho parou encurvado sobre o andador, à esquerda dos elevadores. Ele na verdade podia estar se movendo, mas se estivesse seria lento demais para se notar.

Eu estava feliz com a companhia. Era difícil imaginar que alguma coisa realmente ruim podia acontecer quando um velho se arrastava em um andador perto de você e alguém reclamava por não ter Bíblias no quarto.

Dexter olhou diretamente para mim e perguntou se eu tinha horas.

— Oito horas — eu disse.

E fiquei tenso esperando que Dexter me reconhecesse.

Espera aí, eu conheço você — que diabos você está fazendo aqui?

Mas Dexter voltou a ler a revista.

O velho parecia estar sofrendo de algum tipo de enfisema além do problema nas pernas; ele arquejava, gorgolejava e suspirava a cada pequeno movimento.

Uma mulher com salto 15, que não sofria de problemas para caminhar, rebolava pelo saguão com um homenzinho gordo vestido com um terno defeituoso. Ela fez um desvio ao passar pela recepção, sem de fato parar, e agarrou a chave do quarto que o recepcionista já havia colocado no balcão.

— Venha, querido — ela disse para o homem gordo. — Venha.

O homem gordo manteve o rosto abaixado, olhando para o carpete gasto do saguão. Ficou assim até que o elevador se abriu e o salvou.

Dois jovens casais entraram com bagagem e perguntaram quanto custava um quarto. Mas as duas mulheres — garotas, na verdade — passaram o tempo inteiro olhando o saguão com evidente desagrado. Elas olharam para o velho como se ele estivesse andando sem roupa. Elas não pareciam me ver, também.

Eu as ouvi sussurrando para os namorados, que pareciam interessados em ficar — o preço era bom, não era? Mas as mulheres venceram — os rapazes deram de ombros e disseram não obrigado e então os quatro saíram.

— Mês que vem... é o meu... aniversário — o velho com o andador disse.

Ele manobrou até onde eu estava. Eu me lembrei de um jogo que costumava jogar quando era criança. Ele se chamava batatinha frita, e o objetivo era você chegar até alguém sem ser visto se mexendo. Este alguém tinha que fechar os olhos e dizer *batatinha frita, um, dois, três*, então rapidamente se virar para tentar pegar os perseguidores no ato de avançar. Não era divertido ser este alguém. Era estranho — ver alguém a seis metros de você, depois se virar e vê-los congelados a menos de um metro e meio de você. Era como o velho, que toda vez que eu olhava parecia estar grudado em algum lugar e, de repente, estava no meu ombro direito.

— Oitenta e... três... — ele disse novamente. Ele tinha que fazer uma pausa antes de cada uma ou duas palavras em um esforço para levar ar aos pulmões. Não se poderia apostar que chegasse aos 84.

— Feliz aniversário — eu disse.

— Morei aqui... vinte anos — o velho disse entre respirações penosas.

Imaginei que foi nesta época que o hotel começou o seu íngreme declínio.

— Bem, boa sorte — eu disse.

Normalmente eu achava difícil conversar com pessoas idosas. Eu recorria a movimentos de mão e condescendência, como se eles fossem estrangeiros. Mas, nesta manhã, conversar com qualquer pessoa era melhor do que não conversar com ninguém. Porque eu estava abrigando dois medos terríveis. O primeiro era que Lucinda e Vasquez e Dexter já tivessem roubado e espancado o Sr. Griffen; o outro era que eles não tivessem.

O velho disse:

— Obrigado.

Eu precisava ir ao banheiro. Nervoso. Já fazia uma hora que precisava ir, mas ficava me dizendo que não podia deixar o posto. Agora eu tinha que ir. Andei até o elevador e apertei o botão.

As portas se abriram com um suspiro alto; entrei e apertei o doze. Balancei as pernas, *Vamos... vamos...* tentando fazer as portas do elevador se fecharem. Finalmente elas começaram a se fechar, o saguão do hotel começando a ficar estreito, cada vez mais, até quase sumir, até restar apenas uma fresta de visão. Eu estimava 25 centímetros — não mais que isso.

Mas uma abertura larga o suficiente para eu ver Lucinda e Sam Griffen entrando no hotel.

FORA DE RUMO TRINTA E NOVE

Era para isso que eu tinha vindo.

Mesmo que eu sentisse vontade de gritar, *Não, hoje não!*

Mesmo que eu não estivesse pronto.

Ainda assim, cheguei ao décimo segundo andar sem desmaiar. Até agora, tudo bem. Cheguei ao meu quarto sem ser atacado. Eu estava agitado. Andava pelo quarto de um lado para o outro, como os grandes gatos do Bronx Zoo, só que na verdade eu mais parecia o leão em *O mágico de Oz*, aquele à procura de coragem.

Entretanto, eu *tinha* coragem, não tinha? — ela estava ali em algum lugar, não estava? Sim, é claro. A coragem estava escondida atrás do aquecedor em uma toalha. Entrei, peguei-a, desenrolei a toalha e tomei coragem.

Dei uma olhada no espelho e vi um homem irracional me olhando de volta. Um homem irracional com uma arma.

Saí do quarto novamente, mas desta vez pela saída de incêndio — uma escada escura, que me permitiria *espiar* quando chegasse ao andar de baixo. Enfiei a arma no bolso.

A escada tinha tiras que pareciam amianto saindo das paredes; ratos corriam apressadamente para lá e para cá nos cantos dos patamares. Quando cheguei ao saguão, abri lentamente a porta, apenas o suficiente para dar uma espiadela. Só que não havia nada para ver. Lucinda e Sam tinham desaparecido.

Andei de volta ao saguão. Dexter ainda estava ao balcão, mas parecia ter acabado de chegar lá. Talvez porque ele parecesse agitado. Como se estivesse preocupado com as suas gorjetas.

Andei até o balcão da recepção, embora não pudesse de fato sentir o chão.

— Com licença? — eu disse ao recepcionista. — Posso lhe perguntar uma coisa?

— O quê?

— Aquela mulher que entrou aqui agora há pouco.

— Sim? Que mulher?

— A mulher que entrou aqui com o homem. Pouco tempo atrás. Cabelos pretos. Muito bonita. Acho que eu a conheço.

— E?

— Bem, estou curioso para saber se é ela mesmo. Qual o nome dela?

Ele me olhou como se eu tivesse pedido o telefone da esposa dele ou a medida exata do pau dele.

— Eu não posso lhe dar esta informação — ele disse rigidamente.

— Ótimo — falei —, apenas me diga em que quarto ela está e eu ligarei para ela.

— Primeiro você vai ter que dizer o nome dela — ele disse.

— Lucinda?

O recepcionista olhou para o registro.

— Não.

— E o homem? Sam Griffen.

— Não.

Por um segundo eu estava pronto a dizer ao recepcionista para checar novamente e, se ele ainda assim dissesse *não*, eu o acusaria de estar mentindo. Que aquele *era* Sam Griffen, não havia erro em relação a isto. Então, percebi que o recepcionista não era culpado por mentir.

Sam Griffen não teria se registrado com seu próprio nome.

— Deixa pra lá — eu disse. Andei até as portas de vidro e olhei para fora na direção da calçada iluminada pelo sol.

É assim que eles fazem, pensei. *Dexter sabe o número do quarto com antecedência.*

Lucinda escolhe o hotel. Depois, quando Lucinda diz a Vasquez quando vai ser, Dexter diz a Vasquez onde. O número exato do quarto. Então, Vasquez pode esperar por eles na escada. Dexter é pago, provavelmente — ele é pago a cada vez. Dexter trabalha às quartas e sextas, mas às vezes ele trabalha nas terças. Se for o que Vasquez disser a ele.

Voltei à recepção. Dexter ainda estava lendo a revista no balcão do mensageiro.

Eu tinha que conseguir o número daquele quarto.

— Com licença — eu disse.

— Sim?

Eu me inclinei para a frente e sussurrei:

— Aquela mulher sobre quem eu lhe perguntei antes. Ela é a minha *esposa*.

— O quê?

— Tenho esperado para ver se ela viria aqui. Você entende?

Sim, ele entendeu. Ele era um recepcionista de hotel, então ele entendia perfeitamente. Só que ele ainda não estava falando.

— Não posso lhe informar números de quarto.

— Talvez por cem dólares você possa.

Mas embora ele hesitasse, passasse a língua no lábio inferior e olhasse em volta pelo saguão para ver se havia alguém na escuta, ele ainda assim disse não.

Eu tinha aproximadamente $280 na minha carteira.

— Duzentos e oitenta dólares — sussurrei, e então, como se o recepcionista ainda não falasse nada: — E eu não conto a ninguém que você comanda as prostitutas aqui.

O recepcionista do Fairfax Hotel ficou vermelho. Ele gaguejou. Ele me mediu. *Quanto problema este cara realmente poderia me causar?*

Ele sussurrou:

— Tudo bem.

— Por duzentos e oitenta dólares, eu gostaria de ter a *chave*, também — eu disse.

E o recepcionista disse:

— Quarto oito zero sete.

E quando eu passei o dinheiro para ele sobre o balcão, ele passou a chave do quarto para mim.

FORA DE RUMO QUARENTA

Voltei pelas escadas.

Mas desta vez ouvi alguém lá comigo.

Não no início. Estava me concentrando muito simplesmente no ato de subir as escadas. Em colocar um pé na frente do outro, estranhamente consciente da minha própria respiração elaborada. Achei que soasse como o velho no saguão — como alguém que já estivesse com um pé na cova.

Então ouvi mais alguém lá comigo

Pelo menos vários andares acima de mim e talvez bêbado, porque quem quer que fosse estava tropeçando e praguejando ocasionalmente.

Em espanhol.

Lucinda e o Sr. Griffen estariam no quarto agora, pensei. Lucinda estaria timidamente tirando as roupas. Virando-se de costas para o Sr. Griffen enquanto tirava o vestido e as meias. E o Sr. Griffen estaria agradecendo a um Deus benevolente.

Vasquez? Ele estaria se posicionando na escada oposta ao quarto deles.

Tirei a arma do bolso, respirei fundo algumas vezes e continuei subindo.

Quando cheguei ao patamar entre o sétimo e o oitavo andar, eu o vi encostado na porta do corredor, arfando e suando.

— Quem é você? — Vasquez disse quando se virou para ver quem estava subindo as escadas. Ele parecia chapado.

— Charles Schine — eu disse.

— Huh?

— Eu preciso daquele empréstimo de volta.

— Este quarto está ocupado.

As primeiras palavras saídas da boca de Sam Griffen.

Eu tinha cuidadosamente aberto a porta do 807 com a minha chave do quarto, mantendo a arma apontada para Vasquez. Eu queria me certificar de que ele entraria no quarto primeiro.

A afirmativa de Sam foi dirigida a Vasquez. Mas quando ele me viu atrás de Vasquez com a arma, a expressão dele passou de chateado para em pânico.

— O que... quem é você? — ele disse.

— Charles! — Lucinda respondeu por mim. Ela estava deitada na cama vestida com uma tanguinha de renda preta ou *não vestida* com uma tanguinha de renda preta. Ela evidentemente já havia começado o show.

Quatro de nós — Sam Griffen, com um olhar apavorado, numa cueca azul-clara, Lucinda com a tanguinha preta, Vasquez com um abrigo aveludado turquesa e eu, de óculos escuros, segurando uma arma.

— Olá, Lucinda — eu disse.

Era estranho segurar uma arma assim. Apontá-la para a pessoa que tinha me tirado mais de cem mil dólares — apontando-a a cada momento para um deles. Isto dava uma sensação de poder, como se ela fosse a extensão da minha mão, exceto pelo fato de que agora ela tinha poderes mitológicos

— ela poderia de repente soltar raios. Todos eles estavam assustados com a arma, até mesmo o Sr. Griffen.

— Olha — o Sr. Griffen disse com uma voz trêmula —, você pode ficar com todo o meu dinheiro. — *Você pode ficar com todo o meu dinheiro...* não foi o que eu disse a Vasquez naquele dia?

— Eu não quero o seu dinheiro — eu disse. — Ela quer.

— O quê?

— *Ela* quer o seu dinheiro.

Agora, além de parecer aterrorizado, o Sr. Griffen parecia confuso. Meu coração se compadeceu dele — compaixão por uma alma companheira, por alguém que estava prestes a passar pelo mesmo choque e desilusão que eu havia passado.

— Eu não entendo — o Sr. Griffen disse. — Quem é você?

— Não importa — respondi.

— Olha, não quero me meter em nenhuma encrenca — o Sr. Griffen disse.

— Eles vão tirar tudo de você — falei. — Você já está encrencado.

Lucinda disse:

— Não sei do que você está falando. Eu e Sam nos apaixonamos... nós...

— Vocês se conheceram no trem, não foi, Sam?

Sam fez que sim com a cabeça.

— Por acaso... simplesmente aconteceu. Eu entendo. Vocês conversaram, conversaram sobre tudo. Ela era linda e doce e compreensiva, e você não conseguia acreditar em como ela estava atraída por você. Ela era boa demais para ser verdade. Não era, Sam?

Sam ainda parecia assustado comigo, mas pelo menos ele estava me ouvindo.

— Faça a você mesmo esta pergunta. Ela *era* boa demais para ser verdade, não era? Pergunte-se se ela alguma vez lhe disse onde ela morava. Disse? *O endereço*, Sam. Se ela alguma vez pareceu conhecer alguma outra pessoa no trem... amigos e vizinhos. A maioria das pessoas conhece alguém no trem, não é? Até mesmo uma única pessoa.

— Ele está me perseguindo, Sam — Lucinda disse. — Tivemos um romance, antes de você. Ele é ciumento. Ele está fora de si.

Tinha que se dar crédito a ela por tentar, pensei. Ela era boa e estava desesperada e estava tentando.

Vasquez se mexeu um pouco. Ele parecia definitivamente mais próximo de mim do que antes. Ele estava brincando de batatinha frita comigo.

— Para trás — eu disse a ele. — Dê um passo grande para trás. — apontei a arma para ele. Vasquez deu um passo para trás.

— Não sei quem é este maluco — Vasquez disse para o Sr. Griffen. Ele estava brincando junto com ela, ele tinha visto onde Lucinda estava indo com isto agora, então ele estava brincando junto com ela. — Eu estava apenas passando pelo corredor, cara, e este imbecil apontou uma arma para mim.

Sam tinha uma pequena barriga e braços finos com veias azuladas. Ele os tinha cruzado sobre o peito pálido e sem pêlos como se estivesse tentando não chorar. Ele obviamente não sabia em quem acreditar — talvez isto nem importasse agora. Ele queria sair dali.

— Ouça-me, Sam. O que ela faz para viver? Ela disse a você onde ela trabalha?

— Ela é uma corretora de seguros — ele disse, mas não de uma maneira muito convincente.

— Em que empresa, Sam?

— Mutual of Omaha.

— Vamos ligar para eles, Sam? Tem um telefone bem ali. Por que você não liga para a Mutual of Omaha e pergunta por ela? Vamos lá.

Sam olhou para o telefone na mesa-de-cabeceira. Lucinda também.

— Ela lhe mostrou a foto da garotinha dela, Sam? A adorável garotinha loura no balanço? Aquela que você pode comprar em qualquer papelaria?

— Temos que tirar este maluco daqui — Vasquez disse. — Ele está fora de si... ele vai *atirar* na gente. Tá me entendendo, Sam?

Mas Sam não estava entendendo Vasquez. Sam parecia perdido. Ele ainda estava confuso, mas sendo derrotado pela lógica. Talvez ele *tivesse* se perguntado se Lucinda não era boa demais para ser verdade — talvez ele sempre tivesse sabido que ela era bonita demais e esperta demais e disponível demais.

— Seja lá o que ela tenha dito a você, é mentira, Sam. Tudo. Você está caindo em uma armadilha, entende o que eu quero dizer? Você ia ter uma surpresa. Vocês iam sair do quarto e o Vasquez aqui ia pular em cima de você no corredor. Ele ia roubar você. Ele ia *estuprá-la.* Só que *não* seria estupro porque ela deu o consentimento dela. Eles estão nisso juntos.

Vasquez fez um outro movimento. Ele estava indo para a frente.

— Não entendo por que estuprá-la... — o Sr. Griffen disse.

— O estupro é para parecer legítimo, Sam. E para fazer você se sentir culpado por não tê-lo impedido. Por não tê-la protegido. Para que quando ele começasse a chantagear você... você e *Lucinda*, ou seja lá qual for o nome dela... quando lhe pedisse um pequeno empréstimo e depois um outro não tão pequeno assim, você pagasse. Mesmo quando você começasse a pensar mais no assunto, quando você começasse a pensar em ir até a sua esposa e contar tudo. Porque ainda haveria o marido dela, não é? E ela teria dito a você que não, ela teria *implorado* para que você não contasse... que ela não poderia deixar o marido dela saber de tudo... sobre ela e o *estupro.* Embora ela não tenha um marido, Sam.

O Sr. Griffen acreditava em mim agora. Talvez não 100%, mas o suficiente.

— Posso... ir embora? — O Sr. Griffen pediu. — Posso... sair daqui?

Mas Vasquez disse:

— Você é burro? Você vai embora e nos deixar com este filho-da-puta?

— Olha — Sam disse. — Eu só quero ir para casa. Não sei o que está acontecendo aqui, e não me importo. De verdade. Eu só... só me deixe ir, está bem?

Vasquez tinha alcançado o bolso e o atingiu na boca com algo preto, Sam caiu. Rápido assim. A boca de Sam começou a sangrar.

Uma outra arma.

Eu tinha feito quase tudo certo. Tinha conseguido a chave do quarto e surpreendido Vasquez na escada. Tinha conseguido entrar no quarto. Ia conseguir o meu dinheiro de volta. Mesmo que o meu plano estivesse um pouco sombrio em relação a *como* conseguir meu dinheiro de volta. Talvez se eu mantivesse Lucinda na mira da arma até que Vasquez voltasse com ele — talvez com todo o dinheiro. Mas eu tinha cometido um erro. Eu tinha me esquecido que Vasquez levava uma arma. Eu não o havia revistado e apalpado ou feito ele jogar a arma dele fora.

Foram alguns segundos quando nem tudo estava perdido. Quando eu ainda tinha uma vantagem. Vasquez tinha uma arma e Sam estava no chão sangrando, mas eu ainda era o único no quarto que tinha a arma apontada para alguém.

Eu podia dizer que Vasquez estava pensando que uma coisa era ter uma arma apontada para alguém e que outra coisa muito diferente era puxar o gatilho. Ele achava que eu não faria isto.

Mas ele não sabia de uma coisa. Dizem que o dinheiro é um grande equalizador, mas era, na verdade, de fato, desespero. Ele nivelava o jogo.

Puxei o gatilho.

Nada aconteceu.

No milissegundo que Vasquez levou para entender a sorte que teve, e para levantar a mão armada, eu entendi *por que* nada tinha acontecido.

Eu havia me esquecido de destravar o pino de segurança.

Eu me lancei em cima de Vasquez, usando a única vantagem que tinha agora. A surpresa.

A minha investida inicial tirou a arma das mãos de Vasquez e a jogou em algum lugar embaixo da cama. Então, agora estávamos mais ou menos empatados.

Talvez eu até mesmo tivesse uma vantagem. Porque havia uma chance de que o meu desespero fosse mais terrível do que o de Vasquez. Eu não tinha muito mais a perder. O detetive Palumbo me ligaria novamente qualquer dia a partir de agora e mesmo que não o fizesse, Barry Lenge o faria. Então eu tinha o desespero do meu lado. E havia algo que não estava muito certo com Vasquez. Ele *estava* bêbado ou chapado, ou algo parecido.

Vasquez tinha se sobressaltado com o choque inicial do contato com o meu corpo, e então imediatamente tentou escapar do meu domínio. Mas ele parecia um peso-pesado que tinha sido socado no décimo segundo *round*, lento e com os joelhos moles. Aquilo me deu coragem.

Eu podia ver Sam de esguelha — de joelhos, olhando para a mão de um vermelho vivo, porque ele tinha acabado de levá-la à boca. Ele parecia surpreso e confuso.

— Filho... da... *puta*... — Vasquez disse, grunhindo agora no esforço de me tirar de cima dele mas não tendo muito êxito nesta tarefa. Eu estava com os meus braços firmemente em volta dele, e não ia deixá-lo sair.

Vasquez cambaleou contra a parede. Eu tinha dado um abraço de urso nele, portanto ele estava fazendo o que os ursos fazem quando querem que algo saia das costas deles. Eles se esfregam contra o tronco de árvore mais próximo. Vasquez estava usando a parede mais próxima.

Segurei firme enquanto batia na parede de gesso e deslocava uma reprodução amarelada, meus óculos indo parar no chão.

Então caímos no chão com um barulho alto; pude sentir o cheiro de Vasquez agora — o fedor de alho e fumaça de cigarro e ovos fritos. O carpete era tão fino que era como rolar no cimento de um *playground*. E, pela primeira vez, eu estava absolutamente convencido de que eu ia ganhar. Eu tinha movido meu braço direito em volta do pescoço de Vasquez e o estava apertando com toda a minha força — e, neste minuto, a minha força era valiosa. Cento e dez mil dólares, pelo menos.

Vasquez falava atabalhoadamente e eu me perguntava se iria matá-lo. E pensei: *Se for preciso, mato.*

Vasquez fez um último esforço para me tirar das costas dele, mas um de seus braços estava imprensado entre mim e o chão, e o outro tão firmemente preso que mesmo que ele me desse um bote estranho, não conseguiria me deslocar.

Ele desmoronou; senti toda a força se esvair dele — toda a força que a bebida ou as drogas ainda não tinham consumido.

Eu não o havia matado, mas eu tinha ganho.

Eu tinha ganho.

Havia um par de sapatos em pé no nível dos meus olhos. A princípio achei que eles pertenciam a Sam, mas Sam estava do outro lado do quarto, sangrando nas mãos.

Então, eu olhei para cima.

— Olha só — disse Dexter —, é o Chuck.

FORA DE RUMO QUARENTA E UM

Dexter tinha entrado durante o calor da batalha.

Nós rolamos no chão e nenhum de nós dois ouviu a porta se abrir. Isto permitiu que Dexter entrasse no quarto, pegasse a minha arma, destravasse e apontasse o cano para a minha cabeça.

Eu estava amarrado e amordaçado. Minhas mãos estavam atadas nas minhas costas com o meu próprio cinto. Eles tiraram os meus sapatos e meias e enfiaram uma das meias úmidas na minha boca.

Fizeram o mesmo com Sam. Ele resistiu momentaneamente e Vasquez o chutou na cabeça.

Eu podia sentir o cheiro do sangue de Sam.

Tinha um cheiro quase doce, mas já que eu sabia de onde estava vindo, era uma doçura repugnante. Aquele era um problema. Porque me fez ficar com vontade de vomitar, e o pensamento de vomitar com uma meia dentro da boca me fez querer entrar em pânico.

Era mais fácil falar para não ficar em pânico do que fazer. Eu estava me perguntando, por exemplo, o que eles estavam planejando fazer conosco, com Sam e comigo. Eu tinha uma forte sensação de que *eles* não sabiam ainda.

Eles pareciam estar com um problema difícil de resolver. Eles ficavam murmurando e sussurrando uns com os outros — às vezes em espanhol, às vezes não.

— *Nosotros tenemos que hacer algo* — Lucinda estava dizendo agora.

Eu tinha feito um ano de espanhol no segundo grau e a única palavra de que me lembrava era *gracias* — mas pude intuir a confusão de qualquer maneira.

Ouvi Vasquez sussurrar alguma coisa em inglês para Lucinda.

— Depois disso... podemos ir... Miami e... — eles estavam partindo.

Fazia sentido. Afinal de contas, Sam era inútil para eles agora, uma provável fonte de dinheiro irrevogavelmente danificada. Todo aquele tempo e esforço empenhado para trazê-lo até aqui e nada a ganhar com isto.

Eles estavam legitimamente aborrecidos. Eles estavam infelizes por eu ter aparecido. Eu era o motivo pelo qual as coisas não haviam funcionado do jeito que eles haviam planejado. Eu. Eu havia obstruído os trabalhos e os deixado com um problema que eles não contavam. As armas deles, afinal de contas, eram o medo e o engano, mas agora estas armas eram inúteis.

O que os deixava com o quê?

— Seu idiota imbecil... — Vasquez estava sentado na cama com as mãos nos joelhos. Ele estava falando comigo. — Eu te disse para não aprontar nenhuma merda de novo. Eu te disse para voltar para Long Island e ficar lá, certo? Você perdeu *dinheiro* antes, seu filho-da-puta. *Dinheiro.* Você deveria ter agradecido a Deus. *E agora*, o que você vai fazer, hein?

Talvez rezar.

Não eram apenas as palavras que estavam me assustando, que me faziam pensar que rezar era uma boa idéia — era o fato de que o próprio Vasquez parecia assustado ao dizê-las. E agora, o que você vai fazer, hein? Como se fosse uma pergunta que eles tivessem feito a eles mesmos, então chegado a uma resposta de que não gostavam. Quando pessoas assustadoras começam a ficar assustadas, é quando você deve começar a temer.

Os três entraram no banheiro juntos. Alguém — achei que fosse Dexter — estava se posicionando contra fazer alguma coisa. Eu podia ver a voz dele alterada.

Quando saíram do banheiro, Dexter não parecia muito feliz. Parecia que tinha perdido.

Mas Vasquez e Dexter iam fazer alguma coisa agora.

— Dez minutos — ouvi Vasquez sussurrar para Lucinda —, e então iremos para... a pequena Havana... meu primo...

Vasquez e Dexter deixaram o quarto.

O que deixou apenas três de nós. Sam, Lucinda e eu.

— O que vocês vão fazer conosco? — Sam perguntou através da meia na boca. As palavras abafadas, mas compreensíveis.

Mas Lucinda não respondeu.

— Eu não vou contar — Sam disse. — Se você me deixar ir embora, eu não vou dizer uma só palavra, eu prometo. Por favor...

Nenhuma resposta ainda de Lucinda. Talvez eles tivessem dito a ela para não falar nada — não confraternizar com o inimigo. Talvez depois de ter conversado com Sam Griffen por meses, era ótimo não ter que falar nada com ele agora. Ou talvez ela soubesse exatamente o que eles iam fazer conosco e achava melhor não dizer.

— A meia... está me sufocando — Sam disse. — *Por favor...*

Lucinda finalmente respondeu, mas não com palavras. Ela se levantou e andou até Sam — uma caminhada curta de um metro e meio, talvez.

— *Por favor* — Sam disse —, tire-a da minha boca... *por favor... eu estou sufocando...*

Então Lucinda se abaixou para tirar a meia.

Assim que a mão dela chegou à boca, ele a mordeu e Lucinda gritou.

Talvez ele estivesse se fazendo as mesmas perguntas que eu tinha feito e chegado às mesmas respostas. Então, talvez ele tivesse decidido que não tinha nada a perder.

Ela gritou com ele — "*Filho-da-puta!*" — tentando tirar a mão dela de dentro da boca dele, mas Sam a segurava como se fosse um cão de ataque, do tipo treinado para abater ladrões e não os soltar, mesmo que se atirasse nele para matar. Lucinda gritava e batia na cabeça de Sam com a mão livre, mas *ainda assim* Sam não a soltou, segurando-a como se fosse para salvar a própria vida.

Tentei chegar lá, mas eu tinha que me arrastar até eles, porque as minhas mãos estavam amarradas nas minhas costas. Eu tinha que me mover em seções. Eu estava tentando ajudar Sam. Porque alguma coisa ruim ia acontecer agora. Eu podia pressentir.

Primeiro, porque Lucinda tinha conseguido tirar a mão da boca de Sam. Finalmente. Segundo, porque ela estava levantando a arma com a mão direita dela e começando a batê-la na cabeça de Sam. A boca de Sam estava cheia de sangue, sangue dela e dele aparentemente misturados, quando Lucinda bateu com a arma no rosto dele novamente. E de novo e de novo.

— Por favor — Sam disse. — Eu sou *pai de família*... eu tenho *três filhos* — enquanto a arma esmagava a mandíbula dele. Enquanto esmagava o nariz dele. Esperando, acho, que isto pudesse fazê-la parar um pouco, pudesse fazê-la parar de bater nele. Mas isto apenas a fazia ficar mais enfurecida. Sam continuava implorando "Três filhos... por favor... *pai de família*", mas Lucinda continuava batendo nele. Cada vez mais forte; eu podia ouvir o som do metal batendo no osso. Como se ele estivesse dizendo, *Bata em mim*, e ela continuasse a atender seu apelo.

Consegui chegar próximo vinte centímetros, vinte e cinco centímetros, trinta centímetros deles, quando finalmente entendi que não adiantava mais.

Não agora.

Sam estava morto.

Vasquez e Dexter estavam de volta ao quarto.

Dexter carregava dois sacos de lixo — do tipo grande, forte, industrial, grande o suficiente para um gramado inteiro de folhas secas. Ou para dois cadáveres.

Talvez fosse por isso que, quando eles viram que Sam estava morto, quando Vasquez o chutou levemente com o sapato e de fato confirmou a morte dele, ninguém pareceu particularmente chateado com isto.

— Ele me mordeu — foi tudo que Lucinda disse, e Vasquez balançou a cabeça.

Então Vasquez pegou um travesseiro e me disse:

— Hora de dormir.

Vasquez tinha uma arma, mas ele não podia se arriscar que alguém ouvisse.

Eles iam me sufocar.

Eu estivera fazendo algo enquanto Lucinda matava Sam. Enquanto ela se levantava e ia ao banheiro lavar o sangue das mãos. Enquanto Sam estava caído lá sem respirar. Eu tinha lembrado de uma coisa. Dexter tinha entrado e pegado a minha arma e depois dado a arma a Lucinda quando eles saíram.

O que significava que ainda existia outra arma sobrando.

A arma de Vasquez. Onde ela estava?

Embaixo da cama. Onde ela tinha ido parar quando eu a tirei das mãos de Vasquez.

Talvez a um metro e meio de mim. Era tudo.

Eles iam me sufocar.

Comecei a me mover centímetro a centímetro até lá.

Outra coisa. Eu tinha começado a testar a qualidade do nó que Dexter tinha dado com o meu cinto. Ele não fora feito para ser usado como corda; ele não era flexível o suficiente para fazer um bom nó. Havia uma chance ali.

Eles iam me sufocar.

Quando Vasquez e Dexter entraram novamente no quarto, eu tinha aberto um pequeno espaço no nó. Eu estava a sessenta centímetros da arma de Vasquez.

Perto o suficiente para alcançá-la. Se eu pudesse livrar as minhas mãos a tempo.

— Hora de dormir — Vasquez disse.

A sua vida não aparece como um *flash* na sua frente.

Gostaria de dizer isto a vocês agora.

É o que dizem que acontece com você quando você está frente a frente com a própria morte, mas isto não é verdade. Não para mim — a minha vida inteira não passou como um filme diante dos meus olhos. Só uma pequena parte dela.

Quando eu tinha sete anos de idade e estava na praia.

Estava brincando de surfar e não prestava atenção quando uma onda traiçoeira se formou e me derrubou. Quando conseguiram me tirar da água, eu estava roxo, cianótico e — se não fosse a ajuda de um salva-vidas — *morto.* Daquele dia em diante, sempre tive medo de me afogar. Daquele dia em diante, quando tinha pesadelos em que eu estava morrendo, era sempre desta maneira. Sem ar nos pulmões.

Era esta a parte da minha vida que eu via agora.

Antes de Vasquez colocar o travesseiro branco sobre a minha boca, eu consegui pegar bastante ar.

Era uma brincadeira que costumávamos fazer quando crianças. Chamava-se Sem Respirar. Uma brincadeira feita com devoção quase maníaca depois do incidente na praia — como se eu soubesse que aquilo poderia me salvar um dia.

Eu era capaz de segurar por três minutos. Talvez até quatro.

Vai.

O travesseiro cheirava a suor e poeira. Comecei a trabalhar com as mãos nas minhas costas para tentar desfazer o nó.

Empurrava para fora com ambos os pulsos. Depois relaxava. Depois empurrava. Depois relaxava.

Era como uma isometria dolorosa. Vasquez colocou todo o peso dele sobre mim. Era difícil mover as mãos.

Entretanto, mantive os pulsos em movimento. Embora o cinto estivesse cortando minha pele como uma lâmina cega.

Era um movimento lento. Ouvi alguém andando a alguns metros de mim. A cama rangeu. Lucinda limpou a garganta. Alguém ligou o rádio.

Minhas mãos não iam a lugar nenhum. Eu continuava empurrando mas era como se estivesse empurrando uma porta trancada. Como se estivesse correndo sobre areia movediça. Estava empurrando, mas não estava cedendo. Meu peito começava a doer. As articulações do meu braço pareciam que estavam sendo arrancadas. Elas gritavam por mim.

Não, elas guinchavam. *Não na vida. Não era possível. Esqueça.*

Pare!

Meus pulmões estavam em fogo agora. Eu não conseguia sentir as minhas mãos.

E então o cinto começou a ceder.

Só um pouco.

Apenas afrouxar o suficiente para passar um pedaço da minha mão.

Empurrei com toda a minha força. E novamente.

Meus pulsos estavam sangrando. Continuei empurrando.

Consegui fazer metade das minhas mãos passarem. Ambas estavam suando. O suor e o sangue me ajudavam a escorregá-las pelo cinto. Era bom, era *maravilhoso*. Continuei empurrando.

Minhas mãos estavam três quartos para fora. Eu precisava empurrar um pouco mais, apenas um pouco mais. Eram os nós dos dedos.

Eles eram um problema. *Por favor.*

Dei um último empurrão — um último empurrão final. Por tudo. Tudo que eu precisava fazer voltar para mim. Por Anna. Por Deanna.

Agora.

Empurrei e empurrei e empurrei...

Uma das mãos estava livre.

Eu estava morrendo.

Minha mão esquerda, o braço mais próximo da cama.

Está tudo escuro. Não consigo enxergar. Estou morrendo.

Ouvi Vasquez dizer:

— Hein?

Ouvi Dexter dizer:

— Cuidado.

Eu estava freneticamente tentando sentir a arma embaixo do colchão de molas. Meus pulmões estavam explodindo. Passei minhas mãos aqui e ali embaixo da cama. Onde ela estava?

Senti a arma. Meus dedos estavam sobre ela.

O que é isto? O que está acontecendo?

Eu a tirei debaixo da cama.

E naquele exato momento, no exato momento em que eu poderia ter virado a maré, eu morri.

ATTICA

Fat Tommy estava certo.

Eles me mandaram uma notificação pelo correio.

"Caro Sr. Widdoes: Viemos através desta informá-lo que as limitações do orçamento do estado não mais permitirão um programa de educação para adultos em prisões estaduais. As aulas terminarão no dia primeiro do próximo mês. Um aviso formal do término virá a seguir."

Isto queria dizer que eu tinha mais duas aulas.

Apenas duas.

Os agentes penitenciários mantinham distância de mim agora, como se eu tivesse uma doença contagiosa. Seria possível que as demissões do estado fossem contagiosas? Quando entrei na sala dos agentes penitenciários para tomar um café, eles me evitaram — mais do que antes, quando era simplesmente o meu emprego que os incomodava. Agora era a falta dele.

Tomei meu café sozinho no canto da sala conhecido como o museu.

O *museu* tinha sido apelidado assim há muito tempo por um agente penitenciário cujo nome ninguém se lembrava.

Era uma coleção mal-arrumada de armas confiscadas na prisão. *Explosivos, barras, revólveres, maçaricos* — o que os prisioneiros chamavam de facas. Forjadas de molas de colchão, canetas vazias, chaves de fenda contrabandeadas — tudo em que os prisioneiros conseguiam colocar as mãos. Mas havia também armas rudimentares — coisas engenhosas colocadas junto com os refugos da loja de máquinas, capazes de pôr uma cópia razoável de bala em um homem a curta distância.

O museu constantemente recebia novas peças. Depois de cada inspeção, sempre havia uma ou duas doações.

Eu olhava para aqueles instrumentos de morte até que o silêncio da minha presença se tornasse intolerável, ou até que chegasse a hora da minha aula.

O que viesse primeiro.

O escritor vinha mantendo a regularidade monótona e dolorosa.

Toda aula eu encontrava uma outra parte sobre a minha mesa.

Minha própria história sendo lentamente contada a mim, capítulo após capítulo, doloroso. Era uma acusação lenta e tortuosa de Charles Schine. Eu estava convencido de que tortura era *exatamente* o que o escritor tinha em mente.

Havia outras coisas também. Uma outra nota apareceu no final do capítulo 20.

"Hora de nos encontrarmos, não acha?"

Escrita com tinta marrom, mas não era tinta marrom. Estava escrita com sangue. Isto era para me fazer ficar com medo.

E eu pensei, *sim, é hora de nos encontrarmos.* Mesmo que eu sentisse as mãos ficando suadas e que o meu colarinho tivesse ficado apertado como um nó.

O escritor não estava na minha sala. Eu sabia.

O entregador estava.

Algumas aulas depois de ter recebido a última nota, dispensei a classe e alguém ficou.

Quando olhei para cima, ele estava sentado lá e sorria para mim.

Malik El Mahid. O nome muçulmano dele.

Vinte e cinco anos ou mais. Negro, atarracado, tatuado.

— Sim? — eu disse, embora soubesse o que estava para acontecer.

— Está gostando da história até agora? — ele perguntou, ainda sorrindo. Repetindo as primeiras palavras que o escritor tinha deixado para mim.

— Você — eu disse. — Você as tem deixado para mim.

— É isso aí, cara.

— Quem?

— Quem *o quê*?

— Quem está dando os capítulos a você?

— Você tá dizendo que eu não sou o escritor?

— Sim. Eu estou dizendo que você não os escreveu.

— Você tá certo. Eu também não li nenhum.

— Quem?

— Você sabe quem, cara.

Sim.

— Ele quer ver você agora, tá?

Ele quer ver você agora.

— Certo — disse o mais calmamente que pude.

Mas enquanto eu juntava os papéis sobre a mesa, notei minha mão tremendo. Os papéis estavam claramente tremulando bem aqui à vista de Malik, e embora eu quisesse que a minha mão parasse de tremer, eu não conseguia fazê-la me ouvir.

— Na semana que vem — Malik disse. — Certo?

Eu disse que sim. Na próxima semana estava ótimo.

Mas eu tenho que voltar à história agora.

Eu tenho que explicar o que aconteceu.

FORA DE RUMO QUARENTA E DOIS

Quando tirei a arma que estava embaixo da cama, o mundo caiu. Ele acabou.

Houve um *flash* de luz, uma onda de calor, e então a terra implodiu e voltou.

Então eu acordei.

Abri os olhos e pensei: *estou morto.*

Vasquez me matou. Estou morto. Estou no paraíso.

Só que eu não poderia estar no paraíso.

Porque eu estava no inferno.

Pegue o *Inferno* de Dante e vá diretamente para o sexto círculo. A fumaça negra sulfurosa. O inferno do óleo fervendo. Os gritos de agonia. Abri os olhos e não podia ver. Ainda era de manhã, mas já era noite.

Pouca coisa estava clara. O oitavo andar do Fairfax Hotel havia, de alguma maneira, se transformado no porão. Do sétimo andar para baixo, em uma sepultura.

O próprio quarto estava meio inteiro. Era primavera, mas nevava (pó de reboco, descobri quando provei com a língua).

Um ar-condicionado inteiro estava sobre a minha perna esquerda.

Isto é o que eu sei agora, mas não então. O que consegui juntar a partir dos jornais e da TV e das minhas observações limitadas.

Aquela clínica para mulheres ao lado do Fairfax Hotel oferecia abortos subsidiados pelo governo federal, o que significava que para certas pessoas aquela não era uma clínica para mulheres mas uma clínica de *abortos*.

O homem com a jaqueta da Universidade de Oklahoma que eu encontrei no elevador no dia em que fiz o *check-in* e vi posteriormente no saguão, reclamando que não havia uma Bíblia no quarto dele? Ele era uma daquelas pessoas. Um cristão musculoso, um devoto defensor do direito à vida, mas com um senso de injustiça ofendido e uma fascinação por explosivos.

Acontece que ele não estava passando o tempo dele tentando a sorte no jogo de cartas e comprando Rolexes falsificados na rua. Ele passava o tempo dele no quarto, montando meticulosamente uma bomba feita de fertilizante e acetatos. Quando ficou pronta, ele a amarrou cuidadosamente no próprio corpo.

Ele pegou o elevador para o saguão do Fairfax Hotel com a intenção de andar até a clínica para mulheres e explodir a clínica e a ele mesmo.

Deixe-me explicar a volatilidade deste tipo de bomba. Segundo as reportagens posteriores nos jornais, não é o tipo mais estável de explosivo. Não é como dinamite, por exemplo, ou explosivos plásticos. É extremamente volátil, muito transmutável.

Ele nunca chegou a sair do elevador. Alguma coisa aconteceu. O elevador parou abruptamente. Ou ele foi empurrado. Ou acionou o detonador por engano. Alguma coisa.

A bomba explodiu bem no epicentro do prédio. Se você estivesse tentando colocar o Fairfax Hotel abaixo e não a clínica de abortos ao lado, e se você soubesse sobre explosões e índices de choque e fraqueza estrutural, era onde você teria que fazer.

No elevador, entre o quinto e o sexto andares.

E o Fairfax Hotel era uma fraqueza estrutural esperando para ser tirada de seu tormento.

Suas estruturas estavam rachadas e rangendo e frágeis. O amianto descascando fazia dele uma armadilha de fogo. Havia vários vazamentos no sistema de aquecimento de gás ou assim foi determinado posteriormente. Em resumo, era um desastre esperando para acontecer.

Barras de aço. Partes do teto. Parede de amianto. Vidro laminado. Pessoas. Tudo indo pelos ares e então, como diz a física newtoniana, *para baixo*. Em cima daquilo que restava do Fairfax Hotel. Aplainado como um bolo de casamento achatado.

Cento e quarenta e três pessoas morreram naquela manhã no Fairfax Hotel e em quatro prédios nas redondezas.

Cento e quarenta e três e, eventualmente, mais uma.

Ouvi uma voz.

— Tem alguém vivo aí embaixo? Alguém?

— Sim — eu disse. *Se eu me ouvi*, pensei, *então talvez eu esteja vivo*. — Sim — eu disse e ouvi.

Braços agarraram meus braços. Levantaram-me do cascalho, amontoado de cadáveres e negrume, e eu de repente estava vivo e respirando.

Isto é o que eu sei agora, mas não então.

Dois quartos tinham permanecido intactos — ou quase intactos. Quem sabe por quê? Quando alguém decide amarrar uma bomba ao próprio corpo e eliminar a si próprio, não existe uma razão plausível. Algumas pessoas naquela manhã foram para a esquerda e sobreviveram. Algumas pessoas foram para a direita e não sobreviveram. Uma pessoa estava perto da morte no chão do hotel e conseguiu sair viva.

Praticamente ilesa.

Eles me tiraram do cascalho, me deitaram numa maca na rua, entraram e trouxeram outras pessoas que puderam encontrar. Incluindo Vasquez, Lucinda, Dexter e Sam. Dos quatro, três estavam mortos e um quase. Dexter, Sam e Lucinda tinham cobertores sobre os rostos. Vasquez estava inconsciente, cheio de sangue e mal respirava.

Eles o colocaram perto de mim na calçada e o bombeiro lhe tomou o pulso e balançou a cabeça. Quando alguém com uma cruz vermelha no braço veio correndo, o bombeiro disse, "Cuide daquela senhora ali", e apontou para uma mulher cujas roupas estavam em chamas.

— Ele não vai sobreviver.

Por fim decidi me levantar e ir embora. Simplesmente sair andando. Mesmo que tivesse sofrido algum tipo de choque, eu me sentia terrivelmente lúcido.

A visibilidade era quase zero. Mas pude ver o corpo de Lucinda a menos de um metro de mim. Podia tocar Vasquez. Os bombeiros e policiais estavam correndo para todos os lados em um turbilhão sufocante de fumaça negra.

Eu me levantei. Comecei a andar. Desapareci naquele turbilhão.

Andei por algum tempo. Eu me perguntava se Deanna estivera certa o tempo todo, que as coisas acontecem por uma razão. Não tinha certeza agora. As pessoas olhavam para mim como se eu tivesse vindo de outro planeta. Mas ninguém me parou — ninguém me perguntou se eu estava machucado ou precisava de um médico ou de uma ambulância. Talvez eles estivessem imunes a este tipo de coisa agora. Andei pela Broadway. Achei que meu cabelo estava chamuscado — quando passei as mãos nele, ele crepitava com a estática. Eu acabei pegando um táxi em algum lugar perto do Central Park.

Voltei para o meu apartamento em Forest Hills. O motorista de táxi estava com o rádio ligado. Alguém falava sobre a explosão. Possivelmente um vazamento de gás, uma mulher dizia — ela estava entrevistando um bombeiro. Levaria algum tempo até que eles descobrissem evidências do contrário. O motorista de táxi me perguntou se eu estava bem.

— Sim — eu disse. — Não poderia estar melhor.

Quando chegamos a Forest Hills, a rua onde eu morava estava deserta. Talvez todo mundo estivesse grudado no noticiário. Ninguém me viu entrar no prédio, entrar no meu apartamento, cair em estupor.

Dormi o dia inteiro.

Quando acordei na manhã seguinte, fui até o banheiro e não me reconheci. Eu estava com a cara preta — pertencia a um show de um menestrel.

Liguei nas notícias. Três comentaristas debatiam números. Que números, exatamente? Levei algum tempo para descobrir. O número de mortos — era sobre isto que eles estavam falando. Algo em torno de cem era o consenso. Em um outro canal, eles afirmavam que eram 96, 150 em outro. Os mortos no hotel e os danos periféricos nos quatro prédios ao redor. Mas quem sabia quantos tinham morrido, de fato? Era isto que os comentaristas diziam. Os corpos estavam carbonizados, amassados, incinerados. Era impossível determinar, um homem disse, eles poderiam nunca saber. Se alguém que estava no hotel aparecia, ela estava viva — ele disse. Se não, ela estava morta. As pessoas já começavam a percorrer hospitais e abrigos da Cruz Vermelha, colocando fotos nas paredes e cercas e postes de rua — um exército enlutado, desesperado e sem esperança.

Assisti o dia inteiro sem me mexer.

Eu não liguei para ninguém — não falei com ninguém. Eu estava mais ou menos paralisado. Todo aquele horror. Não conseguia me mexer — não conseguia comer. Não conseguia falar.

A ilusão da invulnerabilidade que eu costumava levar comigo como um direito de nascimento — a qual Vasquez e Lucinda tinham me tirado — tinha agora sido tirada de 143 outras pessoas. Ninguém mais estava seguro. Ninguém.

O cascalho da explosão foi levado de caminhão para o depósito de lixo da cidade. O lixão de Staten Island. Ao lugar que você pode chegar se seguir o fedor descendo a Western Avenue.

Para abrir lugar para as toneladas de entulhos, eles primeiro tinham que tirar outras toneladas de entulhos. Levar aquelas pilhas de entulhos de um lugar para outro. E no meio da pilha de aço retorcido, papelão amassado, latas, ossos quebrados, comida podre, tijolos quebrados e lixo humano — eles encontraram restos humanos.

Eles finalmente encontraram Winston.

Era por isto que a polícia estava esperando. Um corpo. Eles tinham feito uma gravação minha dizendo a Winston o que eu queria que ele fizesse, mas eles não tinham *Winston.*

Agora eles tinham.

Eu descobri isto quando finalmente liguei para Deanna três dias depois que fui tirado dos prédios que explodiram. Do que parecia o centro de Beirute. Ela estava feliz em ter notícias minhas.

— Graças a Deus, Charles — ela disse. — Achei que você estivesse *morto.*

FORA DE RUMO QUARENTA E TRÊS

Foi quando me ocorreu pela primeira vez.

Quando Deanna atendeu ao telefone e disse, *achei que você estivesse morto.*

Ou talvez não tivesse sido naquela hora. Talvez tivesse sido mais tarde, depois que eu contei a Deanna por onde eu tinha andado — o que tinha acontecido comigo no Fairfax Hotel — e ela teve um sobressalto e ficou em silêncio e depois me disse que a polícia tinha vindo até a nossa casa com um mandado de prisão para mim. Porque eles tinham encontrado o corpo de Winston no lixão de Staten Island.

Ou poderia ter sido mais tarde naquele dia, quando um porta-voz pálido e sóbrio leu a lista de mortos em um noticiário. Os que haviam sido confirmados como mortos e os *supostamente* mortos — antigamente chamados de ainda desaparecidos.

Meu nome estava nesta lista.

Era surreal, eu mesmo ouvir que estava sendo declarado oficialmente desaparecido. Era como assistir ao meu próprio velório — meu próprio serviço funerário. O porta-voz da cidade disse que a lista tinha sido cuidadosamente compilada do disco rígido do computador do hotel, recuperado no cascalho — as pessoas que se sabia serem hóspedes registrados no momento da explosão. E pelos pertences encontrados aqui e ali, espalhados pelo local da explosão e guardados no cofre do hotel. Pastas, PalmPilots, relógios gravados e jóias. O meu relógio, por exemplo, estava sumido. "Para Charles Schine com todo o meu amor", dizia na parte de trás. O porta-voz explicou que tinham comparado esta lista com a lista de pessoas que deram entrada em prontos-socorros e leitos de hospital.

Eu estava pegando o telefone para ligar para alguém — qualquer pessoa — e explicar que eu não estava morto, que eu ainda estava aqui. Ao mesmo tempo, eu estava me vestindo, porque talvez um telefonema não fosse suficiente, era possível que eu tivesse que aparecer em carne e osso. Eu estava remexendo a gaveta de meias, e me deparei com a carteira de Winston.

Foi quando a idéia *realmente* me ocorreu.

Quando ela mudou de ridícula para possível. De um conceito desejoso para um plano real. Eu tinha enfiado a carteira de Winston na gaveta de meias e tinha me esquecido dela. Mas agora eu me lembrava de uma coisa que Winston tinha me dito.

A coisa mais fácil de se conseguir — identidades novas, ele tinha dito.

A carteira dele, por exemplo, tinha quatro delas. Carteiras de motorista. Uma de Jonathan Thomas. Uma de Brian McDermott. Uma de Steven Aimett. E uma de Lawrence Widdoes. A única das quatro que parecia vagamente comigo — mais novo, é claro, mas basicamente a mesma cor.

Achei que você estivesse morto, Deanna disse.

Outras pessoas também acharam.

Eu tinha me registrado no Fairfax Hotel mas nunca cheguei a fechar a conta. Ou talvez sim, mas só no sentido vernacular do termo. Como em *você soube o que aconteceu com o Charley? Ele, bem, fechou a conta. Ele morreu.*

O que me fazia lembrar de um outro dito popular.

Eu estaria bem melhor morto. Sim, nós já ouvimos esta também. Uma expressão que usamos em momentos de crise, quando as coisas estão absolutamente sem remédio e não parece haver saída.

A menos que haja uma. A menos que você ache que não tem jeito, ainda assim, há uma saída.

Estar morto.

Talvez esta fosse a saída.

Se eu aparecesse, estaria vivo.

Mas e se eu *não* aparecesse?

FORA DE RUMO QUARENTA E QUATRO

Eu estava parado na esquina da Crescent com a Avenida Trinta. Na frente de um lugar chamado Crystal Night Club. Não parecia uma boate. Era apenas um ponto de encontro para veteranos de guerra — como indicava o nome descorado suspenso na cobertura de tijolos. Mas passava da meia-noite e eu podia ouvir música lá dentro. Um homem com aparência latina estava vomitando na calçada.

Quando entrei, imediatamente me dei conta de que não estava exatamente no meu ambiente.

Lembra daquela cena de *Guerra nas estrelas* quando o herói entra no bar dos alienígenas? Eu me senti daquele jeito. Só que estes alienígenas eram da variedade terrestre — o tipo que você vê no noticiário da noite quando o Serviço de Imigração e Naturalização conduz as rondas periódicas na fronteira. O tipo que você vê em qualquer equipe de aparadores de gramado em Long Island. Se você subisse em um avião em Santo Domingo e descesse direto da pista de aterrissagem para o bar mais próximo, ele seria parecido com este.

Eu estava quase certo de ser o único branco americano no lugar. Possivelmente o único americano legal, também.

Salsa explodia de duas enormes caixas de som. A língua espanhola fluía livremente pelo lugar.

Todos pareciam ter um par, mas formavam pares estranhos. As mulheres estavam bem-arrumadas — saias brilhosas curtas e saltos altos. Os homens usavam jeans sujos e camisetas. Levei algum tempo até entender o que estava acontecendo.

As mulheres eram anfitriãs. Era assim que elas se apresentavam — primeiro em espanhol, *huéspeda.* Depois em inglês, quando eu pareci perplexo e ela deu uma boa olhada em mim e percebeu que eu não pertencia à sua clientela usual.

Por um momento, ela hesitou, como se esperasse que eu percebesse o meu erro e fosse embora. Mas quando fiquei em pé lá e esperei educadamente que ela continuasse, ela continuou.

— Eu sou Rosa — ela disse. — Quer uma anfitriã?

— Sim — eu disse. — Ótimo.

Retornando um minuto para aquele momento em que fui tirado do buraco no chão que um dia fora o Fairfax Hotel.

E estava deitado na calçada enquanto eles esperavam pela chegada de ambulâncias e médicos. Eles tiraram outros corpos; colocaram Vasquez quase morto do meu lado no chão.

O bombeiro que o tinha colocado lá estava coberto de fuligem. Os olhos dele pareciam cinza branca em carvão queimado. Ele me perguntou se eu estava bem.

Eu disse que sim. Pude ouvir o som distante de uma ambulância apressada. Eu sabia que tinha apenas alguns minutos.

Quando o bombeiro voltou para dentro para buscar mais corpos, eu me inclinei sobre Vasquez como se o estivesse confortando. Vendo se ele estava bem. Coloquei minhas mãos nos bolsos dele. Primeiro nos bolsos dianteiros, depois nos traseiros.

Nos bolsos da frente havia algum trocado. Um frasco pequeno com um pó branco dentro. Fósforos.

O bolso traseiro estava inchado com a carteira dele. Eu rapidamente a removi e a coloquei no meu bolso.

Eu me levantei e deixei o local.

No táxi para Forest Hills eu a esvaziei, retornando o favor que Vasquez tinha me feito no Fairfax Hotel.

Nesta carteira: um distintivo policial falso; uma carteira de motorista de aparência suspeita; mais pó branco embrulhado em folha de alumínio; duzentos dólares; um cartão de visitas de alguma coisa chamada Crystal Night Club. Proprietário registrado como Raul Vasquez.

Na parte de trás havia coisas escritas em espanhol. *Veinte-y-dos...derecho, treinta-y-siete, izquierdo, doce... derecho.*

Na manhã seguinte, a manhã em que acordei com a cara preta, eu procurei na internet. Google.com — dicionário de espanhol.

Logo que traduzi a primeira palavra, eu soube que eram números.

Vinte e dois direita.

Trinta e sete esquerda.

Doze direita.

Eu tinha certeza de que não era um jogo de futebol.

Esta era a maneira como funcionava o Crystal Night Club.

Você pedia bebidas com preços exorbitantes e Rosa conversava com você.

Era isto que os outros homens estavam fazendo.

Rosa me explicou, como algo sobre o que conversar.

— Você não é nenhum latino — ela disse. — É só o que temos aqui. Geralmente — ela acrescentou, não querendo me ofender.

— De onde você é? — perguntei a ela.

— Estados Unidos — ela disse. — *De onde você achou?*

— Não. Quis dizer onde você mora?

— Bronx — ela disse. — Todos nós moramos lá. A gente vem de ônibus.

— Oh.

— Estes caras — ela apontou em volta com evidente desdém —, eles moram em bandos. Sabe como é... tipo, seis em um quartinho.

— E eles vêm aqui para beber.

— Certo — ela disse com um sorriso, como se eu tivesse falado alguma coisa engraçada. — Para beber. Quer outro? — ela me perguntou, lembrando-me exatamente do que eu estava fazendo. Bebendo.

Eu mal tinha tocado a minha tequila sunrise de dez dólares, mas eu disse claro.

— Eles se sentem sozinhos — ela acrescentou depois de fazer um sinal com a mão para o homem atrás do bar. Ele tinha o pescoço grosso enfeitado de cruzes tatuadas. — Eles vêm aqui para, tipo... você sabe, droga. Eles não têm ninguém com quem conversar. Nenhuma *fêmea* — ela disse. — Eles, tipo, se apaixonam por nós, sabe. Eles gastam todo o *dinero* deles. — E ela riu e esfregou os dedos.

— É — eu disse. — Eu entendo.

— Ah, sim... você entende. Então, qual é a sua?

— Nada — eu disse. — Nada mesmo. Só estou dando umas voltas.

— É, bem, isto é legal.

Rosa tinha ancas largas e era carnuda — a maioria das anfitriãs era assim. Eu fiquei imaginando Lucinda. E me perguntando se ela tinha trabalhado aqui também; decidi jogar.

— Na verdade — eu disse, e Rosa se inclinou mais para perto —, eu vim aqui uma vez. Eu acho.

— Você *acha*?

— Eu estava bêbado — eu disse. — Acho que era o mesmo lugar. Não tenho certeza.

— Certo — ela disse.

— Havia uma garota aqui — eu descrevi Lucinda com detalhes, todos os detalhes que somente alguém que passou horas incontáveis olhando para uma mulher saberia. Deixei de fora coisas como beicinho sexy e olhos transparentes.

— Oh — Rosa disse. — Você está falando de Didi. — Mas disse de uma maneira que me fez pensar que ela não gostava de Didi, exatamente.

— Didi? É... acho que este era o nome dela. Claro.

— Ela é uma grande *puta*... uma jogadora, sabe?

— Não.

— Ah, é. Ela entra e vê o que vale a pena em tipo, dois minutos, certo? Põe os peitos para fora... a bundinha magra dela... desfilando para o patrão. Eu via o que ela estava fazendo. Eu estava na cola desta cadela, certo? Ela estava aqui, tipo, dois dias, só dois dias e já estava transando com ele.

O patrão. Raul Vasquez.

— Onde está o patrão? — perguntei.

Rosa deu de ombros.

— Sei lá. Ele não tem aparecido. Por quê?

— Por nada. — E pensei: *eles não sabem*. Eu estava com a carteira dele e ele não estava registrado no hotel. Eles não tinham um nome nem ninguém a ser avisado. Nenhum parente próximo para dar a notícia.

— Então, casado? — ela me perguntou.

— Não.

Eu estava tentando entender tudo. Estava tentando imaginar como começou. Estes pobres latinos vinham até o Crystal Night Club para gastar o dinheiro deles com as anfitriãs que basicamente os desprezavam. Lucinda era uma das anfitriãs. Aquele sotaque leve sobre o qual perguntei no trem — espanhol? Mas Lucinda não tinha sido uma anfitriã por muito tempo. Em vez disso, ela tinha agido com o *traseiro magro* dela e fisgado Vasquez. Você podia ver por que ele queria. Ela não se parecia com o resto delas. Ela se parecia com alguém que passara o dia inteiro comprando na baixa e vendendo na alta em alguma torre de escritórios no centro da cidade. O tipo de mulher que faria os outros executivos babarem atrás dos jornais da manhã.

Teria sido idéia dele, eu me pergunto, ou dela? Quem teve a idéia — quem olhou o ambiente deprimente do Crystal Night Club e viu as possibilidades?

— Você não tá bebendo — Rosa disse. — A regra é, se você não bebe, você tem que conversar com outra pessoa, certo?

— Vou pedir outro — eu disse e Rosa sorriu.

Talvez fosse ela. Didi. Talvez ela tivesse visto o quão ridiculamente fácil era fazer estes homens que trabalhavam longe de casa se apaixonarem por ela, e sabia que seria ainda mais fácil com caras como eu. Caras casados que não estavam longe de casa, mas que talvez desejassem estar. Caras que queriam alguém para conversar tanto quanto estes caras. Caras com dinheiro *de verdade*.

Quando o *barman* me trouxe uma outra tequila sunrise, eu abri minha carteira para pagar.

Rosa disse:

— Widdoes? Que espécie de nome é este? — Ela estava olhando para a minha nova carteira de motorista. Sim, minha primeira noite como um novo homem. Charles Schine estava morto.

— Só um nome — eu disse.

— É deprimente — ela falou. — Como *widows*, viúvas, sabe...

— Sim, bem, a grafia é diferente.

— É verdade — ela disse, séria.

— Onde é o banheiro? — perguntei a ela.

— Lá — ela apontou para o corredor nos fundos. — A maioria deles usa a calçada — ela disse e bufou. — Você devia sentir o cheiro às quatro da manhã. Eles não têm noção.

— Bem, vou usar o banheiro — falei.

— Claro. Vai lá.

Quando me levantei da mesa, vi o homem de pescoço grosso atrás do bar me olhando. Andei de volta até o salão, passando por colombianos, mexicanos, dominicanos e peruanos engajados em conversas com suas respectivas anfitriãs. Entretanto, as conversas eram praticamente de um só lado, os homens se inclinavam sobre as mesas e conversavam em um espanhol de pronúncia indistinta. Achei que as minhas conversas com Didi eram bem assim, também.

Um dos banheiros dizia "hombres" na porta.

Entrei neste. Havia um homem ajoelhado perto do vaso. Eu podia sentir o cheiro de vômito.

Entrei num banheiro que tinha pichação por todo lado. A maioria em espanhol, mas algumas em inglês, também.

"Meu pau tem 25 centímetros", alguém tinha escrito.

Sentei no vaso e respirei fundo. Eu havia visto uma terceira porta nos fundos do corredor. O escritório dele?

Esperei até que o outro homem saísse, e então me levantei e fui até os fundos do corredor.

Não havia ninguém lá. Andei até a terceira porta.

Não estava trancada. Quando a abri, as dobradiças enferrujadas fizeram um barulho agudo e eu parei e esperei, com o coração na garganta.

Nada. A salsa estava tocando lá fora.

Entrei e fechei a porta.

A sala estava escura. Procurei o interruptor e o encontrei bem atrás da porta.

Sim, era o escritório dele. Tinha que ser. Não era *exatamente* um escritório, mas tinha uma mesa, uma cadeira giratória, um sofá surrado, um arquivo.

Eu estava pensando no homem atrás do balcão no bar. Em como ele havia olhado para mim quando andei até os fundos do corredor. Os tendões do pescoço dele pareciam grossas fibras de corda.

Passei os olhos pelas paredes — eram feitas de compensado. Não havia nada lá. Não havia um cofre na parede, por exemplo. Nenhum quadro que pudesse estar escondendo um cofre de parede. Aqueles números na parte de trás do cartão dele — eles só podiam ser a combinação de um cofre. Se não estivesse ali, em algum outro lugar. Ele estava morto e eu precisava do dinheiro de volta. Eu tinha que arriscar.

Havia um calendário rasgado pendurado na parede, mas quando eu o empurrei para o lado não havia nada atrás dele.

Ouvi passos do lado de fora. Prendi a respiração.

Eles continuavam vindo na minha direção; ouvi a porta do banheiro abrir e fechar.

Experimentei o arquivo — estava trancado. A gaveta na mesa estava aberta. No fundo da gaveta havia uma folha de jornal amarelado. Era uma porção de recortes de jornal. O primeiro era uma capa antiga do *Newsday*. PASSAGEIRO PULA DA LIRR era a manchete. Havia a foto de um corpo envolto em um lençol branco, deitado ao lado dos trilhos da estrada de ferro em Lynbrook, Long Island. Um policial de aparência sombria estava montando guarda ao lado dele.

O artigo também estava lá.

"Um homem de Rockville Center aparentemente cometeu suicídio ontem à noite pulando do trem na Long Island Rail Road", começava o artigo. Seguia dizendo que ele era casado com três filhos, advogado, e que não havia deixado nenhum bilhete explicando o motivo do suicídio. Ele estava passando por problemas pessoais não determinados, um porta-voz da família disse. Além disso, não havia outra explicação. Testemunhas no trem disseram que o homem — o nome dele era John Pierson — estava indo para a parte de trás do trem com outros passageiros para encontrar um assento quando simplesmente, sem aviso, pulou.

Eu poderia ter parado de ler bem aqui, mas o nome de uma das testemunhas me chamou a atenção. A última pessoa a vê-lo vivo — aquele que na verdade o tinha visto pular.

Raul. O sobrenome não foi dado. A ocupação dele era dono de bar.

A porta se abriu.

O homem de pescoço grosso estava parado lá, me olhando.

Eu estava atrás da mesa com os recortes de jornal na mão. A gaveta da mesa estava aberta.

— Astoria General — ele disse lentamente.

— O quê?

— O hospital mais próximo. Para que você saiba o que dizer ao motorista da ambulância.

— Desculpe-me... eu estava procurando o banheiro...

— Eu vou ter que te machucar feio — ele disse, ainda com aquela voz suave. — Duas, três semanas no hospital antes de poder sair, está bem?

— Olha, na verdade, eu estava apenas...

Ele fechou a porta atrás dele. Ele a trancou.

Ele começou a andar na minha direção.

Eu dei um passo para trás, mas só havia a parede atrás de mim.

Ele parou e tirou alguma coisa do bolso. Um saco de moedas que ele usou para envolver o punho direito.

Ele deu a volta na mesa; estava tão próximo que eu sentia o cheiro dele.

Então, eu me lembrei do que tinha no meu bolso. Eu o tirei e o abri.

— Detetive, Departamento de Polícia de Nova York — eu disse. O distintivo falso de Vasquez. Eu o havia colocado no bolso, e quase, mas não totalmente, me esquecido dele. — Temos uma denúncia de atividades ilícitas com drogas aqui — eu disse, me perguntando se era assim que os policiais de fato falavam. Tentei me lembrar da maneira como o detetive Palumbo tinha falado comigo naquele dia no escritório.

— Não tem drogas aqui — o homem disse. — Você tem um mandado?

É claro que eu não tinha um mandado.

— Você acabou de me *ameaçar*. Preciso de um mandado para *prender* você?

— Não tem drogas aqui — o homem disse. — Eu vou chamar o nosso advogado, está bem?

— Vá em frente — eu disse. — Eu terminei.

E saí da sala passando por ele.

Eu contei na minha cabeça. *Um, dois, três, quatro...* me perguntando quantos segundos eu levaria para sair do bar e chegar à rua. E quantos segundos ele levaria para reconsiderar o fato de me deixar sair sem checar novamente o meu distintivo ou me pedir para esperar o advogado dele chegar. Eu estava no dez quando passei por Rosa, que disse, "Ei, aonde você vai?"... 15 quando saí pela porta sem respondê-la.

FORA DE RUMO QUARENTA E CINCO

Voltei para Merrick mais tarde naquela mesma noite.

Quando ninguém podia me ver. Quando eu podia me esgueirar pela entrada da garagem e entrar sorrateiro pela porta dos fundos. Curry ganiu e choramingou e lambeu a minha mão.

Deanna correu para os meus braços e ficamos abraçados até que nossos braços ficassem dormentes.

— Você sabe que está sendo considerado desaparecido? — Deanna disse.

— Sim, eu sei. Você não...?

— Não. Disse ao detetive que veio aqui que estamos separados, que não tenho notícias suas, que eu não sabia onde você estava. Achei que deveria manter aquela história até que você me dissesse o contrário.

— Ótimo — suspirei. — Olha, preciso falar com você sobre uma coisa.

— Só um minuto — ela disse. — Eles encontraram algo que lhe pertence, Charles.

— Meu relógio? — eu disse.

— Não. — Ela foi até o escritório e voltou com algo nos braços. — Eles me disseram para ir até lá e buscá-la hoje. Estava no cofre do hotel.

Era grande, preta, inchada.

Minha pasta.

A que eu havia entregado a Vasquez no Spanish Harlem com os cem mil dólares do dinheiro de Anna dentro.

O que ela estava fazendo aqui?

— Eles a encontraram no cofre. Tinha o seu nome nela.

Meu nome, gravado em relevo dourado, tão claro quanto o dia, mesmo que a pasta estivesse coberta com um pó branco fino. *Charles Barnett Schine.*

— Está muito pesada — Deanna disse. — O que tem dentro dela?

Fui abrir para mostrar a ela o que tinha dentro, mas estava trancada. *Estava* pesada — mais pesada do que eu me lembrava.

E pensei: *sim, é claro. Se você tivesse muito dinheiro e quisesse colocar em algum lugar que não fosse o banco, porque você não era exatamente o tipo de pessoa com contas em banco ou porque talvez você não confiasse neles, talvez você pegasse um cofre de hotel aos cuidados do seu amigo e parceiro, Dexter.*

— Eles não quiseram arrombar — Deanna disse. Não a menos que ela não tivesse sido reclamada.

Eu nunca havia usado o cadeado antes, é claro. Eu me lembrava que era preciso programá-lo você mesmo, colocar o seu próprio código de três dígitos nele. Eu nunca me importei com isto.

Comecei a andar na direção da cozinha, onde tínhamos facas que eu usaria para forçar a abertura da pasta, quando me lembrei de uma coisa.

Coloquei a mão no bolso e tirei o cartão de visitas de Vasquez. Eu o virei.

Vinte e dois direita.

Trinta e sete esquerda.

Doze direita.

Movi os pequenos cilindros. Ele abriu.

Dentro da pasta estavam os $110.000 de Anna. E centenas de milhares mais.

As coisas acontecem por uma razão. Deanna sempre acreditou. E eu, agora, finalmente concordava com ela.

Conversamos.

E conversamos.

A noite inteira.

Eu contei a Deanna o que eu tinha em mente.

No início ela não acreditou; ela me fez repetir porque achava que não tinha ouvido direito.

— Você não pode estar falando sério, Charles.

— Até onde as pessoas sabem, Deanna, eu estou morto, entende? Eu acho que isto deve ficar assim.

Disse a ela tudo que não havia dito antes. A T&D Music House. A investigação que eles estavam conduzindo na minha empresa. O processo que eu sem dúvida ia ter que enfrentar.

Deanna ainda resistia. Ela fez café; ficamos no porão para que não acordássemos Anna.

Imaginávamos o futuro. Mas nós o imaginávamos de duas maneiras.

Nós imaginávamos que eu iria até a delegacia de polícia pela manhã e me entregaria. Primeiro, nós imaginamos desta maneira. Eu me entregaria à polícia e conseguiria um advogado e iria a julgamento. E possivelmente perderia. Conspiração para cometer assassinato, com a prova A sendo uma fita cassete onde o júri me ouviria pedir a Winston para mais ou menos ir matar alguém para mim. Uma coisa difícil de se explicar. Então, eu provavelmente acabaria pegando 15 anos, possivelmente sairia com dez por bom comportamento, mesmo que uma acusação *separada* por fraude estivesse pendendo sobre a minha cabeça.

Dez ou 15 anos. Não era o tempo mais longo do mundo. Talvez até um tempo administrável. Talvez. Só que havia uma outra condenação a ser levada em conta aqui.

Anna também tinha que lidar com uma condenação. Uma condenação incerta, verdadeira, com a possibilidade de um adiamento da parte do chefe. Mas não era provável. Provavelmente, mais do que provavelmente, uma sentença de morte. O que significava que quando eu terminasse de cumprir os meus dez ou 15 anos, quando eu saísse para encontrar a minha família me esperando fora dos muros da Attica — a minha família estaria reduzida em um. Seriam apenas dois de nós. E, talvez, mais cedo do que esperávamos. Porque haveria noites em que Anna seria encontrada inconsciente e tremendo; outras injeções aplicadas com a mão trêmula em nossa filha comatosa. Manter Anna viva era um trabalho para duas pessoas — sempre fora um trabalho para duas pessoas.

E já que nós dois estávamos sentados ali imaginando este tipo de futuro, eu imaginei todo ele. Recebendo as notícias na prisão, por carta, talvez: "Lamentamos informar que a sua filha, Anna, faleceu ontem." Implorando pela permissão de ir ao enterro dela. Tendo o pedido negado. Ter que ver o rosto desolado de Deanna através da divisória de plástico na próxima vez que ela viesse me visitar.

Nós imaginamos aquele futuro primeiro.

Então, imaginamos um outro. Um tipo de futuro diferente.

Um futuro em algum outro lugar. Com outros nomes. Um futuro que incluiria ambos para dividi-lo.

Com $450.000 para sustentá-lo. Para sustentar Anna.

Que era a quantia que havia na pasta. Cento e dez mil dólares do Fundo da Anna e $340.000 de outros homens que eles limparam.

O que era outro motivo para considerar este segundo futuro. Aquela pasta. Alguém poderia vir procurá-la.

Houve vezes naquela noite em que parecia que estávamos falando de outra pessoa. Que não poderia ser sobre *nossa* família que estávamos discutindo, que era sobre a família de outra pessoa. Uma família mais ou menos comum, de classe média, que de repente se torna uma família comum de classe média *diferente*. Seria possível? Às vezes coisas assim acontecem, não é? Famílias inteiras levadas pelos programas de proteção a testemunhas, novas identidades, novas vidas. Isto, é claro, era diferente.

Nós não íamos ser escondidos pelo governo. Nós íamos *nos esconder* do governo. Do Departamento de Polícia de Nova York.

Nos escondendo de todos de agora em diante.

No final, tudo se resumiu a uma simples pergunta. Tudo se resumiu a Anna. Qual era a melhor oportunidade para ela? Qual seria o futuro mais prolongado para ela? Com ou sem a minha presença? Seria possível que eu pudesse vencer os processos. Afinal de contas, mesmo com adultério jogado no meio, eu teria a compreensão do meu lado — e um advogado esperto, também. Eu *poderia* vencer os processos, mas a minha melhor probabilidade era de 50%.

Deveríamos nos arriscar? Poderíamos rolar os dados?

O motivo para fazê-lo era Anna.

O motivo para não fazê-lo era Anna.

Eu teria que desaparecer primeiro — hoje à noite. E Deanna? Ela teria que esperar muito tempo para se juntar a mim. Seis meses, talvez até mesmo um ano. E durante este tempo, Anna não poderia saber — ambos percebemos isto. Ela poderia dizer alguma coisa, me delatar. Por um ano inteiro ou mais, Anna teria que acreditar que o pai dela estava morto.

Nós continuamos dando voltas, para a frente e para trás.

Talvez a simples fadiga finalmente tivesse nos vencido. Nós ficamos martelando o racional e o lógico até que eles finalmente trocaram de lados.

Por volta de cinco da manhã, a coisa mais lógica, a coisa mais racional do mundo parecia ser desaparecer da face da Terra.

Eu nunca me apresentei.

Eu morri.

FORA DE RUMO QUARENTA E SEIS

Eu parti naquela noite.

Mas antes de ir embora, antes de abraçar Deanna pelo que pareceram vinte minutos de silêncio, eu fui até o andar de cima na ponta dos pés para olhar a minha filha.

Ela dormia profundamente, com um dos braços sobre o rosto como se não quisesse ver alguma coisa. Sonho ruim, talvez. Eu sussurrei adeus para ela.

Eu não tinha um destino.

Meu destino era qualquer lugar longe daqui.

Eu peguei um ônibus da Greyhound às seis da manhã com destino a Chicago. Parecia um lugar tão bom quanto qualquer outro.

Eu me sentei ao lado de um estudante de direito magro e inquieto que estava voltando para o noroeste.

— Mike — ele disse e estendeu a mão.

— Lawrence — eu disse. — Pode me chamar de Larry. — Era a primeira vez que eu realmente usava o meu novo nome, que eu o dizia em voz alta. Soava estranho, como se eu estivesse me vendo com barba. Eu teria que me acostumar a ele.

Mike era louco por esportes; ele queria ser agente de jogadores quando se formasse, me disse. Eu ia lhe dizer que talvez pudesse ajudá-lo, que eu *conhecia* um ou dois agentes, tinha trabalhado com atletas em comerciais por anos, mas me calei. De agora em diante, eu não estava mais na publicidade. De agora em diante, eu *nunca* tinha trabalhado com publicidade. O que me fez pensar sobre o que eu fazia se alguém me perguntasse. E o que eu faria quando eu chegasse no lugar para onde eu estava indo.

Com exceção do diploma de professor que eu tinha do Queens College — não porque eu quisesse ser professor, mas porque eu não sabia o que mais poderia fazer naquela época — tudo se resumia à publicidade. O que eu ia fazer para viver agora?

Caí no sono algumas vezes no caminho para Chicago. E sonhei. Com Winston. Ele estava sentado comigo no meu escritório antigo e conversávamos sobre as chances dos Yankees na temporada seguinte. Então, Winston ouviu um cachorro latindo — ele se levantou e saiu. Quando acordei, Mike estava me olhando de maneira estranha, e eu me perguntei se estivera falando enquanto dormia. Mas Mike apenas sorriu e me ofereceu metade de um sanduíche de atum.

Quando chegamos a Chicago, apertei a mão dele e desejei boa sorte.

— Para você também — ele disse, e eu pensei que provavelmente eu iria precisar dela.

Encontrei um apartamento próximo ao lago.

Eu havia trazido dinheiro suficiente para me manter por quanto tempo fosse necessário. Mais do que o suficiente, para um mês por segurança e um mês de aluguel.

A vizinhança era em sua maioria ucraniana.

Os vizinhos se sentavam nas varandas marrons quando o tempo estava bom. As crianças andavam de bicicleta na rua e jogavam *stickball*. Um mês depois de eu ter me mudado, eles fizeram uma festa no quarteirão. Um ucraniano careca, com um jeito robusto, bateu à minha porta e me perguntou se eu queria contribuir.

Eu dei vinte dólares e ele pareceu muito feliz. Ele me fez prometer que ia descer e me juntar a eles mais tarde.

Eu não pretendia; eu ia ficar quieto no meu apartamento e ler o *Chicago Sun-Times*. A torrente de artigos sobre a explosão da bomba no Fairfax Hotel foi lentamente diminuindo para um ou dois por semana. Mas havia uma lista atualizada de mortos na edição de hoje. Embora eu estivesse esperando ver, embora eu estivesse *procurando*, a visão do meu próprio nome escrito lá me fez ficar pálido e quase derrubar o café. Meu nome tinha saído da lista dos desaparecidos para a lista dos mortos. Era oficial agora.

E o nome de outra pessoa tinha finalmente aparecido na lista das vítimas também. *Raul Vasquez* — eles finalmente o haviam identificado.

Eu me levantei e fui até a janela. Eu podia ouvir música e risadas vindo da rua logo abaixo. De repente percebi o quão solitário eu estava.

Desci.

Uma banda local tocava canções folclóricas ucranianas — pelo menos eu presumi que fossem, já que todo mundo parecia saber as letras e pelo menos vinte pessoas estavam no meio da rua dançando. Grelhas portáteis estavam armadas na calçada. Uma jovem me ofereceu um tipo de salsicha empanada em uma massa e eu agradeci e me entrincheirei.

Então, um policial veio andando na minha direção.

— Ei você — ele disse.

Eu congelei. Todas as fibras do meu corpo me diziam para correr, para jogar o sanduíche fora e sumir.

— Ei — o policial segurava alguma coisa para mim.

Uma cerveja.

Ele não estava a serviço e morava no bairro. Ele estava apenas sendo simpático.

Deixei o ar sair do meu corpo; pela primeira vez desde que tinha chegado a Chicago, eu relaxei. Fiquei lá até meia-noite. Bebi cerveja e comi salsichas e bati palmas acompanhando a música.

A segunda parte mais difícil disso tudo era não vê-las. Deanna e Anna.

A parte mais difícil era saber o que Anna estava passando.

Uma vez por semana, eu ligava para o celular de Deanna. De um telefone público, só para garantir.

— É tão *difícil* não contar para ela, Charles. Outro dia... — mas ela não terminou.

Ela não precisava.

Eu podia visualizar Anna perfeitamente. Passei horas e horas naquele apartamento sem fazer nada a não ser isto. Tentei não pensar, mas era como manter as imagens de Winston fora da minha mente.

— Talvez pudéssemos... — eu comecei a dizer, mas Deanna me interrompeu.

— Não, Charles, ainda não.

— Eles querem fazer um culto em sua memória — ela me contou algumas semanas depois.

— Tia Rose e Joe e Linda... eu disse a eles que você estava *desaparecido*. Que até que eles oficialmente declarassem que você estava morto, eu ia ter esperanças de que você ainda estivesse vivo. Joe acha que eu estou delirando, é claro. Ele acha que já se passou muito tempo e que eu tenho que encarar a realidade. Eu disse a ele para cuidar da vida dele. Ele não gostou muito. Acho que a família está começando a escolher de que lado ficar, Charles. Todos eles contra a lunática.

— Bom — eu disse.

Aquele era, mais ou menos, o nosso plano.

Em cinco meses, seis meses, sete meses, Deanna e Anna estariam vindo se juntar a mim. E deixando o resto da família para trás. Eles pertenciam à nossa outra vida. Eles não podiam fazer parte desta. Ajudaria, nós pensávamos, se todos se afastassem uns dos outros. A recusa de Deanna de encarar os fatos e a insistência da família dela que o fizesse nos davam uma maneira inesperada de realizar isto. O fluxo de telefonemas solidários de relações próximas ou distantes já havia sido reduzido a quase nada. Muros estavam sendo erigidos, barreiras colocadas no lugar. A única exceção era a mãe de Deanna. Concordávamos que em algum momento teríamos que cruzar os dedos e contar a ela.

Estava ficando cada vez mais aparente que desaparecer da face da Terra não era fácil — laços tinham que ser cortados, pontas soltas tinham que ser emendadas. Era como planejar férias longas e complexas, só que férias das quais você não tinha a intenção de voltar.

— Oh, ligaram da sua empresa para falar do seguro, Charles — Deanna disse. — Eu estava quase pronta para dizer a eles que eu ainda não estava pronta para admitir que você estava morto. Que eles podiam ficar com o seguro, mas ela disse que estava ligando para dizer que eles estavam *brigando* por ele. Por causa da sua suspensão... eles tinham parado com os pagamentos. Ela queria que eu soubesse.

A vida não é senão uma grande ironia, pensei.

Havia outras maneiras de passar o tempo no apartamento.

Comecei a criar mais identidades.

Eu tinha uma carteira de motorista. Eu queria mais.

Winston tinha dito que conseguir uma identidade falsa era a coisa mais fácil do mundo e ele não estava errado. Nestes dias, tudo de que você precisa é a internet.

Quando me conectei em um cibercafé e digitei "Identidade Falsa", encontrei pelo menos quatro sites, todos querendo ajudar.

O segredo estava simplesmente em conseguir a primeira identidade. A que faria você conseguir mais. E graças a Winston, eu já possuía a primeira. Uma carteira de motorista, que, segundo um *website* chamado *Quem é você*, é considerada uma identidade primária. Isto é, ela faz você conseguir todo o resto. Um cartão do Seguro Social, por exemplo, obtido através de um simples formulário no correio.

Lentamente, eu construía uma identidade.

Um cartão de crédito. Um título de eleitor. Um cartão de banco. Cartões de desconto na Barnes & Nobles e Costco. Um cartão de biblioteca. Todas as coisas que você poderia esperar ter na sua carteira.

Mas agora que eu tinha uma identidade, eu precisava de um emprego.

Um dia, o *Chicago Tribune* publicou um artigo sobre a crise educacional no estado. Aparentemente havia uma escassez de professores em Illinois. Profissionais qualificados estavam indo para outras áreas mais lucrativas e deixando as escolas na mão. Turmas estavam sendo juntadas a outras turmas. Programas estavam sendo cortados. O estado estava pensando em promover uma campanha de recrutamento na TV. E algo mais. Eles estavam até mesmo deixando pessoas que não tinham licença darem aulas — qualquer um que tivesse feito um curso de magistério na faculdade e prometesse completar os créditos necessários relativos ao emprego de professor.

Parecia ser uma oportunidade para mim.

A área mais atingida, segundo o artigo, era chamada de Oakdale — cerca de sessenta quilômetros de Chicago. A cidade crescera em volta das fábricas, mas agora estava largamente desamparada. Principalmente de operários e minorias, e lutando com, às vezes, setenta crianças em uma sala de aula. Eles estavam virtualmente implorando por professores.

Fui lá um dia para dar uma olhada.

Saltei do ônibus e andei pela rua principal. Havia várias lojas fechadas e janelas quebradas. Parquímetros que não tinham a parte de cima. Somente os bares pareciam estar tendo algum lucro decente. Era apenas o início da tarde, mas eles pareciam cheios de desempregados. Ouvi alguém gritar de dentro de um bar chamado Banyon's.

— *Filho-da-puta!* — E então ouvi o som de vidro estilhaçado.

Segui em frente apressadamente.

Entrei em uma lanchonete e me sentei diante do balcão.

— Sim? — o dono da lanchonete me perguntou. Ele era gordo e parecia cansado; o avental que usava parecia não ter sido lavado há anos.

— Um hambúrguer — pedi.

— Como você vai querer?

— Ao ponto.

— Certo. — Mas ele não se levantou de onde estava sentado.

Após alguns minutos, eu disse:

— Você vai fazer o hambúrguer?

— Tô esperando a cozinheira — ele disse.

— Onde está ela?

Mas logo a seguir uma mulher saiu da porta atrás do balcão. A esposa dele, supus. Ela estava fumando um cigarro.

— Hambúrguer — o dono da lanchonete disse. — Ao ponto.

Ela pegou a carne congelada debaixo do balcão e colocou na grelha.

— Quer fritas? — ela me perguntou.

— Claro.

— Acabou de se mudar? — o dono me perguntou.

— Não. Talvez. Estou pensando.

— Uh-huh. Por quê?

— Como?

— Por que está pensando nisto?

— Pode haver um emprego de professor para mim aqui.

— Professor, hein? Você é professor?

— Sim.

— Eu nunca fui bom na escola — ele disse. — Não tinha cabeça.

— Bem, parece que você está se dando bem.

— Ah, claro. Estou bem.

A mulher dele colocou o hambúrguer na minha frente. Parecia rosado e engordurado.

— O que aconteceu com os parquímetros? — perguntei a eles.

— Ah, isto — o homem disse. — Alguém os roubou.

— Eles nunca foram repostos?

O homem deu de ombros.

— Não. Não faz diferença. Não temos mais ninguém para cuidar deles ou coisa parecida, então ninguém os estava usando.

— Não tem mais controladora de parquímetros? Por que não?

— Porque não temos nada. Esta cidade está arruinada. Dividimos a força policial com Cícero.

— Oh — eu disse. A maioria dos cidadãos ficaria alarmada por não ter a própria força policial, pensei, mas não eu. Eu achei aquela informação reconfortante.

Oakdale, Illinois. Parecia cada vez mais o lugar onde eu poderia gostar de ficar.

Enviei um currículo e uma carta para a Oakdale School District.

Escrevi que eu tinha feito curso de magistério na faculdade mas tinha ido para a área de negócios depois da formatura. Eu tinha administrado vários negócios bem-sucedidos fora de casa. Agora eu sentia a necessidade de dar alguma coisa em troca. Moldar e formar jovens mentes. Por mais estranho que possa parecer, eu não estava mentindo. Eu tinha passado a maior parte da minha vida tentando vender cartões de crédito ou fatias de pizza; a idéia de fazer algo que pudesse de fato beneficiar alguém além de mim era verdadeiramente atraente.

Deixei o currículo vago de propósito. Escrevi "Universidade Estadual", sem especificar que *faculdade* eu havia de fato freqüentado. Eu estava me apoiando no fato de que mendigos não podem fazer escolhas. Que um sistema sem fundos e com excesso de trabalho precisando desesperadamente de professores não ia ter tempo ou disposição para checar os fatos.

Mandei a carta e o currículo em julho.

Recebi a resposta em 10 de agosto.

Eles me pediram para ir até lá para uma entrevista.

FORA DE RUMO QUARENTA E SETE

Comecei a dar aulas um dia depois do Dia do Trabalho.

Inglês para a sétima série. Eles me deram as séries para escolher, e eu peguei a que era mais próxima da idade de Anna. Já que eu não podia ajudá-la neste momento, pensei, eu poderia ajudar outras crianças como ela.

O ar estava perfumado, mas eu podia sentir os sinais do outono na brisa intermitente, como correntes geladas no oceano de agosto. Estava de pé em mangas de camisa do lado de fora da George Washington Carver Middle School e tremia.

O primeiro dia foi o pior.

A campainha parou de tocar e encontrei 51 alunos céticos olhando para mim.

A turma tinha dois terços de negros e um terço de aspirantes a negro. Até mesmo as crianças brancas usavam jeans com os fundilhos baixos, mostrando o elástico da roupa de baixo. Eles se exibiam da mesma maneira natural com que faziam seus colegas negros; ficavam no pátio da escola antes do primeiro sinal, criando *raps*.

Quando escrevi meu nome no quadro, a ponta do giz quebrou e a classe inteira riu. Abri minha mesa para pegar um outro pedaço de giz mas não havia outro — algo que eu ia descobrir em relação a todo o meu material escolar naquele primeiro ano.

"Sr. Wid" foi o que ficou no quadro.

Então, foi assim que eles começaram a me chamar. Sr. Wid.

Ei, Sr. Wid, qual é? Ei, Wid...

Eu não os corrigi. Quebrou o gelo do primeiro dia e, à medida que o tempo passava, eu gostava mais disso, com exceção de uma pichação que eu li na parede do mictório certo dia.

Estou com o pau do Wid na minha mão!

Eles acabaram gostando de mim, também — até mesmo o grafiteiro, que timidamente o admitiu quando foi pego fazendo mais uma pichação para a sua coleção e passou duas tardes de castigo por isto. O supervisor do castigo dele aconteceu de ser eu. Eu tinha me voluntariado. Eu não tinha aonde ir e não havia ninguém me esperando em casa. Então, eu vigiava os alunos que eram castigados, ensinava depois da aula, e ajudava o time de basquete da escola.

O nome do grafiteiro era James. Mas ele gostava de ser chamado de J-Cool, ele me disse. Ele vinha de uma família com apenas um dos pais — só a *mama dele*, ele dizia, e eu imediatamente pensei em Anna.

Disse a ele que se ele parasse de escrever pichações na parede do banheiro, eu começaria a chamá-lo de J-Cool.

— Valeu — ele disse.

Nós nos tornamos amigos.

Eu me tornei popular entre todos. Não apenas entre as crianças, mas também entre os professores, já que eu sempre era voluntário para coisas que, caso contrário, eles teriam que fazer.

Ser querido, no entanto, tinha suas desvantagens.

Quando as pessoas gostam de você, elas invariavelmente fazem perguntas. Elas têm curiosidade sobre o lugar de onde você veio, o que fazia antes, se você era casado ou não, se você tinha filhos.

A hora do almoço era estranha para mim. Um curso de obstáculos que eu tinha que negociar 45 minutos toda tarde, mantendo a concentração para não tropeçar. No início, eu ficava conversando com alguém e me esquecia o que tinha dito para outra pessoa — Ted Roeger, o professor de matemática da oitava série, por exemplo, que tinha me convidado para jogar *softball* com ele no fim de semana, no grupo de quarentões dele. Eu educadamente recusei. Havia também Susan Fowler, a professora de artes na faixa dos trinta que parecia solteira e desesperada, que sempre conseguia encontrar uma cadeira vazia na minha mesa de almoço, e mudava o rumo da conversa para relacionamentos e as dificuldades deles.

Finalmente, eu ia para casa e escrevia a minha vida como Lawrence Widdoes. Da infância até agora. Depois, praticava, me fazendo perguntas sobre mim mesmo e as respondendo.

Onde você cresceu?

Staten Island. (Perto de casa, sim, mas eu precisava escolher um lugar de que eu soubesse pelo menos alguma coisa. E já que eu havia passado por lá milhões de vezes indo para a casa da tia Kate, eu sabia o suficiente sobre Staten Island para não ficar com cara de idiota se alguém de lá resolvesse me fazer perguntas.)

O que seus pais faziam?

Ralph, meu pai, era mecânico de automóveis. Anne, minha mãe, era dona-de-casa. (Por que não? Mecânico de automóveis era uma profissão tão boa quanto qualquer outra, e dona-de-casa era o que a maioria das mulheres fazia então.)

Você tem irmãos?

Não. (Totalmente verdadeiro.)

Onde você fez faculdade?

Universidade Estadual. (Afinal de contas, era o que eu tinha colocado no currículo.)

O que você fazia antes de vir para cá?

Eu tinha um negócio de produtos de beleza em casa. Spray para cabelos. Cremes faciais. Hidratantes para o corpo. (Um amigo meu tinha um negócio destes em Merrick, então eu sabia alguma coisa em relação a isto — o suficiente para me arranjar.)

Você é casado?

Sim. E não. (Esta era difícil. Nem a minha mulher nem minha filha estavam comigo em Chicago agora, mas se as coisas corressem do jeito que tínhamos planejado, em breve elas estariam aqui. Elas poderiam, de repente, simplesmente aparecer. Por quê? Porque nós estávamos sofrendo do grande mal do século — dificuldades matrimoniais — e tínhamos nos separado por um tempo. Mas só por um tempo. Estávamos tentando uma reconciliação — esperávamos que acontecesse e pudéssemos ficar juntos novamente.)

Você tem filhos?

Sim. Uma filha.

Eu me mantive próximo à verdade em quase tudo. Ficava mais fácil quando me dava um branco, quando alguém me encurralava com uma pergunta para a qual eu não estava preparado. A vida de Lawrence Widdoes era diferente da vida de Charles Schine, sim, mas não *tão* diferente, e aquelas diferenças lenta e hesitantemente tornaram-se uma segunda natureza para mim. Eu me familiarizei com elas, eu as estimulei, cavalguei nelas, levei-as para passear no parque e finalmente as adotei como minhas.

— Ela começou com a diálise — Deanna disse.

Eu estava parado no telefone público a duas quadras do meu apartamento em Chicago. Era outubro. O vento vindo do lago estava cortando e crepitando na cabine telefônica. Meus olhos se encheram de água.

— Quando? — eu perguntei.

— Há mais de um mês. Não quis contar a você.

— Como... como ela está encarando isto?

— Da mesma maneira como ela vem encarando tudo nestes dias. Com um silêncio horrível. Eu imploro a ela que converse comigo, que grite comigo, berre comigo, qualquer coisa. Ela apenas me olha. Depois que você partiu, ela simplesmente se fechou, Charles. Ela está tão fechada dentro dela mesma que eu acho que ela vai explodir. Eu a levei para fazer terapia, mas o terapeuta disse que ela não falou uma só palavra. Geralmente você pode esperar que elas venham... o silêncio se torna tão desconfortável que eles ficam desesperados para preenchê-lo. Mas não com a nossa Anna. Ela ficou olhando para o lado de fora da janela por cinqüenta minutos, depois se levantou e saiu. E agora isto.

— Nossa, Deanna... a diálise não a *machuca*?

— Acho que não. O Dr. Baron disse que não.

— Quanto tempo ela tem que ficar sentada lá?

— Seis horas. Mais ou menos.

— E não dói? Tem certeza?

— A sua partida é o que a está machucando. Isto a está matando. E está me matando não poder contar a ela. Eu acho que não consigo mais *não* contar a ela, Charles... — Deanna começou a chorar.

De repente, me senti como se todas as partes úteis do meu corpo tivessem parado de funcionar. Alguém tinha arrancado o meu coração e deixado um buraco no lugar dele. Este buraco estava esperando que Anna viesse e o ocupasse. Anna e Deanna. Comecei a calcular. Fazia... o quê... quatro meses?

— Você já colocou a casa à venda? — perguntei a ela.

— Já. Disse às pessoas com quem ainda estou *conversando* que tenho de ir embora. São muitas lembranças. Eu tenho que começar do zero.

— Com quem você está conversando?

— Com quase ninguém. Agora. Minhas tias e tios desistiram de mim... tive outra briga com Joe. Nossos amigos? Engraçado... no início eles dão a palavra deles de que nada vai mudar, que vocês ainda vão se reunir em jantares no sábado à noite e em churrascos aos domingos. Mas a verdade é que muda. Eles estão casados e você está sozinho e eles se sentem estranhos. Fica mais fácil simplesmente não convidar você. Estávamos preocupados em como iríamos cortar os laços com eles e isto está simplesmente acontecendo. Com quem eu converso? Com a minha mãe, somente. É isso.

— Na primeira oferta decente que você obtiver pela casa... venda — eu disse. — Está na hora.

FORA DE RUMO QUARENTA E OITO

Encontrei uma casa fora de Oakdale.

Não era uma grande casa, era um rancho modesto construído nos anos cinqüenta, mas tinha três quartos e um pequeno jardim e muita privacidade.

Eu a aluguei.

E esperei que elas viessem se juntar a mim.

Deanna vendeu a casa.

Não era o melhor preço que teríamos conseguido por ela, mas não era o pior também. Era conveniente.

Quando Deanna disse a Anna que elas iam se mudar, ela teve que enfrentar uma tempestade de protestos. Deanna estava aparentemente se mudando para se livrar das lembranças — Anna queria se segurar a elas. Deanna disse que estava acabado; que não havia volta. Anna se retraiu em um silêncio de pedra.

Ela deixou a maior parte dos móveis. Não queríamos que uma empresa de mudanças tivesse o nosso endereço de entrega.

Elas arrumaram o carro e partiram.

* * *

Em algum lugar entre a Pensilvânia e Ohio, Deanna encostou o carro e disse a Anna que eu estava vivo.

Tínhamos sofrido antecipadamente com este momento.

Como exatamente você diz à sua filha que o pai dela não está morto? Que, afinal de contas, ele não morreu naquela explosão do hotel? Eu não podia simplesmente sair da reclusão quando ela chegasse lá. Ela tinha que ser preparada para o que aconteceria.

Nós também nos perguntávamos *o que* deveria ser dito a ela. *Por que* eu estava vivo? Ou, mais diretamente ao ponto, por que deixamos que ela acreditasse que eu estava morto todos estes meses?

Ela tinha 14 anos — metade criança e metade não.

Então, decidimos contar uma história que era metade verdadeira, metade não.

Deanna encostou o carro no estacionamento de um restaurante Roy Rogers na Rota 96. Depois, ela me contou como foi.

— Eu tenho algo para lhe contar — ela disse a Anna que mal olhava para ela. Ela ainda estava em uma espécie de greve do silêncio, usando-o como arma, a única que ela possuía. — É algo em que você vai ter dificuldades de acreditar, e você vai ficar com muita raiva de mim, mas eu vou tentar fazer com que você entenda. Tudo bem?

E agora Anna olhou para ela, porque aquilo parecia ser sério.

— O seu pai está vivo, Anna.

No início, Deanna disse, Anna olhou para ela como se ela tivesse perdido a cabeça. E então ela repetiu, como se Deanna estivesse talvez fazendo alguma brincadeira sem graça com ela. Um olhar de quase desgosto passou pelo rosto de Anna, e ela perguntou à mãe por que estava fazendo aquilo com ela.

— É verdade, querida. Ele está *vivo*. Nós vamos encontrá-lo agora. Ele está esperando por nós em Illinois.

E foi neste ponto que Anna finalmente acreditou nela, porque ela sabia que a mãe *não tinha* perdido a cabeça e que seria cruel da parte dela brincar com isto. Ela se rendeu, afinal, completa e espetacularmente. Ela chorou rios de lágrimas, Deanna disse, chorou tanto e tão sentidamente que Deanna achou que um corpo não poderia conter tanta água. Ela chorou de alegria, chorou de puro alívio.

Então, com Deanna afagando os cabelos dela, vieram as perguntas.

— Por que você me disse que ele estava morto? — Anna perguntou.

— Porque não podíamos nos arriscar que você dissesse a alguém. Talvez isto tenha sido errado, sinto muito que você tenha tido que passar por tudo isto. Achamos que era a única maneira. Por favor, acredite em mim.

— Por que ele está fingindo que está morto? Não entendo...

— O papai estava encrencado. Não por culpa dele. Mas eles não acreditariam nele.

— Eles *quem*?

— A polícia.

— A polícia? *Papai?*

— Você conhece o seu pai, Anna, e você sabe que ele é um bom homem. Mas talvez não parecesse assim. É difícil explicar. Mas ele estava encrencado e não tinha como sair.

Deanna contou o resto a ela. Os nomes deles seriam diferentes. A vida deles. Tudo.

— Tenho que mudar meu *nome*? — Anna perguntou.

— Você sempre disse que detestava o seu, lembra?

— É... mas... não posso simplesmente mudar meu sobrenome?

— Talvez. Vamos ver.

De modo geral, Deanna disse, ela achou que a irresistível boa notícia de que eu estava vivo cancelou a esmagadora má notícia de que a vida dela ia ser virada de cabeça para baixo. E que nós tínhamos mentido para ela todos estes meses.

Anna disse, "Jamie".

— O quê?

— Meu nome. Eu gosto de Jamie.

Eu as estava esperando em Chicago.

O carro rolou até o meio-fio e Anna saltou antes mesmo que tivesse parado, e se arremessou nos meus braços.

— Papai — ela falou. — Papai... papai... papai...

— Eu te amo — eu disse. — Sinto muito, querida... Eu sinto...

— Shh — ela pediu. — Você está vivo.

FORA DE RUMO QUARENTA E NOVE

Nossa nova vida.

Eu me levantava às seis e meia e fazia o café-da-manhã para Deanna e Anna. Para Jamie. Ela ia para a escola comigo. Eu consegui matriculá-la na George Washington Carver. Quando o diretor me perguntou se eles poderiam ter o histórico acadêmico dela enviado a ele, o novo professor favorito dele disse claro — ele iria notificar a antiga escola dela e o histórico estaria ali em poucos meses. O diretor disse tudo bem e nunca mais me perguntou sobre o assunto.

Eu contatei um endocrinologista local chamado Dr. Milbourne, para que Anna pudesse continuar com a diálise dela sem interrupção. Ele pediu o histórico dela. Eu dei a ele a mesma resposta dada à escola. Ele não parecia demasiadamente preocupado porque Deanna tinha registro sangüíneo de Anna nos últimos cinco anos. Aquilo, a leitura atual da glicose no sangue de Anna e um *check-up* completo pareciam dizer a ele tudo que ele precisava saber. Ele a colocou em diálise no consultório dele e prescreveu a ela uma máquina portátil que podíamos usar em casa. O meu seguro médico, cortesia do Departamento de Educação de Illinois, cuidou de tudo.

Consegui encontrar uma farmácia em Chicago que comercializava a insulina especial de que Anna precisava, a que era feita de células de porco e que estava lentamente sendo descartada em favor da insulina sintética a qual Anna não respondia tão bem.

Deanna, agora Kim, nome do meio anterior dela, arrumou um emprego de meio-expediente como recepcionista para ajudar nas finanças da família.

E uma coisa estranha e surpreendente aconteceu.

Nós ficamos felizes de novo.

Aconteceu de forma gradual, em pequenas doses aqui e ali, até que por fim e destemidamente fomos capazes de admitir com franqueza.

Uma outra chance nos foi dada nesta coisa chamada *família*. Nós a agarramos com as duas mãos e a seguramos como à nossa própria vida. Parecia um pouco como quando nós começamos, recém-casados e imbuídos de paixão e esperança. Não sabíamos por quanto tempo ainda teríamos Anna conosco, era verdade, mas estávamos determinados a aproveitar cada minuto que tínhamos. Conversávamos sobre isto agora, consolávamos um ao outro, encontrávamos força um no outro. O silêncio foi para sempre banido da nossa soleira. Nós nos tornamos um tipo de exemplo de comunicação em família.

E, lentamente, a nossa intimidade também voltou. Na primeira noite em que ficamos juntos novamente, com Anna dormindo tranqüila, nós nos abrimos um para o outro com um tipo de abandono desesperado. O sexo adquiriu uma nova dimensão e, com ela, um novo entusiasmo. Nós nos descompomos, fizemos amor, nos amamos torridamente e no final nos olhamos com uma expressão de surpresa. Éramos nós mesmos?

Dois meses depois, Deanna anunciou que estava grávida.

— Você está o quê? — eu disse.

— Com uma criança. Com barriga. Prenhe. Então — ela disse —, o que você acha? Devo fazer um aborto?

— Não — respondi.

Nós uma vez já quisemos um filho. O fato de Anna ter ficado doente mudou nossos planos. Mas agora, acho que eu o queria, mais do que jamais havia desejado.

— É — Deanna disse. — Eu me sinto assim também.

Sete meses depois, Jamie ganhou um irmão. Nós o batizamos Alex. Chame isto uma homenagem à encarnação anterior de Jamie — e ao meu avô Alexander.

Eu escapei por um triz uma vez.

Eu estava saindo da Roxman's Drugs com a receita de Anna, admirado com o rigor do inverno de Chicago. A Cidade dos Ventos não fazia jus a este apelido.

Cidade Frígida. Cidade Abaixo de Zero. Cidade Congelante. Sim.

Eu vestia uma parca, um boné de tricô, tapa-orelhas, luvas com forro de pele. Eu ainda tremia de frio. Havia um fio de umidade congelada sobre o meu lábio superior. Estava procurando o meu carro no estacionamento ao ar livre, torcendo para que ele pegasse.

Passei por um prédio de escritórios e esbarrei em alguém com cabelos louros.

— Desculpe-me — eu disse, virando para olhá-la.

Era Mary Widger.

— Tudo bem — ela disse.

Eu me virei de volta e continuei andando. Eu me lembrei — um dos nossos bons clientes tinha o centro de operações aqui. Ela devia ter vindo para uma reunião. Quando virei a esquina e olhei, ela ainda estava parada lá.

Teria ela me reconhecido?

Acho que não. Eu ainda usava barba. Eu estava coberto de couro e pele. Ainda assim, parecia que o meu coração tinha tido um hiato por algum tempo. Eu achei difícil respirar.

Esperei alguns minutos, envolto nas minhas próprias nuvens de vapor quente, depois andei de volta até a esquina e olhei novamente.

Ela tinha ido embora.

FORA DE RUMO CINQÜENTA

Alex estava com dois anos.

Ele estava falando pelos cotovelos, fazendo acrobacias nos móveis da sala de estar e geralmente deliciando, divertindo e cativando a todos nós diariamente.

Kim tinha voltado ao trabalho como recepcionista.

Jamie estava agüentando firme. Tanto no lado médico quanto no lado escolar quanto no lado social. Ela tinha feito amizade com duas garotas que moravam na nossa rua. Elas dormiam lá em casa e faziam festa de pizza e iam ao cinema juntas.

O Sr. Wid? Ele estava ensinando *A Separate Peace* e várias obras de Mark Twain na aula de inglês da sétima série.

Uma das linhas clássicas de Twain parecia notadamente perfeita nestes dias.

As notícias a respeito de minha morte têm sido bastante exageradas.

Jamie não era a única que tinha construído um círculo social. Depois de ficar quieto uma boa parte do ano, eu finalmente tinha aceitado os convites de alguns de meus colegas.

Lentamente, começamos a ver pessoas. Um jantar. Um filme. Uma reunião no domingo.

A minha vida anterior começou a desaparecer. Não apenas porque o tempo tinha passado, mas porque esta vida era melhor do que a outra em muitas maneiras — todas as maneiras que realmente importavam, eu agora sabia. Eu ganhava mais dinheiro antes, é verdade. Para os padrões americanos comuns de sucesso — um emprego de prestígio, um bom salário, uma casa ampla — esta vida era mais modesta. Mas *nesta* vida eu podia medir o sucesso no trabalho em algo que não fosse dólares. Meu bônus anual era ver crianças que vinham para a minha sala brigando e desmotivadas, deixando-as na linha e comprometidas. Era bom para a alma. E eu não tinha clientes exigentes e irritados querendo a minha cabeça todo dia.

E a vida de casado? Ela continuava a me surpreender de grandes e pequenas maneiras.

Lawrence Widdoes era um homem feliz.

Em um sábado no verão, levei Alex comigo para Chicago.

Eu tinha que pegar uma outra receita para Jamie e pensei em levar Alex ao Children's Museum, um museu para crianças.

Primeiro, fomos à Roxman's Drugs.

O farmacêutico me cumprimentou pelo nome. Éramos velhos amigos agora. Ele me perguntou como eu estava.

Bem, eu disse.

Ele disse que o tempo estava quente.

Concordei com ele — estávamos no meio de uma onda impiedosa de calor. Algo do qual eu estava bastante ciente, já que eu dava aulas no verão em um prédio sem ar-condicionado. Ao final de cada dia, eu chegava ensopado em casa.

O farmacêutico deu um pirulito a Alex, cujos olhos se abriram, da maneira como os olhos de crianças fazem quando você dá a elas de presente algo que é tão valioso para elas quanto dinheiro. Ele me fez tirar o papel do pirulito para ele, e depois o colocou na boca e sorriu.

Então, o assistente do farmacêutico veio e disse:

— Sr. Widdoes? Sinto muito, achei que tivesse entendido. Eu disse que não teríamos a insulina até segunda-feira.

— O quê?

— O senhor se lembra? Eu disse segunda-feira.

— Você disse segunda-feira quando?

— Quando o senhor ligou. Eu disse ao senhor.

— Quando eu liguei?

— O senhor me perguntou se tínhamos insulina. Eu disse que só na segunda-feira.

— Você quis dizer minha esposa. Ela deve ter ligado para você.

Ele parecia confuso, balançou a cabeça, deu de ombros.

— Certo. Bem, não temos insulina até segunda-feira.

— Está bem. Eu volto na segunda-feira.

Fomos ao Children's Museum.

Havia várias exposições interativas. Alex subiu em um ventrículo esquerdo gigante e dentro de um modelo de coração, onde ele se sentou e se recusou a se mover. Ele sabia que eu não podia subir até lá e ele apreciou esta independência momentânea. Eu tive que esperá-lo do lado de fora.

Por fim ele apareceu pelo ventrículo direito.

Ele viu qual era o peso dele em Marte.

Ele usou o código Morse.

Ele pintou com os dedos em um computador.

Ele colocou asas de pássaros.

Eu o levei ao café do museu, onde comprei um cachorro-quente com batatas fritas para ele — mas somente se ele prometesse não contar nada para a mamãe, que estava enfrentando uma cruzada pessoal contra comidas não saudáveis nestes dias.

Sentado lá, comendo, eu tive o que se pode chamar de um *flashback*.

Alguma coisa estava me incomodando. Estava no meu ombro, buzinando no meu ouvido. Eu tentei espantá-la, mas ela não ia embora. Não conseguia matá-la. Era enlouquecedor.

Eu me lembrei de quando sentei e comi com Lucinda, Didi, seja lá qual fosse o nome dela. Eu me lembrei de ter aberto o meu coração a ela no dia em que ela me perguntou sobre a minha filha. Sobre Anna. Eu me lembrei de ter dito algo a ela.

Eu senti frio de repente.

Peguei o meu celular e liguei para Kim.

— Querida? — eu disse quando ela atendeu.

— Sim, oi. Como estão as coisas?

— Bem. Depois disso vamos ao museu dos pais mortos. Eu me sinto como se tivesse corrido a maratona.

— Então ele deve estar se divertindo.

— Pode apostar que sim. Olha, eu queria perguntar uma coisa.

— Sim?

— Você ligou para a Roxman's esta semana? Sobre a insulina de Anna?

— Roxman's? Não. Por quê?

— Você não ligou? Tem certeza?

— Sim, Charles... opa... sim, *Larry*, tenho certeza.

— Não seria possível que você tivesse ligado e se esquecido? Não seria possível?

— Não. Eu não liguei para a Roxman's. Eu me lembraria. Você quer que eu assine uma declaração? Por quê?

— Nada. Só algo que eles me disseram...

Eu disse tchau. Eu desliguei.

Olhei para o meu filho. Ele estava mastigando o último pedaço de salsicha. Vozes ecoavam das paredes do museu, uma criança gritava assassinato sangrento na outra mesa. Ele olhou para mim.

— Papai... bem? — ele disse.

FORA DE RUMO CINQÜENTA E UM

Eu me conectei à internet.

Voltei ao passado três anos. Voltei ao dia da explosão.

Havia 173 páginas sobre o "Fairfax Hotel".

Tudo desde artigos de jornal e revistas a menções em programas de televisão e até piadas da internet.

Você ouviu sobre a nova política de preços no Fairfax? Explodiu.

A maioria dos artigos era o que você poderia esperar.

Histórias de bombeiros heróicos e vítimas inocentes. E, entre as histórias de vítimas inocentes, eu vi meu nome lá novamente — entre os desaparecidos, no início, depois na lista dos mortos.

Charles Schine, 45, executivo de publicidade.

E os nomes de Dexter e de Sam e de Didi também.

E o dele — colocado alfabeticamente bem no final da lista.

Continuei lendo. Havia outras histórias lá, histórias sobre o homem que colocara a bomba.

A CIDADE NATAL LEMBRA-SE DO HOMEM-BOMBA DEFENSOR DA VIDA, era o título de uma delas. Jack Christmas nasceu em Enid, Oklahoma. Ele era um garoto simpático que lavava os quadros-negros, a professora da terceira série dele disse. Embora um dos amigos de escola lembrasse dele como *meio assustador*.

Havia um artigo sobre o hotel.

PASSADO SEM FANTASIAS DO HOTEL NÃO DEIXAVA DÚVIDAS. Foi construído em 1949, foi originalmente criado para uma clientela do mundo dos negócios. Caiu em ruínas e tornou-se um refúgio para prostitutas baratas e residentes de baixa renda.

Havia várias páginas sobre terrorismo doméstico.

Um artigo sobre uma organização chamada Children of God, Filhos de Deus. Um manifesto de um exército de antiabortistas. Vários itens sobre sobreviventes. Uma recontagem dos atentados a bomba em Oklahoma City e atos semelhantes ao do Fairfax Hotel.

E, posteriormente, uma outra lista de mortos — com breves obituários desta vez.

Charles Schine era um diretor criativo da Schuman Advertising. Ele trabalhou em várias grandes contas. "Charley era um grande bem para esta empresa, tanto como escritor quanto como ser humano. Vamos sentir muita falta dele", Eliot Firth, presidente da Schuman Advertising, disse. Charles Schine deixa uma esposa e filha.

Samuel M. Griffen era considerado "uma estrela cadente no mundo do planejamento financeiro". Seu irmão disse, "Ele era um pai generoso e amado".

Havia alguma coisa sobre Dexter. "Ele era um dos nossos", a empresa da holding do Fairfax Hotel disse. "Um funcionário dedicado."

Até mesmo Didi recebeu um obituário — pelo menos eu supus que fosse ela.

Desdemona Gonzalez, 30. Irmã amada de Maria. Filha do major Frank Gonzalez de East Texas.

Peguei um atalho. Procurei nos jornais de East Texas. Eu sabia que jornais locais estariam fazendo tudo para escrever histórias sobre as vítimas locais.

Eu a encontrei. Um artigo da *Roxham Texas Weekly*.

O major reformado Frank Gonzalez senta-se na varanda da frente nutrindo uma dor muito particular por sua filha mais nova, morta no atentado a bomba do Fairfax Hotel. Desdemona Gonzalez, 30, estava morando em Nova York há dez anos, o pai dela falou. "Ela não mantinha muito contato", ele disse, mas "ligava nos feriados e dias assim" ... Amigos da família admitiram que o velho Sr. Gonzalez e sua filha estavam afastados há muitos anos... Houve uma prisão por drogas quando Desdemona era adolescente e acusações de abuso infantil contra o pai dela. Um amigo da família que prefere permanecer anônimo acrescentou que estas denúncias eram todas "infundadas".

Cliquei de volta para os obituários gerais.

Havia um que estava faltando.

Eu senti algo nas minhas costas. Uma gota de água gelada ao reverso — ela começou a subir pela minha espinha.

Voltei e cliquei em cada página novamente. Reli todas elas. Nada. Nem uma menção.

Entrei na página do *Daily News Web*. Digitei "Fairfax Hotel".

Trinta e dois artigos.

Comecei com um escrito no dia da explosão. Havia uma foto do local da bomba. Uma senhora chorando no meio-fio da esquina, bombeiros em pé no meio da rua com as cabeças baixas. Escaneei o artigo inteiro. Fui para o próximo.

Praticamente a mesma coisa que eu já havia lido, exceto pela ordem cronológica. O atentado a bomba, os mortos, os heróis, o vilão, a investigação, os enterros.

Levei duas horas. Nada ainda.

Eu começava a achar que estava errado. Que eu tinha interpretado mal um comentário precipitado, que era tudo. O tipo de coisa que acontece o tempo todo.

Procurei em mais uma semana — a semana do último artigo, quatro semanas depois do atentado. E era tudo.

Depois disso eu me desconectaria e iria dar um beijo de boa-noite nos meus filhos. Eu iria para a cama com Kim e me aconchegaria ao corpo quente dela. Eu dormiria sabendo que estava tudo bem.

Comecei com a segunda-feira. Fui para a terça-feira.

Eu quase deixei passar.

Era um item pequeno — enterrado na avalanche da guerra no Oriente Médio, um assassinato triplo cometido em Detroit, um escândalo matrimonial envolvendo o prefeito de Nova York.

SOBREVIVENTE HERÓICO NÃO TÃO HERÓICO ASSIM, ele dizia.

Cliquei nele, prendi a respiração e li.

Era um tipo de história de interesse humano, do tipo que começam a usar quando não têm mais histórias sobre heróis e vítimas, uma história para fazer o leitor balançar a cabeça diante das tristes ironias da vida.

> Corpo tirado dos destroços... sem identificação... em coma por várias semanas... cirurgia cerebral... impressões digitais revelaram que ele é... anteriormente dado como morto... o carro dele no estacionamento do hotel... não tinha aparecido para a audiência judicial... porta-voz da polícia... enfermaria da prisão...

Li o artigo lentamente, do início ao fim. Depois, mais uma vez, para ter certeza.

A insulina de Anna.

Era feita das células pancreáticas de porco, que é como todas as insulinas costumavam ser feitas. Até que descobriram uma maneira de produzi-la sinteticamente em laboratório. Esta era uma evolução relativamente recente; Anna usava a insulina de porco desde que descobrimos que ela tinha diabetes. Quando ela experimentou a sintética, a contagem dela ficou descontrolada e alta e lá permaneceu.

Isto acontecia às vezes, o Dr. Baron tinha dito. Algumas pessoas respondiam melhor ao material real. Então, ele a manteve usando esta.

Mesmo quando eles começaram a descontinuá-la — mesmo quando estava ficando muito difícil consegui-la. Mas não havia necessidade de se preocupar. Sempre haveria farmácias que as forneceriam, ele dizia.

Eu estava conversando com Jameel Farraday, um conselheiro da escola, no refeitório.

Uma vez por ano, Jameel trazia condenados da prisão estadual ao auditório da escola em um esforço para assustar os alunos da George Washington Carver. Os condenados, alguns dos quais tinham até mesmo crescido nas redondezas, falavam sobre drogas, sobre escolhas erradas que tinham feito, sobre a vida atrás das grades.

Então, eles respondiam as perguntas da audiência.

Já matou alguém? Um aluno perguntou a um ex-drogado que tinha uma cicatriz ao longo de todo a mandíbula.

Ele disse que não, e o corpo de alunos se lamentou.

— Estou pensando em fazer a minha turma escrever cartas para os homens na prisão — eu disse a Farraday. Ele estava comendo um purê de batatas com leite e frango engordurado.

— Com que finalidade? — ele me perguntou.

— Bem, para fazer algo parecido com o que você faz — só que por escrito. Os meus alunos podem cultivar o hábito de escrever e estes homens podem dar a eles algumas lições de vida, talvez.

— Certo — ele disse.
— Eu estava querendo saber...
— Sim?
— Eu *conheci* alguém que acabou indo para a prisão... do meu antigo bairro. Achei que poderia começar com ele.
— O que ele fez?
— Não sei, exatamente. Drogas, pelo que ouvi dizer.
— Uh-huh.
— Você tem alguma idéia de como eu poderia descobrir onde ele está?
— Você quer dizer, que prisão?
— Sim.
Farraday deu de ombros.
— Eu não sei. Posso perguntar ao meu contato no Chicago Corrections, acho.
— Você faria isto?
— Claro. Se eu me lembrar. De onde ele é?
— Nova York.
— Uh-huh. Qual o nome dele?
— Vasquez.
— Vasquez?
— Sim. Raul. Raul Vasquez.

FORA DE RUMO CINQÜENTA E DOIS

Ele sabia onde eu estava.

Eles o haviam tirado semimorto do cascalho, mas apenas semimorto.

Ele ficou em coma por semanas. Não sabia quem ele era.

O carro dele ficou parado no estacionamento do hotel. Ele não tinha aparecido no trabalho. Ele estava na lista dos mortos.

Eles tiraram as impressões digitais dele em um último esforço de descobrir o nome dele. Raul Vasquez. Ele tinha um "não compareceu" à audiência por dois enquadramentos por tentativa de agressão e espancamento e um por intermediação sexual.

Ele foi transferido para a enfermaria da prisão até que se recuperasse o suficiente para ser levado à Corte Superior de Bronx para ser julgado.

Eu fiquei sabendo disto pelo artigo. O resto eu imaginei.

Ele ficou lá sentado na prisão. Ele pensou e se lembrou.

O que Didi tinha dito a ele. Sobre a minha filha. Sobre a insulina de porco especial que ela precisava para sobreviver.

Por que insulina de porco? Ela tinha me perguntado, lembra? Como uma amante preocupada, em vez de alguém que estava tirando detalhes de mim para depois me extorquir.

Vasquez ficou sentado lá na prisão e irritado. Eu estava me escondendo dele. Eu tinha desaparecido. Mas então, ele entendeu que havia alguma coisa que eu tinha que fazer. Não importa o quão cuidadosamente eu estivesse me escondendo, eu teria que fazer isto.

Aqui é o Sr. Widdoes. A minha insulina chegou?

Quantas farmácias devem ter dito não. Devem ter dito, *Widdoes, que Widdoes?*

Mas ele prosseguiu. Ele continuou ligando. Ele tinha todo o tempo do mundo. Ele tinha toda a motivação necessária.

Talvez ele tenha começado em Nova York. E depois na Pensilvânia. E assim por diante.

Um dia, ele chegou a Illinois.

Roxman's Drugs.

E desta vez, quando ele perguntou se a insulina dele tinha chegado, o assistente do farmacêutico disse que não.

Ele disse que ainda não.

Mas que estaria lá na segunda-feira.

Duas semanas depois de ter conversado com Jameel, ele me encontrou depois da aula e me entregou uma folha de papel.

— O que é isto? — eu disse.

— O seu cara — ele disse. — Mas tem três deles.

— Três?

— É — três Raul Vasquez. Mas se ele é de Nova York, imagino que ele seja este aqui. — Ele apontou para o primeiro nome no papel. — Eu imagino que ele esteja aqui.

Eu me deitei na cama no andar de cima. Não consegui dormir.

Kim estava acostumada com meus ritmos noturnos e sabia sem nem mesmo olhar que eu estava deitado lá bem acordado e olhando para o teto.

— Qual é o problema, querido? — ela disse. — O que houve?

Não podia contar a ela ainda. Não tinha coragem. Tínhamos escapado da catástrofe uma vez; construímos uma nova vida. Estávamos felizes. Não podia dizer a ela que, afinal de contas, não tínhamos escapado. Que o passado estava nos alcançando com seus dedos gélidos.

— Nada — eu disse.

Estava pensando.

Qual seria o prazo para liberdade condicional de uma sentença de 12 anos?

Quando ele sairia?

Então, ele viria atrás de mim — eu sabia disto. Atrás da minha família. E então, ele faria o que fez com Winston e Sam Griffen e o homem que ele empurrou do trem em Lynbrook, Long Island, e Deus sabe quantos outros.

O dia em que ele veio até a nossa casa como se fosse um limpador de chaminé.

Ouvi falar de uma família que foi dormir e que nunca mais acordou.

Sim, ele viria atrás de mim.

A menos que — eu sussurrei como uma prece fervorosa.

A menos que eu chegasse até ele primeiro.

Ele não sabia que eu sabia que ele estava vivo. Ele não sabia que eu sabia que ele tinha me encontrado.

Mas de que importava isto?

Ele estava na prisão. Ele estava trancado.

Para chegar até ele, eu teria que entrar na Attica.

Agora — como eu poderia fazer isto?

ATTICA

Aquela era a minha última aula.

Eu a havia marcado no calendário. Eu a tinha ensaiado nos meus sonhos.

Quando passei pelo detector de metais, um agente penitenciário chamado Stewey disse, "Último dia, hein" e eu pensei que ele parecia quase desanimado. Talvez as pessoas se acostumassem com aqueles que elas menosprezavam, e quem sabe se eles iriam encontrar alguém tão bom novamente?

Antes de ir para a minha sala, eu parei na sala dos agentes penitenciários.

Era apenas uma sala com cadeiras e mesas dobráveis e uma TV de treze polegadas geralmente sintonizada nas reprises de *Os gatões*. Os agentes penitenciários evidentemente tinham alguma coisa com a Daisy Duke — provavelmente por causa de seus shorts cavados —, porque um velho pôster dela ainda estava pendurado na parede. Alguém tinha desenhado a lápis os bicos dos seios na blusa branca.

Coloquei um pouco de café para mim. Coloquei leite em pó na xícara e mexi com a colherzinha de plástico.

Andei casualmente pelo museu dos agentes penitenciários, localizado no canto esquerdo da sala.

— Você tá limpo, irmão — Fat Tommy disse. Ele estava esparramado em duas cadeiras de metal com um jantar da Jenny Craig na mesa em frente a ele.

Era normal que os empregados pegassem o linguajar do local de trabalho; os guardas da Attica com freqüência falavam como prisioneiros da Attica. E "tá limpo" queria dizer ganhar a liberdade — receber os seus papéis de liberdade.

Talvez, pensei. *Vamos ver.*

Tomei um gole do café, andei pela coleção de revólveres e maçaricos, enquanto Fat Tommy mastigava a refeição que ele no final acharia apenas insatisfatória. Ele era a única pessoa na sala.

Quando eu finalmente me virei e saí, Fat Tommy me olhou mas não disse adeus.

Daquela sala à sala de aula, eu primeiro tinha que passar por uma porta preta trancada — batendo duas vezes e esperando outro agente para me liberar. Depois eu andei pelo "beco do boliche", que era como eles chamavam o corredor principal da prisão. Ele era dividido ao meio por uma linha amarela como nas rodovias estaduais. Um lado para os prisioneiros, o outro para os agentes. Ou para as pessoas que ficassem no meio.

Passei por um agente chamado Hank.

— E aí, Yobwoc — ele disse. — Vou ficar com saudades. Você era o meu mano.

Tradução: melhor amigo.

— Obrigado — eu disse, mas sabia que ele não estava sendo sincero.

Quando a turma se acomodou, eu disse a eles que era a última vez que eu os estaria vendo. Que tinha sido agradável dar aulas para eles. Que eu esperava que eles continuassem lendo e escrevendo sozinhos. Disse a eles que, nas melhores turmas, o professor se torna o aluno e os alunos se tornam os professores e que era isto que havia acontecido ali — eu tinha aprendido com eles. Ninguém em especial se mexeu; mas quando eu terminei, um ou dois deles balançaram a cabeça para mim como se fossem mesmo sentir saudades.

Malik não foi um deles. Ele tinha me passado um bilhete da última vez. Onde o escritor estaria esperando por mim.

Eu disse à turma que poderíamos usar esta última aula para reflexão criativa. Eu queria que cada um deles escrevesse uma redação sobre o que aquela aula tinha significado para eles. Desta vez, disse a eles, eles deveriam colocar os nomes.

Então, eu pedi licença para ir ao banheiro.

Passei pelo agente negro que tinha que ficar parado do lado de fora da porta e que, desta vez, de fato estava. Eu disse que estaria de volta em dez minutos, e ele disse, "Vou dar o aviso".

Ele estaria esperando por mim perto da farmácia da prisão, o bilhete dizia.

Ele trabalhava lá.

O trabalho na farmácia te dava *brilho*, um aluno tinha me explicado, já que te dava acesso a drogas.

Ele também dava acesso a outra coisa, ele sabia. Acesso a fabricantes de remédio. Você podia ligar para eles para descobrir coisas se você quisesse. Como talvez onde um certo tipo raro de insulina estava sendo distribuído.

Provavelmente não teria levado anos até que ele me encontrasse.

Andei pelo beco do boliche. Segui os sinais.

A farmácia consistia de um longo balcão protegido por uma tela de aço. Havia prisões dentro das prisões, eu notei, um axioma também verdadeiro na vida. O tipo de *insight* que eu poderia ter apontado para a minha turma, se eu ainda tivesse uma.

Eu continuei, passando pela farmácia, andando por um corredor vazio que se desviava drasticamente para a esquerda e parecia levar a lugar nenhum em especial. Mas na verdade, levava.

Malik tinha me dito onde ele estaria me esperando, e eu tinha ido e observado.

Um recanto na parede no meio do corredor.

Um tipo de esconderijo. Em uma instituição mais antiga como a Attica, havia vários deles, pequenos cantos escondidos onde os prisioneiros realizavam negócios, onde vendiam drogas e ficavam de joelhos. Onde cobravam dívidas. Um esconderijo às escuras. Uma descrição apropriada, exceto pelo fato de eu estar andando com os olhos bem abertos.

Andei até o recanto na parede que estava quieto e parado. Parei.

— Olá?

Podia ouvi-lo respirando.

— Olá — eu sussurrei novamente.

Ele saiu das sombras.

Ele parecia diferente — foi a primeira coisa que pensei. Que ele parecia diferente da maneira como eu me lembrava dele.

A cabeça dele. Parecia menor, com um novo formato, como se tivesse sido espremida em um torno. Ele tinha uma cicatriz descendo da testa. Aquilo era uma coisa. E ele tinha uma *tatuagem* no ombro direito. Um relógio azul da prisão sem os ponteiros — cumprindo pena. E mais abaixo, no braço dele, uma tumba com números — *doze* — a sentença dele na prisão.

— Surpresa — ele disse.

Não. Mas era o que eu queria que ele pensasse.

— E aí, Chuck? — ele disse. E sorriu, como fizera na frente da minha casa, no dia em que veio e colocou as mãos na minha filha.

— Larry — eu disse.

— Larry. É, tô sabendo. Esta foi a palhaçada que você armou... brincando de morto assim. Alguém caiu nesta, hein, *Larry*?

— Nem todo mundo. Não.

— Não, nem todo mundo. Você tá certo. Você não devia ter deixado a minha garota ver a sua carteira, Larry. Mau passo. Burro.

A anfitriã no Crystal Night Club. Widdoes... *que tipo de nome era este?*, ela disse.

— Achei que você estivesse morto.

— Você queria.

Sim, pensei. *Eu queria.* Mas existe uma hora em que você tem que parar de desejar.

— Estive procurando por você, *Larry*. Por toda parte. Você levou algo que era meu, sabe. Eu quero de volta. Então, tenho procurado por você. E eu *encontrei você*, também. Encontrei você duas vezes.

— Duas vezes?

— Uma vez em *Chicago*. Ah é... isto mesmo. Surpreso com isto, hein? É, eu sabia *exatamente* onde você estava. Oakdale, Illinois. Depois você se mudou.

— Sim.

— Bennington. Bem no fim da droga da estrada. O que você acha da minha sorte?

— Isto é que é sorte.

— Uh-huh. Sabe como eu te achei?

— Não.

— Pela sua filha. Através das farmácias. Primeiro Chicago. Depois *Bennington*. E depois, no momento seguinte, no exato momento seguinte, você aparece dançando na porta da frente.

— Sim.

— Eu disse para mim mesmo, aqui está a sua liberdade, negro. Aqui está ela, numa bandeja de prata.

— Por que você não disse oi?

— Eu disse. Eu disse oi. Eu fiz o meu garoto escrever oi *para* mim.

— O seu *garoto*? Ele nem sabe ler.

— Não o Malik. Meu camarada. Um professor judeu letrado que eliminou a esposa. Escreve os pedidos de liberdade condicional aqui. E coisas muito legais. "Charley Schine Se Ferra" — foi a última dele. Ele acha que eu tirei tudo da minha cabeça. Ele acha que eu sou criativo.

— Sim... foi muito eficaz.

— Pensei que você fosse fugir. Ver a história da sua vida e tal.

Não, pensei. Se eu fosse fugir, eu teria feito isto lá em Oakdale. Foi o que Deanna disse para fazermos — *vamos fugir*, e eu disse, *Certo, mas se fugirmos, teremos que continuar fugindo. O tempo todo. Então, talvez não devêssemos fazer isto*. Então eu tirei uma licença e viemos para cá.

— Você tem uma coisa que é minha, *Larry* — ele disse.

— Um pouco daquilo era meu primeiro.

Vasquez sorriu.

— Você tá achando que isto é algum tipo de *negociação*? Você acha que eu estou barganhando com você? Você tá ferrado. Este é o seu papel na vida. Aceite. Fique de joelhos e abra a boca e diga, por favor, papai. Eu quero o *meu* dinheiro.

Alguém estava gritando na farmácia:

— O doutor disse que eu preciso desta merda, sacou?

— Você está na prisão — falei.

— Você também. Você está trancado. Você está cumprindo pena. Você acha que está seguro *lá fora*? Pense bem, seu filho-da-mãe. Eu posso te dedurar — eu posso dizer a eles, *Aqui está o Charley*. Você tem sorte porque eu poderia. Porque eu posso mandar alguém até a sua casa para violentar a sua mulher. Eu poderia. Que idade tem a sua filha agora — tá prontinha para ter outra coisa enfiada nela, hein?

Parti para cima dele.

O reflexo simplesmente tomou conta do meu corpo e disse: *Ouça bem — vamos fazer este homem parar, vamos fazer este homem calar a boca para sempre. Nós dois*. Mas quando eu o ataquei, quando eu parti para cima da garganta dele, o joelho dele subiu e pegou o meu estômago. Caí de joelhos. Ele andou até atrás de mim e passou o braço em volta do meu pescoço e apertou. Ele sussurrou no meu ouvido.

— Isto mesmo, Charley. Certo. Ficou com raiva, hein? É o seguinte. Foi pura sorte você ter aparecido em Bennington? Sessenta e cinco quilômetros daqui. No meu próprio *quintal*? E depois, se não fosse sorte o suficiente você entra pela droga desta porta e começa a dar aulas aqui. Foi pura sorte? Foi apenas sorte ou o quê? Ou foi sorte *demais*? O que você *acha*, Charley? Você acha que foi sorte demais? Eu não sei. Você tem algo para mim, Charley, não tem? — Ele estendeu a mão e bateu no meu bolso direito. Ele sentiu — o revólver, o que tinha sido tirado do museu dos agentes. — Você tem alguma coisa que você quer meter em mim? Hein, Charley?

Ele o tirou do meu bolso e me mostrou.

— Você já deveria me conhecer melhor a esta altura, Chuck. *Claro que eu vou te encontrar perto do rio. Claro que eu vou estar sozinho.* Mas eu encontrei o seu garoto da correspondência no rio primeiro, hein? Tirei a cabeça dele, hein, Charley? Com quem diabos você acha que está lidando aqui? Você acha que este lugar aqui é para principiantes? — Ele colocou uma faca na minha garganta. Ele a apertou contra a minha jugular. Depois ele sorriu e me empurrou no chão. Senti o cheiro de alguma coisa causticante — urina e amônia.

Eu queria responder agora.

Dizer a ele que sim, que eu sabia com quem eu estava lidando. Dizer a ele que era por isto que eu tinha esperado seis meses em Bennington antes de me candidatar a um emprego de professor aqui. Porque eu queria ter certeza que ele me descobrisse lá primeiro, morando em Bennington e ensinando para o ensino médio, para que parecesse simplesmente algum tipo de feliz coincidência que eu posteriormente aceitasse o emprego de professor aqui. Na mesma prisão onde ele estava encarcerado. E eu queria dizer a ele que era por isso que eu tinha deixado, de propósito, as minhas chaves no bolso naquele dia em que passei pelo detector de metais — para ver se era possível entrar com alguma arma escondida aqui. Um revólver. E que quando eu descobri que *não era* possível entrar com um revólver, tinha começado a fazer visitas à salinha dos agentes penitenciários, porque eu tinha ouvido dizer que eles tinham uma espécie de museu ali.

Eu queria dizer a ele que era verdade — eu não sabia com quem estava lidando quando me sentei com Winston perto do rio e depois no Fairfax Hotel — mesmo então, eu não sabia. Mas que sabia agora. Que tinha aprendido.

E uma última coisa. A última. Como quando eu fiquei parado lá no museu dos agentes de costas para Fat Tommy, eu tinha *sussurrado* isto para mim mesmo esta coisa que eu tinha aprendido. Como uma prece para o Deus dos planos estragados. Porque eu tinha aprendido que se você quer fazer Deus gargalhar, é isto que você tem que fazer — você elabora um plano, mas se você quer fazê-lo sorrir, você elabora dois.

Dois.

Alcancei o meu bolso *esquerdo*. Tirei a arma feita de madeira e lata, já engatilhada, que eu tinha cuidadosamente carregado na salinha dos agentes.

Atirei em Vasquez diretamente entre os dois olhos surpresos.

Times Union

Prisioneiro morto em ataque na Attica

Por Brent Harding

Raul Vasquez, 34, prisioneiro da Attica, foi morto ontem quando a sua suposta vítima conseguiu se apoderar de uma arma feita na prisão, escapar dele e feri-lo fatalmente. Lawrence Widdoes, 47, que ensina inglês para prisioneiros da Attica duas noites por semana, foi atacado pelo Sr. Vasquez perto da farmácia da prisão. Uma testemunha que trabalha na farmácia viu o Sr. Vasquez atacar fisicamente o Sr. Widdoes. "Ele estava enforcando ele bem...", Claude Weathers, um prisioneiro da Attica, afirmou. "E então, pop...Vasquez caiu." O Sr. Widdoes, que teve o pescoço ferido, não tem certeza do que provocou o ataque, mas acredita que pode estar relacionado com alguma crítica negativa que ele fez a um aluno que é companheiro de cela de Vasquez. O Sr. Widdoes, cujas aulas estão se encerrando na Attica devido a cortes no orçamento do estado, está simplesmente feliz de estar vivo. "Eu me sinto como se tivesse nascido de novo", o Sr. Widdoes disse.

FORA DE RUMO — FIM

Eu cheguei em casa.

Kim veio correndo da cozinha, parou e me olhou. Como se eu fosse uma aparição.

Eu balancei a cabeça para ela, e sussurrei, "Sim".

Ela lentamente caminhou na minha direção e se enroscou no meu corpo como um cobertor.

Tudo bem, ela estava dizendo, *você pode descansar agora.*

Alex veio correndo pelas escadas gritando, "o papai chegou".

Ele se agarrou na minha camisa até que eu o peguei e o abracei. A bochecha dele estava cheia de chocolate.

— Onde está Jamie? — perguntei a Kim.

— Fazendo a diálise — ela disse.

Eu a beijei no alto da cabeça. Coloquei Alex no chão. Subi até o quarto de Jamie.

Ela estava ligada à máquina portátil de diálise. Eu me sentei na cama ao lado dela.

— Vamos voltar para Oakdale em breve — eu disse. — De volta para os seus amigos, certo?

Ela fez que sim com a cabeça.

Ela estava fazendo isto três dias por semana agora.

Havia uma conversa de colocá-la na lista para transplante de rim e pâncreas — a mais nova esperança para diabéticos como ela. Mas então haveria as drogas anti-rejeição com as quais ela teria que se preocupar pelo resto da vida, era difícil saber se era realmente melhor para ela. Por enquanto, nós conectávamos as veias dela a esta máquina terrível três dias na semana e eu me sentava perto dela na cama e ouvia o barulho que a máquina fazia enquanto bombeava o sangue através do corpo dela que já dava sinais de falha.

Às vezes eu me desligava deste barulho, e Anna de repente tinha quatro anos de idade novamente e eu estava de volta ao zoológico com ela naquela manhã de domingo há muito tempo atrás. Alimentando os elefantes. Eu a levantava nos braços, eu podia sentir o coraçãozinho dela correndo para me cumprimentar. Havia uma brisa suave no ar, as folhas estavam caindo de um toldo vermelho escuro que balançava. Apenas Anna e o pai dela, andando de mãos dadas em busca das lembranças.

E eu sei que vou ficar sentado aqui para sempre.

Eu ficarei sentado aqui o tempo que for preciso.

Este livro foi composto na tipologia Berkeley
em corpo 11,5/13,5 e impresso em papel
off-set 90g/m² no Sistema Cameron da
Divisão Gráfica da Distribuidora Record.